NARRATORI ITALIANI

Dello stesso autore presso Bompiani

Il sopravvissuto
Il rumore sordo della battaglia
La letteratura dell'inesperienza
Una storia romantica

ANTONIO SCURATI

IL BAMBINO CHE SOGNAVA LA FINE DEL MONDO

ROMANZO
BOMPIANI

Questo romanzo appartiene al genere dei componimenti misti di cronaca e d'invenzione. Poiché ritiene che la vocazione della letteratura sia oggi, in un tempo dominato dalla cronaca, non già quella di confondere ulteriormente i confini tra realtà e finzione, bensì quella di superarli, l'autore invita il lettore a considerare ogni singola parola di questo libro come frutto della sua immaginazione, anche e soprattutto quando si narri di fatti riferiti a personaggi e a contesti che portano il nome di persone o di istituzioni realmente esistenti.

Published by arrangement with
Marco Vigevani Agenzia Letteraria

Via Mecenate 91 - 20138 Milano

ISBN 978-88-452-6241-8

I edizione Bompiani marzo 2009

A te che stai arrivando.
Che tu sia la benvenuta a questo mondo.

"I quartieri residenziali sognano la violenza. Addormentati nelle loro sonnacchiose villette, protetti da benevoli centri commerciali, aspettano pazienti l'arrivo d'incubi che li facciano risvegliare in un mondo più carico di passione."

J.G. Ballard

"La sola passione della mia vita è stata la paura."

Thomas Hobbes

PROLOGO

Nei primi anni del terzo millennio, una vasta area operosa del Settentrione d'Italia fu sconvolta da un'epidemia. A Bergamo, piccolo capoluogo lombardo, affacciato a sud sulla grande depressione della Pianura Padana e prono a nord ai piedi delle Alpi Orobiche, la rapidità di propagazione del contagio fu tale che, nell'arco di soli otto mesi, dall'autunno del 2007 alla tarda primavera dell'anno successivo, una parte consistente della popolazione ne rimase falciata. Nemmeno la parte restante, però, si può dire se ne sia preservata. Uomini, donne, vecchi e bambini, soprattutto i bambini, si divisero in soggetti infetti – piagati dai segni appariscenti della malattia conclamata – e in portatori sani del morbo. Nessuno escluso. Nell'arco di un paio di stagioni – nemmeno il tempo di far invecchiare l'ultima collezione di moda – la città parve perdere prima la propria inviolabilità, poi la propria incolumità, infine smarrì interamente se stessa nello spurgo di ogni altra sicurezza.

Si trattò di una pestilenza dell'anima e delle menti. Ma questo non dovrebbe stupire. A pensarci bene, infatti, il

Male è proprio ciò che vi è di più immateriale, poiché muove la sua guerra accanita contro ogni essere concretamente vivente e, se lasciato fare, distruggerebbe la base stessa della creazione. Per quanto possa suonare strano, spesso la corruzione più grande è anche la più spirituale, tanto che in essa scompare ogni interesse tangibile. Perfino il piacere.

A Bergamo, come altrove, il bacillo giunse da fuori. E neppure questa fu un'eccezione. Nel nostro caso lo portarono due maestre di scuola materna, Niva Beghetto e Maria Pellegrini. Il primo ad accusarne i segni fu un sacerdote, don Mariano Presti. Intellettuale coltissimo, docente di Teologia sistematica al Seminario Vescovile di Città Alta, ma anche uomo di mediazione con i gruppi di carismatismo cattolico più attivi nella regione, nonché fondatore di una delle prime comunità italiane per il recupero dei tossicodipendenti, nell'ottobre del 2007 don Mariano fu accusato di molestie sessuali da un ex seminarista.

L'accusa, dapprima rigettata con sdegno tanto negli ambienti ecclesiastici quanto in quelli laici, cominciò a corroborarsi quando la stampa rivelò che don Mariano era stato scelto come assistente spirituale da Nari Lamua, un prete di origine ivoriana ospedalizzato, assieme ad altri cinquantasette confratelli, nell'istituto di cura dei padri Venturini attiguo al Seminario – un centro di riabilitazione per sacerdoti che non potevano fare ritorno alla società ma che nessuna diocesi o ordine religioso accettava nel suo seno, perché disturbati psichicamente, alcolisti gravi, tossicomani, malati di AIDS, sofferenti di depressione con tendenze al suicidio o con un passato di abusi sessuali attivi. Nari Lamua rientrava in quest'ultima casistica: era un prete pedofilo. E non era il solo tra quelli accolti dalla Congregazione di Gesù Sacerdote. A tutti loro don Mariano faceva da confessore.

Non appena la cosa si seppe, anche due ex tossicodipendenti, entrambi transitati anni prima, sebbene in periodi diversi, dalla comunità Nova Spes, un altro dei centri di accoglienza patrocinati da don Mariano, presero la parola per accusare il loro vecchio benefattore. Ma il cerchio dell'infamia, o dell'abiezione, si allargò ben presto oltre le pareti del grandioso edificio eretto sul colle di San Giovanni in Arena, e poi anche oltre i confini murati della città vecchia.

Qualche settimana più tardi, in Città Bassa, nel borgo di San Leonardo che si sviluppa alle pendici del colle, alcune migliaia di metri sotto il bastione che protegge l'abitato rinascimentale in corrispondenza di Porta San Giacomo, una bambina di cinque anni smise di fare la pipì. Per quattro lunghi giorni la piccola non urinò né defecò. Al quinto giorno, sollecitata dalla mamma, raccontò che la maestra, aiutata da un uomo, la portava fuori dalla scuola, in una grande casa dove individui incappucciati le facevano "delle brutte cose". La casa si trovava "sopra la montagna" e l'uomo era "nero".

Tutto, allora, precipitò. Nel giro di poche ore si venne a scoprire che le due nuove maestre della scuola materna Gianni Rodari, frequentata dalla piccolina, provenivano da un istituto del Bresciano dove l'anno precedente era scoppiato uno scandalo per sospetti casi di pedofilia; nel giro di pochi giorni i bambini che denotavano segni d'intensa sofferenza psichica si moltiplicarono; nel giro di poche settimane le famiglie che accusarono le maestre di complicità con i preti pedofili divennero prima quattro, poi sette, poi nove, poi undici, fino al momento in cui, in capo a pochi mesi, il bacillo aerobico del sospetto volò oltre le pareti del Seminario, oltre le mura di cinta di Bergamo Alta, oltre il perimetro dell'edificio scolastico, fino a invischiare tutta la città.

La vita intera parve, a un tratto, sprofondata nel disgusto, come se un enorme rospo, appoggiato con il suo ventre molle sui colli, avesse avvolto in una bava urticante la città. All'arrivo della primavera del 2008, a Bergamo il contagio era oramai divenuto orbitale, il rischio della possessione del Male totale. Non rimase che scegliere se esserne incubi o succubi.

La virulenza del contagio, l'inappellabilità della rovina, furono tali da autorizzare i cronisti a saccheggiare i testi sacri, razziando senza scrupoli motivi e immagini dai rotoli di antiche profezie. Lo fecero entrambi i principali quotidiani cittadini – sia quello cattolico, "L'Eco di Bergamo", di proprietà della curia, sia quello moderatamente progressista, il "Giornale di Bergamo" –, al pari della stampa nazionale e, soprattutto, della *free press* che, assieme a Internet e alla televisione, fu, e d'ora in avanti sempre sarà, l'autentico organo d'informazione del disastro.

Per descrivere ciò che stava accadendo si ricorse in particolar modo all'*Apocalisse* di Giovanni. E in effetti, tolta qualche facile esagerazione, non si può negare che la zona pedemontana della Pianura Padana, una delle aree più industrializzate e a più alto tasso di popolazione del pianeta, apparisse in una situazione piuttosto simile a quella in cui si mostra la terra all'apertura dei sette sigilli nella visione del profeta: il sole nero come un sacco di crine, un terzo della terra arso, un terzo degli alberi bruciato, un terzo delle acque mutato in assenzio e molti uomini morti per quelle acque divenute amare.

Nonostante questo vasto allarme, però, la fine del mondo non venne. E, a voler essere sinceri, si dovrà constatare che se ne rimase quasi delusi. Soprattutto perché, pur con quel grande invocare Dio che si fece – la sua misericordia, la sua giustizia, il suo castigo, a seconda dell'indole dei postulanti –, Dio non ebbe niente a che fare con quella vicenda. Non il Dio della metafisica. Lui se ne lavò le mani, disse qualcuno. O, forse, sarebbe più opportuno dire che anche Lui, al pari della fine del mondo, non venne. Semplicemente questo: non venne. Il suo posto a tavola rimase vacante, come la sedia che l'atavica cultura contadina, sulle cui macerie è sorta anche la Bergamo moderna, riservava per le anime dei defunti alla tavola dei giorni di festa. Il piatto dei morti.

Voglio dire che, in quei mesi di sgomento, Dio fu effettivamente invocato – con foga, con insistenza, magari anche con fede autentica –, ma Lui non rispose. Rimase in silenzio. E, allora, a fronte di quel Dio che non dava segno di sé, così difficile da intuire e oramai perfino da immaginare, così avaro nei suoi mutismi e nella sua prolungata assenza, ciò che accadde fu, né più né meno, che la gente scelse il suo eguale e opposto, il suo Avversario.

La gente invocò, attese invano, poi rinunciò. Fallita l'invocazione, smarritasi nei silenzi di Dio, la gente scelse Satana. Sempre il primo ad apparire, atto a ogni commercio, a ogni metamorfosi, sempre disponibile ad assumere le sembianze delle più svariate persone – di qualsiasi persona, anzi. La gente scelse Satana, così potente perché pronto all'uso alla prima evocazione. Scelse Satana, così a misura d'uomo.

Spesso, non potendo avere il Bene, tanto sfuggente, sdegnoso, tanto raro, ci si accontenta del Male, con la sua concretezza corposamente immessa nella materialità della vita quotidiana. "Meglio qualcosa piuttosto che nulla" – ci si dice inginocchiandosi davanti alla televisione. Poi, di notte, già a letto, piagnucolando sull'ennesima bassezza che abbiamo disinvoltamente commesso, "Si deve pur vivere" – ci si ripete. Sebbene noi, per primi, non se ne veda la necessità.

E anche a Bergamo ci si abbandonò alla voluttà di una scrollata di spalle e ci si consegnò mani e piedi alla grande superstizione del nostro tempo: la credenza nella maggiore fertilità del Male, il luogo comune secondo il quale esso attecchirebbe ovunque con facilità e abbondanza, come una pianta infestante. D'altra parte, alla fin fine, se le si dà il tempo di crescere ogni pianta è una pianta infestante. O no?

Il libro che segue vuole essere il racconto dei fatti accaduti a Bergamo – fatti nei quali chi scrive si trovò coinvolto in prima persona. Poiché, però, nessuno potrebbe sostenere in tutta onestà di sapersi accontentare dei meri fatti, questo libro vuole anche essere il racconto di un'invocazione, di un silenzio, di una rinuncia.

"Correte. Mio padre sta uccidendo mia madre."

Il bambino biondo ha lo sguardo allucinato. Due grandi occhi blu che pare fissino il vuoto ma guardano di lato.

La mamma gli toglie la cornetta del telefono dalle mani e rassicura la polizia all'altro capo del filo: non è vero, non accade nulla di terribile nel cuore della notte, suo figlio è sonnambulo. Il bambino ha sognato.

I poliziotti vengono comunque a controllare. "Si metta nei nostri panni, signora, la chiamata c'è stata."

Quando arrivano, tutto appare tranquillo. Nessuna traccia di violenza. La mamma sta bene. Il papà è in India, in viaggio d'affari.

Il bambino è già di nuovo nel suo letto. Ha urlato ancora un paio di volte di terrore, nel sonno, poi si è chetato.

25 GIUGNO 2007

Le due maestre arrivarono in città il pomeriggio del 25 giugno 2007. Viaggiavano sul treno regionale da Brescia, che entrò nella stazione di Bergamo alle 17,45 in punto.

In seguito, ci fu chi sostenne di aver notato da subito qualcosa di strano in quelle due donne di età così diversa – ventisette anni da poco compiuti la più giovane e cinquanta la più vecchia – le quali, pur non avendo alcun grado di parentela a legarle, prendevano una casa in affitto assieme nei pressi di un quartiere notoriamente malfamato.

Alcuni mesi dopo una loro vicina, Gaetana Lorenzi, vedova e beneficiaria della pensione di reversibilità dell'appuntato di pubblica sicurezza Mario Lorenzi, dichiarerà a un cronista locale di averle addirittura viste in via San Bernardino in quel pomeriggio di giugno, quando arrivarono per la prima volta al civico numero 5. Stando alle dichiarazioni, la signora Lorenzi si sarebbe trovata sul balcone d'angolo del suo appartamento, posto all'ultimo piano del palazzo che sovrasta la strada nel punto in cui incrocia via Zambonate, e da lì avrebbe avuto modo di osservare le due donne che la risalivano, venendo dalla parte dei binari ferroviari.

A darle nell'occhio sarebbe stato il fatto che le forestiere, trascinandosi appresso due ingombranti trolley, "camminavano attaccate ai muri delle case. Ma proprio sotto sotto, quasi strisciandoci contro. E guardi che non aveva ancora cominciato a piovere. È vero che le nuvole si stavano già ammassando, ma in quel momento la pioggia non era ancora venuta giù, e neanche la grandine. No, quelle camminavano sfiorando il muro non per ripararsi dall'acqua... Non so come spiegarlo... Avevano la testa coperta da un foulard, stavano curve in avanti, appiccicate al muro... Era come se stessero facendo qualcosa di nascosto, tutt'e due, anche se la strada e il marciapiede erano completamente vuoti. Venivano avanti in fila indiana."

Più tardi, quando la presenza delle maestre avrà già abbondantemente messo a rumore la città, si troverà un secondo testimone disposto a confermare la versione della signora Lorenzi e, anzi, perfino propenso a rincarare la dose.

La dirimpettaia della Lorenzi, Augusta del Bono, dirà infatti a un giornalista de "L'Eco di Bergamo" di aver notato anche lei le due maestre che prendevano possesso della loro abitazione: "Aveva fatto un caldo d'inferno per tutto il giorno, una roba africana... ma all'improvviso la temperatura si era abbassata. Mi ricordo che ho sentito una fitta di umidità venirmi giù sulla nuca – sa, io sono sensibile, perché soffro di cervicale e questo clima impazzito mi sta succhiando il sangue... è sempre troppo caldo, o troppo freddo, o troppo umido... mi ha quasi ridotta a un'invalida permanente. Comunque, sento questo vento freddo che viene su dalla strada attraverso la finestra. Allora vado per chiuderla e mi affaccio un attimo. Prima guardo in alto, dove vedo le nuvole che diventano scure – si sentivano i tuoni, ma lampi ancora non ce n'erano –, poi guardo in basso, giù in strada: lì, in mezzo alla polvere che si solleva, vedo 'ste due strane donne che vengono avanti camminando contro il muro... Trascinavano le valigie sulle rotelle facendo un bel baccano... Giù in fondo, all'incrocio con via Carrozzai, mi pare anche che si siano fermate a parlare con un uomo... un tizio intabarrato in una specie di mantella e con un cappuccio sulla testa... strano... poteva anche essere una tunica da prevosto o un saio... ma non sono sicura... c'era un gran trambusto, l'aria non era più limpida e scappavano tutti, perché si sentiva che il cielo stava per aprirsi e che sarebbe venuta giù l'ira di Dio. Una cosa però me la ricordo perché mi ha colpito: una delle due si è fermata un attimo, si è infilata un dito in bocca, l'ha bagnato per bene di saliva e poi l'ha puntato contro il cielo. Un istante dopo è venuta giù l'acqua a secchiate. Poi la grandine."

Entrambe le testimonianze, nonostante concordino in vari punti, e sebbene probabilmente rilasciate in buona fede, possono senz'altro essere considerate false.

Maria Pellegrini e Niva Beghetto, le due maestre trasferite alla scuola materna Gianni Rodari di Bergamo in vista dell'anno scolastico 2007/2008, si recarono effettivamente per la prima volta nel loro nuovo appartamento di via San Bernardino verso le sei del pomeriggio del 25 giugno, in concomitanza di un violento temporale e di una straordinaria grandinata – il grelimetro della locale stazione meteorologica misurò quel giorno un granello di ben 225 grammi –, ma, come ebbe modo di accertare in seguito la magistratura inquirente, vi si recarono tramite la vettura di strada in servizio di pubblico trasporto, con licenza n. 46

rilasciata a Banti Maurizio, sulla quale salirono presso il luogo di stazionamento antistante il palazzo della stazione. Insomma, in quel pomeriggio di giugno le due donne non percorsero la strada strisciando lungo i muri e trascinandosi dietro due rumorosi trolley, per il semplice motivo che in via San Bernardino ci andarono in taxi.

La verità è che, quando le due maestre arrivarono in città il pomeriggio del 25 giugno 2007, viaggiando sul treno regionale da Brescia che entrò nella stazione di Bergamo in perfetto orario, nessuno se ne accorse.

Soltanto parecchio tempo dopo, quando quell'inizio insignificante avrebbe per puro caso partorito una catena di drammatiche conseguenze, soltanto allora, voltandoci indietro, tutti noi avremmo imparato a guardare a esso come a ciò che già serbava in sé l'autorità perentoria di un'origine.

Nella vicenda delle due nuove maestre della scuola Rodari, ciò accadde quando ogni minimo dettaglio della loro vita fu ammantato dallo splendore sinistro della cronaca nera. Qualcosa di simile alla tremenda vibrazione ipnotica che promana da un cadavere disteso nel mezzo di una strada, a far impazzire lo sguardo dei passanti: il corpo morto se ne sta lì, con l'insostenibile evidenza della sua massa tragica, e non ti consente né di guardarlo né di distogliere lo sguardo.

****

Il giorno in cui le maestre arrivarono in città, il 25 giugno del 2007, era il giorno del mio compleanno. Per questo banale motivo ricordo con esattezza che nel pomeriggio, più o meno all'ora in cui Niva Beghetto e Maria Pellegrini giungevano in via San Bernardino, stavo anche io alla finestra.

Dal mio ufficio panoramico nella sede della facoltà di Lingue e Letterature straniere, posta in cima al colle aperto su cui sorge Bergamo Alta, guardavo il temporale formarsi sulla parte bassa della città e su un'area vastissima della Pianura Padana che si stendeva davanti a me fino a perdita d'occhio.

Era una terra che, nel volgere di pochi anni, aveva cambiato colore. Il marroncino peloso dei kiwi aveva soppiantato il rosso sanguigno della barbabietola, l'arancione smorto del caco il rosa-primavera del pesco (ventidue ettari spariti in dieci anni), i campi di grano duro o di mais i boschi di aceri. Dappertutto, enormi macchie di biondo bruno colavano lungo gli argini dei fiumi a giugno, pronte a rapprendersi in marrone-fango ad agosto. Un paesaggio sbiadito a causa del *global warming* e degli *hedge funds*, dei capricci del clima e degli sbalzi di prezzo, dei bollori dell'atmosfera e delle sale di contrattazione. Il pianeta scosso da una rivoluzione agraria, le tariffe impazzite, le colture omologate, i poveri impoveriti. Una pianura assetata (quasi il venti per cento in meno di precipitazioni in vent'anni), un futuro indocinese o brasiliano, un Tropico universale. E tutto, o quasi tutto, deciso dal mercato.

Terra di arachidi, oramai, la Pianura Padana: la nocciolina americana beveva poco, rendeva molto, sarebbe stata un boom. In attesa del sorgo da etanolo o della colza da biodiesel. Un paesaggio irritabile, volubile, nervoso: ci si adattava in fretta, veloci, flessibili, si piantava quel che profittava subito, quel che valeva sui listini di borsa. Quasi sempre erbe, ortaggi, pianticelle, quasi mai piante ad alto fusto. Troppo lente. L'estensivo dei campi arati l'aveva vinta sull'intensivo dei frutteti. Addio alberi. L'olmo maestoso, l'acero rosso erano quasi svaniti anche nel ricordo. Resisteva il pioppo, ma era troppo lento anche lui. Quindici anni per produrre reddito. Un'eternità in tempi di borse telematiche. Lo si faceva crescere ancora, il pioppo, ma lo si macellava da vitello: lo si segava dopo tre anni, quando non arrivava nemmeno a un metro e mezzo. Tanto andava tutto in "cippato", tutto sminuzzato in trucioli, bruciato nelle centrali elettriche a biomassa. Tolto qualche pioppo nano, rimaneva quindi la tremenda piattezza della piana. Niente più alberi di noce, o querce piantate alla nascita del figlio maschio. Niente auguri di lunga vita dove tutto va veloce.

Il 25 giugno, proprio mentre le maestre arrivavano in città, su quelle campagne che avevano mutato mani e pelle nel giro di un paio di decenni si andava addensando un immane temporale. La rapida metamorfosi della Pianura Padana in paesaggio equatoriale si completava ora, sotto i miei occhi, con il montare di quel violento fenomeno atmosferico tipico del Tropico umido. La storia della terra, abbandonata l'abissale lentezza geologica, si stava facendo in quel preciso istante. E io vi stavo assistendo.

Ricordo che guardavo affascinato l'enorme nube svilupparsi verticalmente per il sollevamento di grandi masse d'aria calda e umida. Guardavo la pianura trattenere il fiato, rabbrividire per le forti ventate fredde discendenti dai margini del cumulo, e fremere d'attesa sotto le impetuose correnti ascensionali che le risucchiavano anche l'ultima goccia d'acqua, anche il più piccolo umidore, per trascinarli in alto, all'interno della nube, dove si ammassavano turbinanti in banchi di cirri. L'aria calda risaliva veloce dal suolo, incuneata dalla corrente fredda. Il suolo, rapinato delle sue acque, si preparava a riceverle nuovamente, ma rese estranee e cariche della violenza altrui. Un'immensa incudine nera si allargava orizzontalmente sulla pianura, guadagnando città, paesi, svincoli ferroviari e raccordi autostradali a ogni nuovo minuto. Sotto l'incudine, al livello della superficie, inghiottito dalla sua ombra, un intero mondo si liquefaceva nell'instabilità dell'aria.

Soltanto là in fondo, sopra Milano, uno squarcio di luce, difeso e al tempo stesso penetrato dalla torre di vetro e cemento del grattacielo Pirelli, resisteva all'improvviso annerirsi dell'orizzonte. I cumuli bui, però, annunciati dal tuono, si precipitavano a inzeppare anche quello sbrego lattiginoso. Presto la bassa pressione sarebbe stata ovunque. Era l'ora del tramonto.

Ricordo che, proprio in quel momento, mentre l'aria sfrigolava dell'elettricità dispersa dall'imminente tempesta, con l'occhio per le cose più vicine notai la studentessa che fino a qualche minuto prima era stata nel mio ufficio a chiedermi, fremente e ammiccante, di seguirla nella tesi di laurea.

Si chiamava Giulia qualcosa e mi era parsa una ragazza in gamba. Alta, robusta ma non sgraziata – giocatrice di pallavolo semiprofessionista –, denotava un'intelligenza spigliata sorta su un retroterra culturale disarmante. Aveva una cadenza strascicata e un bel volto antico da contadina ma aspirava a laurearsi con uno studio sulle eroine disinibite e metropolitane della serie TV *Sex and the City*.

L'avevo giudicata una figlia del popolo che cercava il riscatto sociale nel culto di un programma alla moda. Mi ero sbagliato. “Trattala con i guanti, è figlia di miliardari,” si era affrettata a informarmi, non appena la ragazza era uscita dal mio studio, la collega bergamasca che lo divideva con me.

Quando scoppiò il temporale, Giulia si trovava proprio sotto la mia finestra e attraversava di corsa piazza Rosate per mettersi al riparo dallo scatenamento atmosferico. Il vento le sollevava la gonna, già corta di suo, le stampava la camicetta contro i seni, già generosamente esibiti, e le rendeva ancora più impervio l'avanzare con i tacchi alti sull'antico acciottolato.

Ricordo che la osservai traballare, inciampare, cadere, e che cercai in tutti i modi di farmela piacere. È giovane, è bella, è procace, è sufficientemente sfacciata da venire al ricevimento studenti vestita come per una serata di gala, ma non volgare al punto da osare una seduzione aperta. In ogni caso, ti si offre. Perché non la prendi? Addenta, stacca un boccone, poi, se dopo averla masticata un po' non dovesse piacerti, potrai sempre sputare. Sarebbe del tutto naturale – mi ripetevo –, sarebbe anzi quasi peccato non farlo. Eppure non riuscivo a persuadermi: le studentesse non mi eccitavano sessualmente. Anzi, a dire il vero, non mi eccitavano in nessun modo.

In quel periodo, ostinandomi in questo tentativo di plagiare me stesso, avevo anche rilasciato un'intervista a "L'Espresso", nella quale teorizzavo l'utilità pedagogica di relazioni erotiche con gli studenti e la legittimità sociale del fascino sessuale esercitato dai professori. Se si dava per scontata l'attrazione fisica irradiata da simboli quali la bellezza, il potere, il denaro, perché mai non si voleva riconoscerla anche al sapere? Ero arrivato addirittura a sostenere che, ai fini della sua istruzione superiore, una relazione di letto con il sottoscritto sarebbe valsa a una studentessa più di tre corsi universitari. L'amante avrebbe potuto apprendere per assimilazione dall'intero ambiente vitale del professore, invece di limitarsi alla trasmissione verticale di poche striminzite nozioni ricevute in qualche sporadica lezione frontale in aula.

Rilasciando simili dichiarazioni ai giornali, mi stavo comportando indubbiamente come un cretino. Ma non era solo per vanità che mi concedevo a quelle equivoche civetterie: anche se non me ne dimostravo all'altezza, avvertivo il bisogno di una violenta degradazione. Considerato il perbenismo ipocrita dell'ambiente accademico in materia di sesso ed educazione, con quelle dichiarazioni, oltre a circonvenire l'incapace di desiderio carnale nei confronti delle studentesse che ero, stavo infatti cercando un vero e proprio suicidio pubblico. Volevo che mi accadesse qualcosa, qualsiasi cosa, volevo che la mia esistenza incocciasse in un evento, fosse anche uno scoglio sufficientemente solido e tagliente da farla naufragare. Con la mia dozzinale dialettica non intendevo – me ne rendevo perfettamente conto – procurare a me stesso un alibi per un eventuale delitto d'infedeltà coniugale. Al contrario: cercavo goffamente di commettere un delitto che mi fornisse un pretesto per la soppressione del mio fidanzamento con Martina, la mia compagna da più di quattro anni.

Ricordo il corso dei miei pensieri in quel pomeriggio d'inizio estate per un motivo molto semplice. Non soltanto compivo trentotto anni quel giorno, ma mentre il temporale convettivo maturava sopra la mia testa, mescolando in quota cristalli di ghiaccio e gocce d'acqua, credetti di ricevere una rivelazione: fui folgorato dalla consapevolezza che non avrei mai avuto un figlio.

Lì accanto, la campana della chiesa di Santa Maria Maggiore cominciò a battere il vespero. Otto rintocchi, otto urti di metallo contro metallo – sei turgidi e due più gracili, quasi fessi – salivano dal borgo medioevale verso l'incudine di cumulonembi che si allargava nel cielo sopra di me, e io mi convincevo che l'istante era trascorso in quel preciso momento, e per sempre. Non sarei mai stato padre. Sembrerà un'esagerazione, ma scoppiai a piangere.

La commozione strisciò in me al primo colpo, poi, a poco a poco, sincronizzandosi con i battiti del mio cuore, m'invase. Al primo rintocco ero ancora un giovane professore universitario, uno scrittore con tanti libri davanti a sé, ma all'ottavo, quello gracile delle sei e mezzo, l'uomo che fino a un istante prima ero stato rimase travolto da un pianto a dirotto.

Che mi accade? mi chiedevo allarmato. Ma lo sapevo cosa mi era accaduto. Mi ero ricordato di Martina, la mia compagna, la quale il giorno prima, vedendomi accendere l'ennesima sigaretta, mi aveva detto: "Non fumare. Se continui così, quando avremo i nostri bambini non avrai più fiato per giocare a pallone con loro." Ma lo aveva detto con leggerezza, per pura motilità di spirito, senza la minima traccia della gravità che l'idea di avere un figlio dovrebbe far scendere in un cuore umano. Era stata quella leggerezza a rivelarmi, nel momento preciso in cui il temporale si scatenava su di me e la campana batteva il vespero, che un figlio non lo avrei mai avuto. Lo avevo sempre presentito, ma ora n'ero certo.

La battuta di Martina era giunta al termine di una delle tante stracche discussioni che da anni servivano soltanto a rimandare la decisione se avere o non avere dei figli fino al giorno in cui non sarebbe più stato possibile. Erano discussioni spassionate, quasi annoiate, tutte incentrate sul conteggio dei pro e dei contro, prigioniere di una logica da *problem solving*, di un'economia ridotta al calcolo costi-benefici, e dunque destinate a sboccare in un nulla di fatto, visto che l'esame razionale della questione della riproduzione avrebbe dato invariabilmente, sempre, il medesimo responso da qui all'eternità: fare figli non conviene. Erano, dunque, discussioni che si potevano accendere finché volevano, ma si potevano anche spegnere distrattamente in un: "Mi passeresti il sale, per favore?"

Persone come noi, come me e Martina, erano oramai del tutto estranee ai problemi posti dalla vita della specie. Esistevamo per noi stessi, in modo superfluo e ozioso, nella bizzarra condizione d'individui soprannumerari, negati alle basi sensibili dell'esistenza per eccesso di cerebralità e alle direttrici biologiche dello stare al mondo per eccesso di riflessività culturale. Per millenni, vivere aveva significato lottare per rimanere in vita. Non c'era stato quasi mai tempo per altro. Adesso la corsa era finita, eppure l'affanno non ci abbandonava.

Noi *baby boomers* dei tardi anni Sessanta, noi figli dell'ultimo letto in cui l'Occidente opulento aveva accoppiato benessere materiale e crescita della popolazione, eravamo individui che in altre epoche, o ad altre latitudini di questa medesima epoca, sarebbero già morti da tempo, falciati da un'epidemia, stremati da una carestia, raggiunti da un atto di violenza randagio, oppure si sarebbero già riprodotti più volte, ma sarebbero comunque stati sollevati dalla questione se avere o non avere dei figli. Il fatto stesso che noi avessimo la libertà, il lusso e il tedio di porcela, ne faceva una domanda retorica la cui risposta era invariabilmente: no, niente figli.

Ve lo immaginate un gruppo di castori sazi e annoiati che, a ogni nuovo inverno, si riuniscano in assemblee condominiali per decidere se erigere o meno la diga di tronchi che garantirà la loro sopravvivenza e la preservazione della specie? "Che dite, quest'anno la tiriamo su la diga o lasciamo perdere?" Ecco, noi eravamo così.

Intanto, mentre io mi dedicavo a queste meditazioni, aveva piovuto a scrosci. Poi l'acqua si era trasformata in grandine. Infine, l'aria fredda discendente aveva prevalso su quella calda, la turbolenza si era scaricata, aveva perso vigore, e così anche il temporale era entrato nella fase della sua dissipazione.

Io, di nuovo rapito da un momento di scissione, per un attimo ebbi l'impressione di trovarmi in alto, in cima all'incudine di nuvolaglia. Assiso sull'olimpo del mio cinismo, guardai a me stesso giù in basso: vidi soltanto una minuscola macchia di sangue affacciata alla finestra di un ufficio panoramico. Come una sazia divinità pagana, un dio del banchetto, reggevo le fila del mio destino in un pugno. E in quel destino di figli non ce n'erano.

Per misconoscere la rivelazione, mi affrettai a tornare in me. Da dietro i miei occhi, osservai quella stessa piazza Rosate attraversata pochi minuti prima dalla mia seducente studentessa in fuga dal temporale. L'acciottolato che aveva catturato i suoi tacchi alti era adesso cosparso di carcasse di piccioni. Sorpresi dall'improvvisa grandinata, avevano avuto la molle testolina schiantata dai chicchi. Erano stati abbattuti in volo.

Il bambino sogna spesso la fine del mondo. Nei suoi sogni il mondo finisce col fuoco.

È sempre lo stesso sogno, che si ripete identico dalla prima all'ultima immagine. Preciso preciso, rimette in moto ogni volta la stessa infaticabile sequenza, la stessa vertiginosa ascesa di urti cosmici, sempre in marcia al passo della stessa cadenza d'incubo, e la loro ineluttabile avanzata conduce sempre al medesimo sfondamento, nel punto esatto della linea in cui a cedere di schianto è sempre lui, lo stesso bambino. Eppure non si può fare niente per impedirlo, per evitare che l'ineluttabile ritorni. Lui chiude gli occhi, si addormenta, e intanto quello si rimette in cammino. Magari parte anche di lontano ma, una volta in marcia, arriverà. Non c'è niente da fare. Una volta che il primo terreno è stato aggredito, la strada intaccata, allora ti raggiungerà, giungerà fino a te nel tuo lettino, sotto le tue copertine. Il bambino non ha niente da opporgli. Nemmeno un racconto.

Al risveglio la mamma, asciugandogli la fronte, gli dice: "Raccontami questo sogno, piccolo mio."

Lui, però, non può. Quelle immagini, nella loro immutabile sequenza, le conosce a memoria, una per una, ma il problema è che non sono immagini. Sono cozzi, sono oggetti contundenti scagliati nella sua testa dalla sua testa, sono roba piatta, grigia, colpi ottusi e secchi, non offrono appigli, non lasciano tagli. Sono il fragore inascoltabile del mondo.

Non offrono appigli, non lasciano tagli, il bambino non può rievocarle a suo piacimento. Le ricorda, è vero, quelle immagini, ma con una memoria del corpo interno. Le porta iscritte nella pasta molle del cervello, non lasciano sulla pelle cicatrici su cui si possano far scorrere le dita a divinare il tracciato di un racconto. Sono quanto di più intimo, di più essenziale il bambino serbi in sé, eppure non può riviverle se loro non vengono. Ma, quando vengono, vengono per annientarlo. Si può solo aspettare che ritornino. E torneranno.

Il papà, prima di andare a letto, gli smorza la lampada e gli dice: "Non aver paura. Sono soltanto un sogno."

Infatti, lui si addormenta e le sogna ancora. Sogna di nuovo la fine del mondo, il bambino, quel mondo che finisce col fuoco. E lui la attende con ansia. Sa che prima dovrà subire tutto il resto, reggere a forza di denti e spasmi quella sequenza inarrestabile di schianti, ma poi anche il fuoco esploderà. Allora sarà davvero la fine, di tutto. Anche della paura. Allora il bambino si alzerà e sarà libero di abbandonarsi al terrore.

Una volta libero, il bambino cercherà il fuoco, perché anche lui, come tutti i bambini, ha paura del buio.

La mamma, il papà, i maestri gli dicono: "Non devi aver paura del buio. Non c'è nessuno in agguato nella stanza buia. Il buio non è niente."

Il bambino annuisce con la testa, sa che i grandi hanno ragione. Sa pure che hanno torto ma, riguardo a questo, ta-

ce. Vuole troppo bene a mamma e a papà per metterli a parte del terribile segreto racchiuso in quella verità che pronunciano eppure non capiscono: il buio non è niente. Sono troppo grandi per sapere davvero cosa sia il buio. Lui no. Il buio è il suo elemento. Lui ne ha paura, lui lo conosce. Il bambino ha un sensorio per il buio.

I dottori non riescono a spiegarsi come sia possibile, eppure lui sente il buio. È sufficiente un nonnulla di luce, anche uno spiraglio di luna che filtri tra le lame delle veneziane, ma se quel nonnulla sparisce, allora lui lo avverte. Se il buio assoluto cala sul piccolo abbaino in cui il bambino dorme, lui si sveglia. E si dà in pasto al terrore.

A volte, nei giorni buoni, capita che, per dormire sereno, nella casa delle vacanze il bambino si accontenti anche del remoto chiarore di un lampione giù in strada. Poi, però, magari a causa di un temporale lontano, il paese di mezza collina rimane senza corrente elettrica. Allora, immediatamente, come un automa attivato da un meccanismo di tenebra, il bambino si tira su a sedere sul letto. Per un attimo attende. Tutti dormono, perché il sonno degli adulti non ha bisogno di luce. Lui è lì, nel mezzo di un blackout nel cuore della notte di una notte senza luna. L'immensità del cosmo non è mai stata tanto vicina. Il bambino non è mai stato così solo.

Una metà del cervello si sveglia, l'altra rimane in sonno. La metà in allerta percepisce il coma della parte mancante: il sabotatore, il compagno segreto. Ancora un istante e la follia si scopre più insopportabile della morte. Il bambino si è alzato e sta già cercando il fuoco.

Non importa dove lo nascondano, non importa sotto quanti strati di tovaglie, maglioni, lenzuola, negli anfratti di quali inarrivabili scansie abbiano sepolto la candela e i fiammiferi, il bambino li troverà. Lo guiderà il suo sensorio per il buio, la cosa che più gli fa paura, quella che conosce meglio.

La fiamma sfrigola, la cera si strugge, la candela sta bene ovunque. Benvenuta sia la fine del mondo. Il fuoco è amico, il fuoco fa luce, non importa se la casa è in fiamme.

Una volta è la libreria che si annerisce lentamente mentre la città dorme, un'altra volta è il sofà. Una volta se lo porta addirittura a letto, il suo amuleto luminoso.

Il papà, quella volta, lo trova già avvolto in un vapore di fumo spesso. Lo salvano appena in tempo, sull'orlo di un definitivo soffocamento dovuto alla combustione di quei tessuti sintetici che già cominciano a sostituire la lana nelle coperte stese a riscaldare i sonni dell'infanzia.

Eppure il bambino la sua candela la stringe ancora in petto. Non la molla. Sembra dormire sereno mentre si aggrappa alla piccola ghiandola di luce che l'avrebbe ucciso.

SETTEMBRE

Nel settembre del 2007, alla scuola materna Gianni Rodari di Bergamo il numero degli alunni boliviani sopravanzò per la prima volta quello degli italiani. Già in precedenza la componente straniera aveva complessivamente superato quella italiana, con una percentuale di alunni pari al 70% del totale, ma non era ancora successo che una singola nazionalità prevalesse su quella autoctona.

Accadde quell'anno: il 10 settembre del 2007, giorno di apertura dell'anno scolastico in tutte le provincie della Lombardia, tra i banchi della scuola Rodari, plesso dell'Istituto comprensivo Paolo Sarpi che abbracciava due scuole materne, tre primarie e due secondarie, sedevano 116 bambini provenienti dalla Bolivia contro 113 di famiglia italiana.

La cosa non avrebbe dovuto stupire, visto che nell'ultimo decennio, nel comune di Bergamo, la percentuale di alunni stranieri era cresciuta esponenzialmente – passando dal 15,6% del 2001/2002 a quasi il 30% dell'anno scolastico 2005/2006 –, e anche in considerazione del fatto che la Rodari si trovava in via Greppi, dunque a ridosso del centro storico di Città Bassa, ma anche nel mezzo di quel reticolo di strade comprese tra via Quarenghi, via Moroni e via San Bernardino che tutti, a Bergamo, chiamano "quartiere degli immigrati". Eppure la cosa fece scalpore e lo scalpore fece notizia.

Un paio di settimane dopo l'apertura dell'anno scolastico Bergamo TV, una delle principali emittenti locali, mandò una troupe a intervistare la preside della scuola materna Rodari, Elisabetta Marangoni.

Il filmato mostra la professoressa Marangoni nel suo ufficio, in tailleur grigio da grande magazzino – l'alta uniforme dell'impiegato statale. Con grande compostezza, la professoressa esordisce proclamando che "la scuola è oramai una realtà multiculturale". Lo dice con la serenità del lavoro ben fatto e con quella punta di rassegnazione di chi si sia trovato al cospetto di "cambiamenti epocali". Poi passa a snocciolare le cifre, come ci si aspetta da un burocrate competente: "Focalizzando l'attenzione sulla sola provincia di Bergamo, gli studenti stranieri sono 11.845 e costituiscono circa il 7,6% della popolazione scolastica totale, una presenza in linea con la media regionale."

La professoressa Marangoni prosegue poi valutando in modo pienamente positivo il fenomeno ("La diversità culturale è ricchezza"), e sottolineando quanto la città di Bergamo si sia distinta come "realtà territoriale vivace in relazione a una buona tradizione di lavoro nel campo delle iniziative interculturali". In particolar modo, la scuola materna Gianni Rodari può vantare "l'attivazione di una 'funzione strumentale' per l'integrazione degli stranieri" coordinata da una maestra anch'essa straniera, l'insegnante di origine nigeriana Mati Wangari, e "la precoce individuazione, nell'accoglienza, nell'integrazione e nell'intercultura, di uno dei suoi ambiti di attività e intervento privilegiati".

"Siamo pronti, insomma. E non da ora." Così la professoressa conclude l'intervista rilasciata alla troupe di Bergamo TV la mattina del 25 settembre 2007.

Il servizio, però, non si chiude con le parole della professoressa. All'intervista seguono, infatti, un breve montaggio di foto d'epoca e una rapida carrellata nei corridoi della scuola odierna. È, indubbiamente, la parte più interessante del filmato, o comunque la più suggestiva.

Didascalia: COME ERAVAMO. I caratteri grafici richiamano il buon tempo andato. Immagini fotografiche virate a seppia si succedono in rapida sequenza e in dissolvenza incrociata.

In un mondo schiacciato da un cielo plumbeo e raggelato nella distanza incolmabile del bianco e nero, un prete tonacato passeggia a capo chino davanti a un edificio scolastico in massivo stile fascista. Dissolvenza.

Un gruppo di bambine infagottate in cappotti di lana spessa scende compito dalla scalinata d'ingresso, reggendo a fatica pesantissime cartelle in cuoio gonfie di libri. Dissolvenza.

Un corridoio deserto ma ravvivato in modo sinistro da una schiera di cappotti appesi ordinatamente a una rastrelliera, ad attendere, sicuri sebbene incustoditi, il ritorno dei corpi che li riempiranno e ai quali restituiranno calore. Nero.

Altra didascalia: COME SIAMO, questa volta con caratteri moderni. Una ripresa con camera a spalla ci introduce in piano sequenza nei corridoi di una scuola affollata di bambini vocianti.

La telecamera, traballante, ci conduce in corridoi popolati di bambini di quindici diverse razze e di cinque continenti.

Veniamo introdotti in uno spazio curvo. Le forme stabili della classica referenza geografica – a ogni porzione di mappa la sua porzione di mondo – si liquefanno in superfici multidimensionali non lineari. I territori si sganciano dalla continuità fisica e fluttuano nella varietà delle fisionomie etniche di ciascun bambino, come placche tettoniche alla deriva sotto la superficie dei continenti.

Il lungo Medioevo nelle treccine della piccola eritrea, l'immutabilità precolombiana nella fronte bassa del bimbo boliviano, la feroce rapidità del XX secolo nell'occhio sfuggente del cinese. Poi, nella pupilla d'ossidiana della piccola rom su cui l'inquadratura si ferma, si ferma, infine, anche il tempo senza tempo dei gitani. Nero.

Visionando oggi il filmato, la sensazione di profondo spaesamento che esso produce nello spettatore si acuisce, probabilmente, a causa della consapevolezza di tutto ciò che accadde nelle settimane successive alla ripresa. Ciononostante, non si può fare a meno di chiedersi perché la professoressa Marangoni, vedendosi assegnare dal provveditorato agli studi per l'anno scolastico 2007/2008 Maria Pellegrini e Niva Beghetto, abbia deciso di distaccarle al "progetto stranieri". Perché, pur disponendo di centoventi insegnanti di disciplina più dodici insegnanti di sostegno, la preside dell'Istituto comprensivo Paolo Sarpi affidò proprio a quelle due nuove maestre la delicata responsabilità di alfabetizzare, accogliere e integrare i piccoli figli stranieri di un mondo in cui lo spazio e il tempo si erano oramai curvati fino a diventare una cosa sola?

La mattina dell'intervista a Bergamo TV, la professoressa Marangoni appare come una donna sicura di sé, poiché molto, forse troppo fiduciosa nel suo prossimo, ma anche come una persona equilibrata e una dirigente competente. E quella mattina la preside era la sola a conoscere il segreto che Maria Pellegrini e Niva Beghetto custodivano. Un segreto che doveva assolutamente rimanere tale perché la verità su di esso potesse affiorare, perché il tempo, alla prova dei fatti, potesse fare giustizia con il passo lento che spesso le cose terribili pretendono per venire alla luce e al mondo. Se l'informazione di cui solo la preside era allora in possesso fosse circolata intempestivamente, la verità si sarebbe forse perduta per sempre. Se la sarebbe mangiata la paura.

Il segreto, infatti, era questo: le nuove maestre arrivavano alla Rodari dopo aver cambiato ben due scuole negli ultimi due anni. Ma non si trasferivano per motivi famigliari, non si stavano riavvicinando a casa. Erano due donne in fuga, non sulla via del ritorno. Prima erano state trasferite dalla scuola materna Abba di Brescia perché coinvolte in un'inchiesta, all'epoca ancora in corso, relativa a presunti abusi sessuali su sette loro alunni. Poi, l'anno successivo, avevano dovuto abbandonare anche la scuola di nuova assegnazione, l'istituto Sorelli, sempre a Brescia, poiché anche lì, a pochi mesi dal loro arrivo, erano state sospettate di molestie dai genitori di alcuni allievi.

Perché, dunque, la preside scelse proprio loro per il delicato compito di accogliere e integrare i figli d'immigrati stranieri?

Non è nemmeno lecito ipotizzare che la professoressa Marangoni abbia deciso in quel senso per motivi razzisti. La scuola da lei diretta era, ed è, all'avanguardia nelle politiche d'integrazione. Ma, allora, se la preside non affidò i figli degli immigrati alle maestre sospettate di pedofilia per mettere al riparo dall'eventuale abominio i figli degli italiani, perché lo fece? Perché, soprattutto se le riteneva innocenti, rischiò le due maestre in quel ruolo così esposto?

Guardando e riguardando oggi il filmato registrato il 25 settembre alla scuola Rodari, sapendo tutto il dolore che scaturì anche da quel modesto errore di valutazione, ci può forse essere di conforto immaginare che fu commesso per generosità. Forse – mi dico – la professoressa Marangoni assegnò quelle donne marchiate ai figli dei cingalesi, dei marocchini, degli ecuadoriani, perché erano anch'esse migranti, figlie di una loro personale, maledetta diaspora che le costringeva, anno dopo anno, a spostarsi di città in città, rimanendo però sempre irrimediabilmente separate dal mondo, un esilio che le condannava a vivere in simbiosi con il proprio canceroso ospite segreto.

È possibile che la preside abbia affidato a Maria Pellegrini e Niva Beghetto i bimbi stranieri nella speranza che fossero questi a prendersi cura delle loro maestre?

****

Mi sono ripetuto spesso che fu il caso a volere che mi trovassi anch'io a passare dall'Istituto comprensivo Paolo Sarpi nel settembre del 2007. Ma, se considero i legami oscuri che la mia presenza alla scuola quel giorno stabilì con ciò che accadde in seguito, devo concludere che in una piccola città come Bergamo il caso è, probabilmente, soltanto un alibi che forniamo ai nostri colpevoli torpori.

ItL2. Italiano Lingua Seconda. Ricordo che quest'espressione e la sua formula mi echeggiavano nella testa l'11 settembre del 2007, mentre percorrevo quegli stessi corridoi della scuola materna Gianni Rodari che in seguito avrei rivisto nel servizio di Bergamo TV. Accompagnandomi verso l'aula magna, dopo avermi mostrato l'ala dell'edificio scolastico occupata dalla scuola materna, la preside Marangoni – proprio quella del filmato – mi stava esponendo a viva voce i vari programmi di educazione interculturale sviluppati dall'istituto a fronte della crescente presenza di stranieri. Tra questi, andava giustamente fiera dell'insegnamento dell'italiano come seconda lingua per i figli d'immigrati. ItL2. Italiano Lingua Seconda.

Mentre i piccoli beneficiari di quei programmi si scostavano al nostro passaggio, le parole con cui la preside li illustrava si rimescolavano, nella mia mente, ai frammenti delle centinaia di verifiche scritte che, proprio in quei giorni, stavo correggendo per la prima sessione dell'esame autunnale del mio corso universitario di Teoria e tecniche del linguaggio televisivo.

Che ne dovevo fare – mi chiedevo – di quelle prove sgrammaticate, asintattiche, di quegli spasmi d'incapacità linguistica? Forse perfino all'università dovevamo rassegnarci a insegnare ai nostri studenti italiani l'italiano come seconda lingua. ItL2. Ma che ne sarebbe stato di un popolo senza più lingua madre?

Fui sul punto di chiederlo alla preside, quando mi ricordai che mi stava portando in visita all'istituto, e m'illustrava i suoi programmi di educazione interculturale, perché io stesso ne facevo parte in qualità di ospite d'onore. Un rango che mi toglieva il diritto di manifestare il mio spaesamento.

Mi trovavo lì, infatti, poiché il consiglio d'istituto – composto dai rappresentanti di genitori, docenti e non docenti – aveva deliberato all'unanimità di inaugurare l'anno scolastico con una cerimonia di commemorazione del sesto anniversario degli attentati dell'11 settembre 2001, destinata agli allievi delle scuole primarie e secondarie del Paolo Sarpi. L'idea, come mi spiegò la preside, era questa: ricordare in una scuola multietnica l'11 settembre, tragedia della globalizzazione e dello scontro di civiltà, poteva servire "a stimolare una nuova sensibilità planetaria", a "fare memoria" e, soprattutto, a "mettere in campo attività pedagogico-didattiche informali, tese allo sviluppo di relazioni interetniche in nome dell'equità e del pluralismo cuturale".

La giornata commemorativa prevedeva prima un cerimoniale – durante il quale alunni di diverse etnie avrebbero sciorinato alcuni dei nomi delle vittime degli attentati, offrendo così ai loro professori l'occasione per un rapido esercizio di filologia che evidenziasse le più disparate provenienze dei caduti attraverso l'analisi dei loro cognomi – e poi una lezione, riservata soltanto agli allievi di terza media e tenuta da una personalità illustre. Avendo scritto un paio d'anni prima un romanzo che si era procurato un noto premio letterario, ed essendomi in seguito perfino azzardato qualche volta ad apparire in televisione, quel giorno la personalità illustre ero io.

Grazie alla bocca buona delle città di provincia in fatto di celebrità, mi trovai davanti a una platea composta da docenti, da genitori di alunni, e soprattutto da ragazzini ancora abbronzati dal sole estivo e già annoiati prima di cominciare. Vedendoli assieparsi tra le file di sedie, mi accorsi di essere chiamato a inaugurare l'ultimo anno scolastico della loro prolungata infanzia parlando del fuoco che, sebbene probabilmente non se ne fossero nemmeno accorti, aveva battezzato il tempo della loro vita.

Quella mattina erano già trascorsi sei anni dalla tragedia che aveva crepato il guscio del XXI secolo. Un sacco di tempo, soprattutto se misurato con il cronometro a decimi di secondo di un preadolescente. Sulla tragedia, poi, era già stato detto tutto e il contrario di tutto. Salvo, forse, che non c'era stata nessuna tragedia. E che il tempo inaugurato dalla bolla di fuoco partorita dalla torre gemella era un tempo che non trascorre. Decisi di dire quello.

Ricordo con una certa esattezza i contenuti e il tenore della mia lezione, perché utilizzai gli appunti per un articolo pubblicato il giorno stesso da "La Stampa", il quotidiano con cui collaboravo. Il mio discorso commemorativo dovette suonare grossomodo così:

> Vedete, ragazzi, tra il 1914 e il 1918 la prima guerra mondiale disseminò l'Europa di dodici milioni di morti perché non ci fosse mai più un'altra guerra dopo quella. Tra il 1940 e il 1945 Hitler sterminò sei milioni di ebrei per fondare sui loro cadaveri un regno millenario di uomini superiori. Tra il 1930 e il 1953 Stalin represse, deportò e internò nei gulag diciotto milioni d'uomini in nome dell'ideale comunista d'uguaglianza e giustizia sociale. Ieri a Gorgo al Monticano, in provincia di Vicenza, tre immigrati clandestini hanno massacrato con dei cacciaviti, nella loro camera da letto, una coppia di anziani per derubarli di tremila euro; domani, chissà dove, un ragazzino ubriaco investirà sulle strisce pedonali un gruppetto di amici all'uscita di una discoteca. D'epoca in epoca, la violenza assume forme, modi e figure molto diversi. Il XX è stato il secolo della violenza della Storia,

il XXI sembra avviato a diventare quello della violenza della cronaca.

L'attentato dell'11 settembre 2001, di cui oggi ricorre il sesto anniversario, ha fatto da spartiacque tra queste due epoche della violenza. Appartiene per un verso alla violenza della Storia, per un altro a quella della cronaca. Una delle caratteristiche della violenza della cronaca è proprio quella di ridursi a una congerie di fatti minuti e dispersi, di negarsi al pensiero, rendendo apparentemente impossibile un loro inquadramento dentro una visione del mondo, una comprensione che abbracci il passato, il presente e il futuro della nostra vicenda individuale e collettiva. La Storia, invece, colloca ogni singolo accadimento, per quanto apparentemente insignificante, dentro il quadro di un processo più ampio che lo accoglie, lo spiega e lo giustifica. La cronaca lo abbandona a se stesso, proibendo che la sua insulsa particolarità venga riscattata da un racconto più grande e, magari, anche da un futuro migliore.

Durante il Novecento, al tempo della Storia, milioni di militanti di diverse ideologie hanno agito e patito in prima persona per le loro convinzioni. Rispetto alla violenza della cronaca, invece, l'uomo è sempre passivo: o vittima impotente o spettatore inerte.

L'11 settembre del 2001, gli Stati Uniti d'America vennero tragicamente colpiti dalla violenza della Storia. Purtroppo oggi, a distanza di sei anni, pare di poter dire che, a causa di una guerra sciagurata la cui supposta violenza redentrice è presto precipitata in una litania d'episodi di morte accidentali e insensati, anche quella violenza è scaduta nel nauseabondo scannatoio della cronaca. Al punto che, sondati dal "New York Times", gli stessi statunitensi rimettono in discussione l'opportunità di continuare a commemorare la tragedia che li colpì soltanto sei anni fa. Molti degli intervistati rispondono che non ha più senso ostinarsi nel lutto, che sei anni di cordoglio sono troppo lunghi. Ma il punto è che oggi non sono trascorsi sei anni dall'attentato al World Trade Center dell'11 settembre 2001. Sono trascorsi 2191 giorni. Giorno dopo giorno, dopo giorno, dopo giorno...

Finita la lezione, c'imbattemmo in un animale morto. La carcassa di un gatto certosino, non ancora decomposta, giaceva con le quattro zampe amputate nel giardino interno all'edificio scolastico.

La prossimità della carogna al lato che dava sull'adiacente via Greppi lasciava supporre che qualcuno l'avesse gettata dall'esterno, facendola volare al di là delle punte di freccia in cui culminava la cancellata che divideva il giardino dalla strada. Chiunque fosse l'autore di quel macabro gesto, prima di compierlo, oltre a mutilare l'animale, gli aveva dipinto con una bomboletta spray una croce rossa rovesciata sulla pancia.

A guidarci in giardino fu una maestra che, in preda a un evidente stato d'ansia, venne a chiamare la preside mentre ancora ci stavamo congedando dai ragazzi delle medie, dai loro insegnanti e da un gruppetto di genitori venuti a commentare le parole del relatore. Il cadavere del gatto si trovava, infatti, nella parte dell'edificio che ospitava la scuola materna.

Quando arrivammo, la carcassa senza vita della bestiolina era stretta dalle maestre in una morsa di terrore sacro: disposte in cerchio, si sforzavano di fare muro con i loro corpi per impedire ai bambini di scorgerla. A vederle così, solenni, accanite, unite in ranghi serrati, quelle povere maestre sembravano un manipolo di sopravvissuti risoluti a proteggere a costo della vita ciò che gli rimaneva di più prezioso al mondo. Invece, stavano solo schermando un animale morto.

L'unico a essersi avventurato dentro il cerchio era un bidello piuttosto anziano il quale, con la dovuta rituale riluttanza, armato di un manico di scopa, punzecchiava il cadavere del gatto: ogni volta che la punta del bastone affondava nel pelo gonfio di secrezioni purulente, il bidello sobbalzava all'indietro, nemmeno si aspettasse una zampata dal piccolo felino.

Il giardino era pieno di bambini di quattro e cinque anni che scorrazzavano in ogni direzione, poiché il ritrovamento era avvenuto durante un'uscita didattica che rispondeva al concetto di "sfondo integratore". Si trattava – mi spiegò poi una delle maestre che faceva muro – di percorsi formativi intesi ad avviare i bambini all'esplorazione del mondo circostante. Un viaggio "dentro le cose" alla scoperta della realtà che ci circonda, intrapreso spesso in compagnia di un "mediatore fantastico" che scorti i bimbi nel viaggio.

Quella mattina si era deciso di cominciare dal giardino della scuola, una terra di mezzo tra interno ed esterno. Il mediatore fantastico sarebbe dovuto essere il grande olmo piantato da più di un secolo in un angolo del giardino, animato per l'occasione da una decorazione che gli aveva attribuito un volto umano intarsiato nel tronco. Proprio sotto l'olmo era stato ritrovato il gatto.

"Sono capaci di tutto quelli lì. Anche di fare il voodoo."

Il bidello era uscito dal cerchio e si era rivolto a me, forse in quanto unico altro maschio adulto in mezzo a tanti bambini e alle maestre. Con la testa indicava in direzione di via Quarenghi, cuore nero del "quartiere degli immigrati". Il misfatto, lui ne sembrava certo, doveva essere piovuto di lì.

Intanto, la notizia del gatto morto si era diffusa e da ogni parte del giardino i piccoli si avvicinavano a frotte per guardarlo. Bianchi, neri, gialli, arrivavano tutti assieme e tutti di corsa per sbirciare il gattino ammazzato. Le maestre, allora, stringevano sempre più il cerchio attorno al cadavere scempiato, si prendevano per mano – arrivarono perfino ad abbracciarsi, allacciando ognuna le braccia attorno alla vita delle vicine –, ma non riuscivano a impedire che i bambini vedessero.

"Poveri bimbi," commentò il bidello, scuotendo il capo con una smorfia di compassione per gli innocenti esposti alle brutture della vita. Pronunciando quelle parole, di nuovo alzò lo sguardo oltre il muro, in direzione di via Quarenghi.

In cuor suo quell'uomo compassionevole, pur non avendo nessuna prova, aveva già sentenziato che i colpevoli dell'orrore dovevano essere proprio i genitori di alcuni dei bambini commiserati da lui per primo, le madri e i padri di quei piccoli che, tutt'intorno a noi, correvano gioiosi verso le loro maestre disposte a testuggine e che, come giunti sull'orlo di un invisibile precipizio, prima si arrestavano di botto, poi rinculavano, risospinti indietro dall'altrettanto invisibile onda d'urto della morte.

È notte. Il bambino è nel suo letto. Sonno REM.

I bulbi oculari schizzano a destra e a sinistra sotto le palpebre, le onde cerebrali si accavallano di furia dentro la scatola cranica, i muscoli soltanto si abbandonano al sonno. La mente freme, s'inquieta, il corpo giace.

È notte fonda. È l'ora che non trascorre. Qualunque creatura dorme.

Dormono le cime dei monti e le gole, i picchi e i dirupi e le famiglie di animali, quanti ne nutre la terra nera – la lucertola, il rospo disgustoso, il cane dei vicini –, e dormono anche le belve feroci – i leoni dei circhi, le murene negli acquari, le tigri nelle gabbie degli zoo –, e le stirpi delle api e i piccioni tra le guglie di San Marco, e dormono anche i mostri negli abissi marini. Lo squalo divoratore di uomini, la piovra tentacolare, l'orca assassina.

Soltanto il bambino non dorme. Eppure non è nemmeno sveglio. Scosta le coperte e si tira a sedere sul letto.

Dormono i mostri, ma lui deve aver sentito nel tonfo sordo del loro russare la lenta digestione della preda. Ha sognato intensamente e ora si è alzato. È desto, eppure sta dormendo. Vaga nella propria stanza ma si muove a strappi, fa per vestirsi ma resta in pigiama, compie il gesto di lavarsi ma non ha acqua tra le mani. È tutto fuori di sesto eppure in movimento. Lo guida il compagno segreto. Non ha finestre la sua cella sepolta in fondo all'intestino cieco.

Questa volta il bambino non urla. Farfuglia – frasi sconnesse, sottovoce – e nessuno lo sente. Striscia lungo i muri, tasta le pareti, cerca qualcosa. Cerca sempre la solita cosa. Sente la liscia lividura del vetro sotto le dita. Ha trovato: la luce lo chiama.

La porta-finestra si apre, il bambino varca la soglia ed è in strada. È una notte dolce, chiara, senza vento. La luna si posa placida nel mezzo del mare, un'onda immane ne porta il chiarore fin sulla collina.

Il bambino s'incammina, a piedi scalzi, in pigiama, con gli occhi aperti e vuoti, nell'immensa notte di una falesia a picco sul mare. Il parco della villa lo inghiotte, le chiome dei pini gli nascondono la luna, le membra gli si contraggono a singhiozzi, come scottate da un lieve fremito di epilessia focale. Ma è la villa dei giochi della sua infanzia e il bambino sa dove andare.

Infila la piccola mano nella grata di un cancello, fa scattare la serratura, si arrampica a tentoni su un muretto a secco. Alle sue spalle ora c'è un uomo, di fronte a lui un cane.

L'uomo è suo padre, il cane è un cane da caccia di piccola taglia, un dalmata, quelli della Carica dei 101, non un temibile cane da guardia. Il bambino lo conosce bene, si chiama Black, è il compagno di giochi dei figli dei vicini. Ma è pur sempre un cane e lui è pur sempre un intruso nella notte.

Il bambino avanza verso il cane, continuando a smozzicare le sue frasi senza senso, come se il dalmata non esistesse: quell'animale non è nei suoi sogni.

Il cane emette un borbottio, si mette di punta, sguaina i denti. Il bambino gli arriva a un passo, gli sfiora il muso con la gamba del pigiama, lo ignora e ne è ignorato.

Il cane lo ha lasciato passare, non ha nemmeno voltato la testa, non lo ha nemmeno annusato. Il bambino se n'è andato per la sua strada intatto, illeso, inodore. Forse un piccolo sognatore non lascia sentori nemmeno all'olfatto di un cane cacciatore.

Black non si era allertato per lui. In realtà gli guardava attraverso: puntava il padre che arrivava alle sue spalle.

Anche il padre avanza come aveva fatto il figlio. Ma si scatena il putiferio. Anche il padre conosce il cane e ne è conosciuto – lo ha visto nascere, lo ha nutrito, ci ha giocato assieme ai bimbi dei vicini –, ma il padre non sogna e in quella notte è lui l'intruso.

Quando, richiamati dagli strepiti del cane, i padroni della villa si svegliano, il bambino e già sparito. Guidati dalla luna e dai fasci gialli delle torce elettriche comprate per corrispondenza, si mettono tutti alla ricerca del bambino scomparso. Tutti lo cercano, il piccolo sonnambulo, compreso il cane.

Lo trovano presto, sta bene, non è andato lontano. Sta giocando a tennis senza racchetta, in pigiama, tra le righe del rettangolo buio. E il cane continua a non sentirlo.

Il bambino è sul grande campo all'aperto – fondo in cemento, superficie veloce, aggressiva – illuminato dal chiarore della luna e aperto, su due lati, all'immensità del mare. Su tutti a quella del cielo.

Il bambino gioca, piazza diritti, rovesci, scende a rete per una volée. Farfuglia ancora, ogni tanto inciampa, protesta con l'arbitro, chiede che si faccia più luce. Ma, tutto sommato, sta bene, è preso nella morsa del suo gioco preferito, su-

da e vive, anche se il cane non lo vede. È il mondo, non lui, che giace lontano, perso in un abisso profondo. La sua dimora è squallida e deserta.

Certo, il bambino è solo. Nessuno a giocare con lui dall'altra parte della rete. Sarà forse per questo che la mamma si dispera. Alla luce della luna, gli occhi le brillano di pianto.

"Capite? Mio figlio mi guarda e non mi vede," dice, quasi a giustificarsi coi vicini.

È una cosa tremenda per una madre. Il bambino cammina, salta, corre, ma sembra un fantasma. Sembra morto, anche se la mamma non osa dirlo e nemmeno pensarlo.

Al risveglio il bambino non ricorderà nulla. Accusa soltanto la sensazione di un cattivo sonno. La madre tace, occulta l'avventura notturna e rabbrividisce di fronte a quella morte impura di suo figlio.

OTTOBRE

Lo scandalo del Seminario Vescovile di Città Alta si abbatté su una Chiesa cattolica già stremata. All'alba del terzo millennio, il crollo delle vocazioni sacerdotali procedeva, infatti, con il passo dell'estinzione.

Stando ai risultati di una ricerca promossa dalla Conferenza episcopale italiana, in collaborazione con la Fondazione Giovanni Agnelli, sulle chiese locali che afferiscono alla CEI, l'età media dei sacerdoti diocesani attivi in Italia il 1° gennaio del 2004 era di sessant'anni. Si aggiunga poi che i sacerdoti diocesani avevano un'anzianità media di servizio di circa trentatré anni. Insomma, la cura delle anime affidata alla sciatica stagionale, alla prostata ingrossata, alla cataratta non operabile.

All'estero, peraltro, la situazione non migliora. In Irlanda, il Paese che nel secolo scorso esportava sacerdoti in tutto il mondo, il succedersi di scandali sessuali esplosi in seno alla Chiesa ha provocato un crollo verticale delle vocazioni. Nel 2006 sono morti trecentottantotto sacerdoti. Ne sono stati ordinati soltanto undici. Di questo passo, nel giro di una decina d'anni le parrocchie irlandesi resteranno vacanti.

In Francia, intanto, lo Stato ha varato un vasto programma di demolizione degli edifici ecclesiastici. Le chiese, disertate dagli uomini dopo esser state disertate da Dio, vengono abbattute. I bracci delle pale meccaniche mulinano nel vuoto dove furono i bracci della croce.

In questo paesaggio di rovine sorgeva il Seminario Vescovile Giovanni XXIII di Bergamo. Stava lì, sul colle di San Giovanni in Arena, da quattro secoli e mezzo, da quando cioè il Concilio di Trento, conclusosi nel 1563, aveva organizzato la grande controffensiva cattolica volta ad arrestare l'avanzata della riforma protestante che aveva spaccato in due il cuore dell'Europa cristiana. Anche allora, una Chiesa in forte sofferenza si era posta il problema della propria sopravvivenza terrena. Presa d'assedio dal mondo esterno, si era dovuta riformare al proprio interno.

Il decreto di riforma *Cum adulescientium aetas* aveva istituito i seminari, obbligando ogni vescovo a costituirne uno presso la propria chiesa cattedrale. In questo modo, si tornava al primigenio insegnamento cristiano. "Lasciate che i fanciulli vengano a me," aveva detto il Nazareno.

E così, al principio del terzo millennio, il Seminario era ancora lì a fare da baluardo contro la cattiveria dei tempi: una scuola secondaria di primo grado, un liceo, un teobiennio, un teoquadriennio, aule studio, oratori, sale giochi, biblioteche, cappelle, campi da basket e da calcio, dormitori, un auditorium attrezzato per convegni, spettacoli teatrali, concerti e cineforum, e una piscina di venticinque metri a sei corsie. Il tutto su un'estensione di migliaia e migliaia di metri quadrati. All'ingresso, a ricordare il passato remoto e quello prossimo, il graffito che illustra la storia del Concilio di Trento e la statua in bronzo benedicente di papa Giovanni XXIII, il "papa buono" che tra quelle mura era stato prima alunno e poi insegnante.

Insomma, più di quattrocento anni dopo la sua fondazione, nel 1567, il Seminario Vescovile era ancora lì. Nel frattempo, la Terra aveva percorso la sua orbita attorno al Sole quattrocentoquaranta volte, aveva compiuto un giro completo sul proprio asse alcune migliaia di volte, eppure dal colle di San Giovanni il paesaggio mostrava ancora un mondo di rovine. Rovine spirituali, perlopiù: nonostante tutti quei metri quadrati, infatti, nel maggio del 2007 il bronzo del "papa buono" aveva benedetto soltanto otto presbiteri. Otto nuovi sacerdoti – questo era stato tutto ciò che aveva generato in un anno diocesano il grande Seminario di Città Alta.

A proposito di questa penuria, sulle pagine del sito Internet del Seminario dedicate alla cerimonia solenne di consacrazione dei nuovi sacerdoti c'è una foto davvero eloquente.

Sebbene l'evento sia indubbiamente tra i più gioiosi, i presbiteri che vi prendono parte sono talmente pochi da conferirgli una sfumatura lugubre. La foto che li ritrae vibra di una risonanza quasi sinistra: prostrati in uno sparuto drappello ai piedi della statua che apre le sue braccia al futuro per chiamare i pargoli a sé, i giovani uomini che, in una tarda primavera del nuovo secolo, prendono proni i voti solenni, con la faccia a terra e le mani stese in avanti, sembrano più le vittime di un incidente autostradale che non la nuova milizia di Cristo.

Proprio in questo paesaggio di rovine superaccessoriato (con cabina di proiezione, linea ISDN, mixer luci, palco e boccascena), don Mariano Presti fu accusato di molestie sessuali da un ex seminarista. Il 10 ottobre del 2007, infatti, Giovanni Lanzi, celibe, di anni trentotto, residente a Macerata, si recò presso il locale commissariato di polizia per denunciare gli abusi patiti venticinque anni prima ad opera del suo istitutore, quando il piccolo Giovanni, tredicenne, era stato accolto nel Seminario Minore di Città Alta.

Fin qui, i fatti. Altro, al momento della denuncia, non si seppe. Le circostanze e i particolari del presunto abuso non furono divulgati. Per una volta, il testo con le dichiarazioni del querelante rimase ben custodito dal segreto istruttorio. Nei giorni successivi, però, sul sito Internet di un'associazione votata alla lotta contro la pedofilia apparve un breve resoconto in terza persona della denuncia di Giovanni Lanzi. Si tratta, probabilmente, di un apocrifo, ma rende bene il clima che in quei giorni cominciò a crearsi attorno al Seminario Vescovile.

> Don Mariano, allora quarantenne, mostrava grande affetto per i suoi piccoli alunni. Tutte le sere, spente le luci, entrava nella camerata e passava da un letto a un altro. Si sedeva sulla sponda, sorrideva, bisbigliava qualcosa. Aveva una parola per tutti ma da qualcuno si fermava di più.
>
> Giovannino era sempre l'ultimo del giro. Alla fine, quando già temeva lo avesse dimenticato, andava da lui, si accomodava accanto alla sagoma del suo corpo sepolto sotto le coperte, rimaneva qualche minuto in silenzio, poi gli parlava. "Ti voglio bene," gli sussurrava in un orecchio. E gli segnava una croce sulla fronte. Giovannino allora dormiva sereno, di un sonno senza sogni. Come morto.
>
> Uscito don Mariano, spenta la luce del corridoio che filtrava attraverso la fessura della porta, nella grande ca-

merata isolata dal mondo brillava solo la piccola luce d'emergenza arancione.

Una notte, dopo aver benedetto il suo prediletto con il simbolo del martirio di Cristo, mentre ancora la croce bruciava sulla fronte del piccolo seminarista, don Mariano lo baciò sulle labbra. "Buonanotte, dormi bene, angelo mio."

Il giorno dopo lo chiamò nel suo studio. "Voglio essere il tuo fratello, il tuo amico, il tuo compagno. Sono la tua strada verso l'infinito."

****

Io don Mariano non lo avevo mai conosciuto, però lo avevo visto fumare.

Quando si seppe delle accuse, mi sforzai di rievocarne l'immagine. L'idea che don Mariano, grande erudito, personalità tra le più stimate nella curia bergamasca, potesse essersi macchiato di colpe così gravi, aveva impressionato tutti in città – anche chi, come me, non aveva nessun legame con la Chiesa.

Più d'una volta mi era capitato di osservarlo con curiosità mentre prendevo l'aperitivo al Caffè del Tasso in piazza Vecchia, nel preciso centro geometrico di Bergamo Alta. Mi aveva colpito il modo vorace e al tempo stesso squisito con il quale quel prelato si concedeva al vizio del fumo. Teneva una lunga, sottile sigaretta bianca tra l'indice e il pollice, rivolgendone le estremità verso l'alto. Montata la sigaretta sulle dita come la canna di un'arma da fuoco su una forcella, prima la rimirava a distanza di mezzo metro dal viso, poi la portava alla bocca con un lento movimento che scorreva su un immaginario asse orizzontale. Quando la bocca s'impossessava del filtro ne tirava una boccata profondissima, quasi spasmodica. Più che fumare, pareva succhiasse. Infine, don Mariano soffiava dal naso una vasta nuvola di fumo.

Ricordavo bene quel movimento ampio, regolare, perfettamente stilizzato, che faceva oscillare un pesante orologio d'oro massiccio fermato al polso da un bracciale a grosse placche portato volutamente lasco. Pur con quella nota pacchiana, don Mariano, dedito al vizio del fumo con l'inequivocabile istinto per la dissipazione di un grande aristocratico, mi appariva, vestito in ogni stagione con una lunga tonaca di ottimo taglio, molto più elegante di tutti i tanti ricchissimi imprenditori o commercianti che, non appena lo avvistavano, si sbracciavano per averlo al loro tavolo. E don Mariano accettava sempre. Non beveva, non addentava la polpa liscia e sapida delle olivette, non parlava nemmeno – limitandosi ad acconsentire con il capo alle battute grevi, quasi sempre a sfondo sessuale, dei suoi laici concittadini –, ma fumava. Fumava una sigaretta via l'altra. Inspirava così forte che la brace rosseggiava a tre tavoli di distanza anche in pieno giorno.

Quando scoppiò lo scandalo, questo era grossomodo tutto ciò che sapevo di don Mariano Presti. Non certo sufficiente a scrivere il fondo di commento che mi era stato chiesto dal giornale, non appena le agenzie di stampa avevano battuto la notizia secondo la quale le accuse di altre due presunte vittime si erano aggiunte, a distanza di soli tre giorni, a quella di Giovanni Lanzi. I nuovi presunti molestati erano adesso due trentenni, pregiudicati per reati minori ed ex tossicodipendenti, transitati una quindicina d'anni prima dalla comunità Nova Spes, una delle numerose attività caritatevoli che il formidabile don Mariano aveva avviato nei suoi lunghi anni di sacerdozio.

Il 19 ottobre, subito dopo la riunione di redazione delle undici, Massimo Gramellini, vicedirettore de "La Stampa", mi aveva telefonato per chiedermi un pezzo. Io avrei preferito senz'altro rifiutare: non sapevo quasi nulla di pedofilia, non conoscevo affatto il mondo appartato dei seminari, e nutrivo scarso interesse per la morbosa attenzione riaccesasi di recente attorno alla vita ecclesiastica del Paese, da quando l'ennesimo scontro tra laici e cattolici era entrato in una nuova fase di virulenza.

Ma Gramellini aveva insistito, con quel suo modo soavemente manipolatorio. "Tu sai scrivere. La notizia c'è, la storia anche, devi solo metterci sotto la tua penna," mi aveva detto, calcando sull'ironia e sull'autoironia mentre, del tutto consapevolmente, faceva il verso al modo di esprimersi di un giornalista americano degli anni Trenta. Così, con quest'adulazione ricattatoria, con questo numero di repertorio, aveva rigettato l'obiezione che io consideravo definitiva: "Massimo, di tutta questa vicenda non so niente."

D'altronde andava sempre così. Di solito, quando Gramellini voleva un pezzo da me, mi mandava via mail l'Ansa della notizia che gli interessava. Poi mi telefonava, si profondeva in scuse per avermi sottratto al mio lavoro letterario, mi lusingava un po', aspettava che io avanzassi la mia solita obiezione ("Massimo, non ne so niente"), quindi passava a espormi brevemente il pezzo che avrei dovuto scrivere. E non si limitava a raccontarmi i fatti, mi suggeriva anche le linee essenziali del commento. A me non rimaneva che "metterci sotto la mia penna".

Allora accendevo il computer, scaricavo la posta, chiacchieravo ancora un poco al telefono con il vicedirettore, consultavo velocemente un testo tolto dallo scaffale della mia libreria, mi sedevo alla scrivania per tre quarti d'ora, e voilà! In cinque semplici mosse il mondo, nelle sue più varie e diverse occorrenze – uno stupro nei pressi di un campo nomadi, una strage in una scuola del Sud Dakota, l'ennesimo taglio ai fondi per la ricerca universitaria –, diventava la mia opinione sul mondo. Un'opinione che nemmeno io sapevo di avere.

Eppure tutto questo funzionava. Gli articoli venivano letti, commentati, ben pagati. La mia collaborazione con "La Stampa" procedeva con reciproca soddisfazione sotto la guida di Gramellini. Lui, del resto, da anni teneva una rubrica nella quale, giorno dopo giorno, racchiudeva in un box di seicento battute i miliardi di evenienze pulviscolari di cui in ogni istante si compone la realtà terrestre. La sua abilità era una via di mezzo tra natura e cultura, un istinto addestrato. Si muoveva con la precipitazione e i gesti irriflessi del tennista che scende a rete. La vita ti spara una pallata addosso da tre metri di distanza? Tu, invece di arretrare, le corri incontro tutto sbilanciato in avanti e piazzi la volèe.

Questa volta, però, Gramellini voleva da me qualcosa di diverso. Da alcune indiscrezioni pareva che, attiguo al Seminario Vescovile, ci fosse un centro di cura per preti affetti da tossicodipendenze o gravi turbe psichiche gestito in gran segreto dai padri Venturini, e pareva che don Mariano vi operasse come confessore di alcuni preti pedofili. In particolare, pareva che nell'istituto fosse curato un prete ivoriano accusato di gravissimi atti di violenza carnale su bambine prepuberi, trasferito a Bergamo in tutta fretta dalla sua parrocchia in terra di missione per tacitare lo scandalo.

"Sei sul posto, sei introdotto nell'ambiente bergamasco, vallo a prendere questo don Mariano," mi aveva detto Gramellini, sempre mettendo in caricatura il gergo giornalistico del tipo: "È la stampa, bellezza." A sentir lui, c'era "una grande storia da raccontare". Il guaritore appestato, l'uomo che per fronteggiare l'orrore ci affonda dentro, il salvatore perduto dal salvato.

Dopo la telefonata, nella mia casella di posta elettronica trovai un breve articolo sui centri di cura dei padri Venturini, pescato forse nell'archivio del giornale.

> Per trovare l'istituto dei padri Venturini, a Trento, è impossibile non perdersi tra le stradine che costeggiano l'imponente castello di Buonconsiglio e si arrampicano sulle colline. Via dei Giardini è ancora in città, ma la campagna è vicina. Al numero 46 c'è l'ingresso principale del complesso religioso. Il cancello è spesso aperto, perché i sacerdoti coinvolgono nelle loro iniziative la comunità di Trento. Ma c'è un'ala dell'edificio che resta impenetrabile per chiunque.
>
> Immersa nel silenzio, c'è la zona dove si svolgono attività che devono rimanere discrete. E su questo i padri Venturini sono inflessibili. Perché nel loro istituto si curano i preti con problemi psichiatrici, compresi i pedofili.
>
> Sin dalla fondazione della congregazione nel 1926, i Venturini si sono specializzati nel curare gli altri preti. Per decenni hanno aperto, con spirito missionario, istituti in varie parti del mondo. In Brasile, a Barretos, hanno la sede periferica più importante, che ogni anno ospita decine di sacerdoti malati. A Trento, invece, nella casa madre, i pazienti con l'abito talare non sono mai più di una decina. Pochi sanno cosa succede nell'istituto, ma i vescovi e il Vaticano conoscono bene quell'indirizzo e talvolta vi ricorrono, obbligando qualche par-

roco a ritiri forzati. Alternano terapie mediche, psichiatriche e perfino ormonali a tanta preghiera, per mesi, fino alla valutazione sulla convalescenza o l'isolamento in convento. Il tutto con l'intervento di specialisti laici.

Si dice anche che alcuni padri superiori della congregazione, dopo aver seguito numerosi casi di sacerdoti pedofili in Italia, abbiano collaborato con psichiatri e psicoanalisti alla stesura dei test di ammissione ai seminari, per individuare ed escludere gli omosessuali considerati più esposti alla tentazione. Non si hanno però conferme ufficiali a questo riguardo. Nel clero italiano, infatti, i padri Venturini sono noti per la rigidità delle regole e per l'osservanza della disciplina.

Per lo stesso motivo, non vi è nemmeno certezza riguardo al numero e alla collocazione degli altri istituti in cui operano i membri della Congregazione di Gesù Sacerdote (questo il nome ufficiale). Qualcuno sostiene che ve ne siano almeno altri tre o quattro soltanto in Italia. Quasi certamente uno si trova in Abruzzo, un altro forse nella Sabina, un terzo probabilmente a Bergamo, annesso al Seminario Vescovile.

Dopo aver letto queste poche righe, mi pentii di aver ceduto a Gramellini. Il vasto complesso del Seminario Vescovile distava poche centinaia di metri dal mio ufficio in piazza Rosate. Ciononostante, non potevo immaginarmi a bussare ad antichi portali in legno roso da tarli secolari.

Alzai il telefono e chiesi al centralino universitario di passarmi il Seminario. Mi rispose un secondo centralino. Don Mariano non riceveva, neanche su appuntamento, e non rilasciava interviste.

Dopo aver deposto la cornetta, la osservai perplesso per un paio di minuti. Il mio contatto diretto con la realtà finiva lì, in quel manubrio di bachelite chiuso nella stolida renitenza delle cose inanimate.

Incapace di richiamare Gramellini per dichiarargli il mio fallimento, decisi di fare un altro tentativo. A motivarmi nella prosecuzione delle ricerche c'era una ragione più forte della semplice volontà di non arrendersi: quel giorno stesso era apparsa, proprio su "La Stampa", una sconcertante intervista nella quale un prestigioso intellettuale cattolico difendeva don Mariano, assolvendolo da ogni imputazione anche nel caso si fosse rivelato colpevole di pedofilia. Secondo questa linea difensiva, a un uomo in odore di santità come don Mariano si doveva perdonare quel genere di comportamenti aberranti, tipici di personalità esorbitanti quali la sua. La storia della Chiesa era piena di santi afflitti da turbe sessuali, il che non aveva impedito loro di seminare il bene dell'umanità.

Poiché trovavo intollerabile una simile argomentazione, decisi di fare un secondo tentativo. Passai allora a trovare il mio amico e collega Francesco Volpi al piano inferiore, attesi che liquidasse il laureando con cui stava parlando e gli dissi: "Accetto il tuo invito. Andiamo in piscina?"

Non rivelai a Francesco il secondo fine che mi spingeva alla nuotata fuori programma: la piscina in questione era, infatti, la grande vasca del Seminario. Il mio amico, superata l'iniziale meraviglia – m'invitava da anni a seguirlo in piscina, in palestra, in gite in bicicletta fuori porta, senza il minimo successo – accolse la proposta con la bonomia che lo contraddistingueva.

Francesco era, infatti, la persona più amabile che io conoscessi. In un ambiente, quello accademico, in cui quasi tutti s'incarognivano a vista d'occhio, assecondando con il proprio degrado caratteriale la decomposizione del mondo in cui lavoravano, Francesco rappresentava una luminosa eccezione. Brillante studioso di Storia delle dottrine politiche in gioventù, aveva progressivamente disinvestito dall'università ogni posta simbolica, ben consapevole che si sarebbe trattato d'investimenti a fondo perduto. Come molti altri nostri colleghi, non scriveva più libri suoi, si limitava invece a curare volumi collettanei; non si affannava più nell'illusione della ricerca, si rassegnava a perfezionare, anno dopo anno, la forma didattica del corso messo a punto nel decennio precedente; non inseguiva più un suo pensiero, organizzava seminari e convegni sperando nel manifestarsi del pensiero altrui.

Pur non avendo ancora compiuto cinquant'anni, Francesco, deposta ogni ambizione, faceva il suo dovere d'impiegato di concetto, ma con il debito distacco. Al lugubre sfacelo dell'università, aveva deciso di reagire con una tattica antifrastica: praticava il buonumore ad ogni costo. Intanto moltiplicava il suo impegno in una miriade di attività "politicamente corrette": faceva ginnastica per la schiena, seguiva i dettami del consumo consapevole, partecipava a raduni di ciclisti che protestavano contro il traffico ingorgando con una "massa critica" di biciclette i viali a scorrimento veloce. Insomma, non potendo avere una buona vita, ripiegava su una vita sana.

La piscina del Seminario era aperta al pubblico in orari prestabiliti, ma noi, in qualità di docenti dell'università, godevamo del privilegio di potervi accedere in qualsiasi momento. Quella mattina io e Francesco sfruttammo il privilegio e ci trovammo a nuotare nelle sei corsie della vasca verso le dodici e mezzo.

Prima di tuffarmi, osservai per alcuni minuti l'edificio dall'interno, chiedendomi come avrei potuto passare dalla piscina agli alloggi dei prelati e di lì raggiungere l'ala segreta, le stanze maledette dove preti sciagurati confessavano ai padri Venturini e a don Mariano peccati inconfessabili, attirandoli, con il suono di abiezioni incantatorie, nell'orbita della malvagità umana. Per un attimo mi sentii un agente segreto sotto copertura.

Sollecitato da Francesco, finalmente mi tuffai. Dopo una vasca ero già a corto di fiato. Allora mi sentii soltanto un uomo che si avviava ai quarant'anni del tutto fuori allenamento.

Mentre menavo ancora qualche bracciata scomposta, mi accorsi che non eravamo più soli. Al momento del nostro arrivo la piscina era completamente vuota; ora, però, eravamo stati raggiunti da un gruppetto di ragazzi che potevano avere più o meno l'età dei nostri studenti. I giovani seminaristi, vedendo gli estranei, cominciarono a sghignazzare e a schernirsi a vicenda, in una nuvola di sfottò di timbro chiaramente gay. Al mio affanno si aggiunse allora un disagio vagamente legato al senso del pudore: avevo preso in prestito da Francesco un suo costume e, portando il mio amico due taglie in meno della mia, l'indumento risultava piuttosto succinto.

Uscii dall'acqua, mi sedetti a bordo vasca e mi misi a guardare i seminaristi. Tra loro vi era un ragazzo di colore, dotato della proverbiale possanza fisica dei neri nubiani: spalle alte, muscoli segnati, totale mancanza di adipe. Si tuffò e cominciò a nuotare a delfino. Sorgeva dall'acqua con poderosi colpi di reni e vi si immergeva a schiaffo, seminando uno sconquasso di onde con il suo aggraziato e violento movimento sussultorio. Mentre riprendevo fiato, non fui nemmeno tentato dalla suggestione di credere che potesse essere il misterioso e terribile stupratore di bambine. Per fortuna, la frustrazione patita per quella ridicola missione fallita mi aveva spento ogni immaginazione. Vedendo il seminarista vincere, levigato e potente, la resistenza dell'acqua, mi limitai ad apprezzare per la prima volta in vita mia l'impermeabilità della pelle umana. Non mi ero mai reso conto fino in fondo di quale straordinario tessuto idrorepellente e traspirante fossimo ricoperti.

Negli spogliatoi, quando già mi ero rivestito, fui raggiunto da Francesco. Attesi che si cambiasse anche lui, poi, scomparsa ogni nudità, ci sedemmo per qualche minuto su una panca a scambiare quattro chiacchiere. Gli rivelai il motivo per cui ero lì. Gli dissi tutto: il sospetto caso di pedofilia, l'incarico dal giornale, le mie resistenze. Lui si lasciò andare a una delle sue battutacce innocue. Questa volta il motto di spirito variava sul luogo comune delle inclinazioni sessuali dei preti. Poi, però, Francesco se ne rimase in silenzio, a testa bassa, attraversato da un'ombra di malinconia per lui del tutto inconsueta.

"Pensa," mi disse dopo qualche istante di sconsolata meditazione, rigirandosi tra le mani le fettucce del costume da bagno, "oggi ho ricevuto una mail da uno studente sconosciuto che mi chiedeva gli orari degli autobus per arrivare in Città Alta." Tacque ancora. "Oramai ci trattano come impiegati di un servizio informazioni," concluse poi, congedandosi anche da quell'ultima delusione con l'ennesima scrollata di spalle.

Proprio in quel momento entrarono nello spogliatoio i seminaristi. Lo spazio era piuttosto angusto, e così consigliai a Francesco di toglierci dai piedi. Ma voltandomi in direzione della porta mi trovai di fronte al ragazzo nero, già completamente nudo. Si era spogliato in un istante, senza nemmeno darci il tempo di alzarci. E così, ancora seduto, mi trovai all'altezza del suo membro. Era, nemmeno a dirlo, enorme. Decisamente sproporzionato rispetto a un corpo già forte di suo. Sebbene a riposo, appariva enfio e tonico. La sua consistenza era tale da dare una singolare impressione di autonomia rispetto al resto del corpo, come se vivesse di vita propria. Non una terminazione ma una funzione, uno strumento operativo pienamente fungibile: stava lì pronto all'uso, per dare a chiunque, maschio o femmina, giovane o vecchio, un piacere sessuale così intenso da sconfinare necessariamente nella sottomissione.

Il ragazzo, però, esibiva quella sua carne debordante senza la minima malizia. Non vi era nulla di perverso nel sorriso sereno con il quale accompagnava l'ostensione, né alcunché di osceno nella postura del corpo che serviva da supporto a quel membro di proporzioni assolute. L'enorme pene veniva mostrato con la ragionevole pacatezza con la quale si manifesta un'opinione.

Mi parve la cosa più singolare che avessi visto da molto tempo a quella parte: era carne sessuale, vale a dire quanto di più materiale si potesse concepire, e al tempo stesso un puro simbolo, una generazione senza fine di fantasie, suggestioni, desideri, timori e interpretazioni che non avrebbero mai trovato un significato definitivo. Era un'immagine rappresentativa e al contempo la cosa rappresentata: un tatuaggio di carne su carne.

Ne avevo abbastanza. Tornai in ufficio e scrissi il pezzo per Gramellini con il mio solito metodo.

Questo nostro tempo verrà forse ricordato come l'inizio di una regressione verso un passato arcano insieme splendido e oscuro, verso un Medioevo di grandi peccatori e grandi cattedrali.

Probabilmente questa rimarrà soltanto una fantasia suggerita da cattiva digestione, ma è suggerita anche dai fatti delle ultime settimane e, soprattutto, da alcuni autorevoli commenti che li hanno accompagnati.

Ieri, sulle colonne di questo giornale, uno dei più colti e stimati intellettuali cattolici, in una sconcertante intervista, commentando le accuse di molestie sessuali rivolte a don Mariano Presti da un ex seminarista e da due ex ospiti di una comunità di recupero per tossicodipendenti, ha dichiarato di non trovare nulla di scandaloso in un uomo di Chiesa che ogni tanto "tocchi qualche ragazzo", se poi "ne salva a migliaia". Dopo aver ricordato che molti santi e beati erano psicopatici, vittime di gravi turbe della sessualità, il dotto studioso si è spinto fino a dichiarare che la pedofilia – forse il più odioso tra tutti i crimini, stando al senso comune – sarebbe, secondo un certo "realismo della Chiesa", nient'altro che "un'ipocrita invenzione". Poiché la linea di demarcazione tra l'adulto e il bambino sarebbe sempre in qualche misura convenzionale, non ci sarebbe nessuna sostanziale differenza tra un rapporto omosessuale consensuale tra due adulti e gli abusi di un adulto su un bambino.

Sebbene inquietante, questa è una concezione molto radicata nella tradizione cristiano-cattolica e, più in generale, nell'antropologia del Sacro: il prete, in quanto ministro del culto di Dio, proprio perché più vicino degli altri uomini al principio divino, sarebbe più prossimo anche a quello diabolico. L'uomo di Chiesa, nella misura in cui prende a modello il santo, non sarebbe più un uomo in mezzo ad altri uomini, ma un uomo che, aspirando alla santità, si ritiene al di sopra di ogni moralità. E, talora, perfino della legalità.

Si tratta, insomma, di una concezione prepotentemente tornata alla ribalta negli ultimi anni, da quando l'onda della cosiddetta "secolarizzazione" e il disincanto del mondo, dopo aver sommerso la società occidentale, hanno cominciato il loro movimento di risacca. Lasciano sulla riva una recrudescenza di ferventi culti mariani, di attese miracolistiche, di devozioni totali a guaritori presto canonizzati in santi cristiani.

Fa parte di quest'onda di riflusso anche la delega in bianco, da parte dello Stato laico, della cura delle tossicodipendenze a istituzioni religiose quali la Nova Spes di don Mariano Presti. Nelle "stanze del silenzio" in cui i giovani disperati aprono il loro cuore ai curatori, la guarigione la si attende non dall'applicazione di un protocollo medico-scientifico, ma dalla benedizione di un dono religioso. In quelle stanze, intanto, c'è comunque un uomo in totale potere di un altro uomo.

Anche noi laici, forse soprattutto noi, ci auguriamo che la Chiesa rimanga fedele a se stessa, alla sua più alta ispirazione, e custodisca la castità dei suoi preti, garantendo ai nostri figli e alle nostre figlie uno spazio preservato dalla furia travolgente della libido sessuale. Ci auguriamo che la Chiesa custodisca questo dono prezioso fin dove possibile e, quando anche la castità fosse un traguardo impossibile, salvi almeno la temperanza, antica virtù cristiana. Sarà allora una Chiesa con meno aspiranti santi e con più uomini probi. Una Chiesa ancora capace di scandalizzarsi perché memore dello "scandalo" su cui si fonda: Gesù Cristo, il Dio che si abbassa fino a incarnarsi nell'uomo, non l'uomo che pretende di innalzarsi fino a farsi Dio.

L'articolo apparve su "La Stampa" il 20 di ottobre. Fu pubblicato nella pagina dei commenti con un richiamo in prima. Stando a quanto mi disse in seguito il direttore, suscitò una protesta ai vertici della CEI. La cosa, ad essere onesti, un po' mi allarmò. Ma non sarebbe stata quella, purtroppo, la conseguenza di cui avrei avuto ragione di pentirmi.

Il bambino è innamorato. Sì, che c'è di strano? Il bambino è sempre innamorato.

Il suo primo grande amore si chiama Guendalina. Ha cinque anni, due occhi blu come due fanali e un cuore di pietra. Nei lunghi pomeriggi nel giardino dell'asilo delle suore Imeldine, dietro la chiesa di SS. Maria dei Miracoli, il bambino venera il suo amore, si strugge per lei in donazioni di caramelle e merendine, e il suo amore lo ricambia con la piena crudeltà di cui solo l'infanzia è capace. Lui si strugge, lei gli sfugge; lui si dichiara, lei lo deride; lui depone tutti i suoi doni a quei piedi di bambina, lei li calpesta.

Ora, di notte, la stanzetta con l'abbaino contiene un bambino che piange nel sonno. La mamma, con la sua sonda per le lacrime dei figli, lo intercetta, lo raggiunge e lo culla. Niente, non è niente, lo rassicura la mamma. Solo un sogno triste. Ma lui continua, imperterrito, a sciogliersi nel pianto.

Lei allora gli depone un bacio sulle labbra esangui e ripete: "Che cosa c'è, figlio mio, perché piangi?"

"Niente. Non è niente. Soltanto un sogno triste," le fa eco il piccolo sonnambulo che intanto, però, continua a dormire. Dorme, e anche nel sonno ama il suo amore infelice.

Un giorno, però, il bambino stremato si confessa alla mamma. Le dice tutto di Guendalina, la bambina dai grandi occhi blu e dal cuore di pietra.

"Tu ignorala," gli consiglia la mamma, "fa finta che non esista."

"Ma come posso?" le risponde il bambino. "Io l'amo così tanto!"

Poi, il miracolo lo fa suor Lorenza, l'altra testimone degli amori infelici tra il piccolo sonnambulo e la bella Guendalina dal cuore di pietra. Un giorno, in mensa, il bambino chiede alla suora se ha dei capelli sotto quel velo che le smezza la fronte. La giovane suora non risponde, non a parole. Prende il bambino per la mano e lo conduce lungo interminabili corridoi custoditi da severe statue di santi.

Quando giungono in una cella nell'ala più remota del convento, la suora si chiude la porta alle spalle. Nel chiarore della luce radente del tramonto, suor Lorenza si spoglia. Le sue mani snudano un'onda di capelli neri, pettinati, raccolti, castigati nello sposalizio con Cristo.

Il bambino sbalordisce e freme. La sagoma della suora, di spalle alla finestra affacciata sul canale al tramonto, si staglia buia davanti al bambino, buia ma contornata di luce. I capelli esistono e non esistono, suor Lorenza è calva ed è chiomata, la sua testa svanisce in un'aureola di fiamma. In quel bagliore si intravede l'infinito. Il bambino arretra di un passo.

"No... niente paura. Vieni qui, piccolo mio. Tocca."

Suor Lorenza prende la mano del bambino e se la pone sul capo. Il bambino è guarito dalle sue pene di cuore. Ora il suo amore è questa giovane suora scarmigliata.

L'anno dopo il bambino va a scuola e s'innamora della maestra. La ama di un amore fermo e casto. Recita le poesie per lei. Impara a leggere, a scrivere e a far di conto per lei. Arriva perfino a mentire per lei, in faccia all'ispettore scolastico, il giorno in cui la brava maestra dà uno scappellotto a un compagno indisponente.

"No, non è vero niente," sostiene il bambino. "Lei gli ha fatto soltanto una carezza."

Ma la maestra, ingrata, si ammala. Si ammala e forse, chissà, magari muore. Di certo, nella supplente che occupa il posto lasciato vacante dal suo amore il bambino contempla l'immagine pura della morte.

Ritornano l'angoscia, la confusione, gli incubi. Di giorno il bambino vive costantemente con due linee di febbre, con gli occhi a terra e con il pensiero alla maestra. Di notte sogna la bolla di fuoco in cui il mondo finisce. Si alza, in silenzio, va a piazzarsi davanti allo specchio del corridoio e attende il ritorno incessante della bolla di fuoco. La mamma gli parla, ma lui questa volta non la vede e nemmeno le risponde. Il suo sguardo è perso, non guarda nel vuoto ma il vuoto. Come se avesse davanti a sé un piccolo vampiro, lo specchio non gli restituisce immagine alcuna.

Notte dopo notte, il bambino non fa che ripetere il suo falso movimento. Si alza in silenzio e va a rimirarsi in quello specchio cieco. Lì, in piedi nel mezzo del corridoio, contempla la bolla, che è vuota bolla ma bolla di fuoco.

Il bambino è prigioniero del sogno, rapito in un tempo del passato perfetto in cui tutto è già stato e la misura è colma.

È l'ipotesi di un neuropsichiatra di fama, consultato dalla mamma in segreto. Il papà, infatti, dice che "presto tutto passerà", che è meglio "non drammatizzare", non "dare importanza alle paturnie del piccolo".

"Forse quella di suo figlio non è angoscia di morte, forse l'evento è nel passato. Lei crede, signora, che qualcuno possa aver fatto del male al suo bambino? Forse il piccolo freme per una catastrofe già accaduta."

È raro il caso del piccolo sonnambulo. Si decide di studiarlo più a fondo. Dormirà qualche notte nel gabinetto di scienza.

Prima di cedere al sonno, per scacciare la paura, il bambino gioca con le ventose degli elettrodi attaccati ai polsi e alle tempie. Li tocca, li ritocca, e sotto i polpastrelli sente i capelli lisci di suor Lorenza.

NOVEMBRE

Marisa Comi la conobbi il 19 novembre in un giorno d'esami, il momento peggiore nella vita di un professore universitario.

È allora, infatti, che si assiste al disastro della pubblica istruzione. La rovina del millenario edificio del sapere umanistico assume i tratti somatici del tuo allievo che, seduto all'altro capo della scrivania, smozzica frasi perlopiù insensate, ciancica frattaglie di nozioni irrancidite, rimastica rigurgiti di conoscenze andate a male. Il tuo fallimento sta lì, a meno di un metro di distanza da te. Ti basterebbe allungare la mano per afferrarlo. Dire una parola per porre fine a esso. Ma non lo fai. Rimani a guardare, incantato dal fascino del disastro. Ascolti, quasi ipnotizzato, la nenia dello studente oramai prossimo alla laurea eppure incapace di coniugare i verbi, di coordinare le frasi, di articolare un discorso. Tendi l'orecchio a quel balbettio, perché in esso avverti la vibrazione sorda della terra in cui il tuo corpo si decomporrà. Sei soggiogato dalla malia dei cimiteri di campagna. Non chiudi nemmeno gli occhi, non distogli lo sguardo:

hai davanti a te lo spettacolo di una catastrofe al rallentatore. Ed è la tua.

Quella mattina di novembre – come dimenticarlo? – una studentessa mi disse che la Rivoluzione francese sarebbe avvenuta alla fine del Quattrocento. Io le diedi il tempo di correggersi, convinto che si confondesse con la data della scoperta dell'America. Ma non si trattava di un lapsus. La sua totale ignoranza della storia l'autorizzava a sbagliarsi di trecento anni. La promossi: paragonata agli altri, dimostrava una discreta conoscenza dello striminzito programma del mio insegnamento in Teoria e tecniche del linguaggio televisivo.

Ero un cattivo professore? Me lo chiedevo in continuazione e non sapevo rispondere. Quel che sapevo era che la mia indulgenza era conseguenza di un'abdicazione collettiva. Se avessi dovuto applicare i miei personali criteri di rigore alla valutazione degli allievi, ne avrei dovuti bocciare nove su dieci. Quotidianamente laureavamo in Lettere studenti che non avevano mai letto né Foscolo né Gadda, in Scienze della comunicazione studenti che non sapevano chi fosse Hitchcock, e in tutte le discipline studenti che non riuscivano a esprimersi in un italiano corretto, né per iscritto né oralmente. Quel che sapevo è che non soltanto i nostri diplomati, ma perfino i nostri laureati in molti casi erano semianalfabeti di andata e di ritorno. Mezzo secolo di benessere non era bastato. A sessant'anni dalla fine della guerra eravamo ancora un Paese culturalmente arretrato. Tutti i dati lo confermavano. Al giro del millennio, in Italia aveva il diploma appena il 42% della popolazione adulta, contro una media europea del 59%; solo il 9% degli italiani adulti possedeva una laurea, mentre nel resto d'Europa si arrivava al 21%.

Sentendosi personalmente vilipeso dalla situazione, di tanto in tanto qualche mio collega s'eccitava alle dichiarazioni di questo o quel ministro che prometteva di raddoppiare il numero delle bocciature, di reintrodurre i grembiuli nelle scuole, di rieducare i docenti fannulloni. Allora il collega, tentato dal demone reazionario, si concedeva brevi orgasmi di rancorosa soddisfazione insultando gli studenti più impresentabili. Ma in questo modo si masticavano illusioni. Illusioni e bile gialla. Un pasto di polvere.

A me non sembrava affatto opportuno concedermi la benché minima soddisfazione. Io mi tenevo ben saldo a quel diffusissimo senso d'insoddisfazione. Era da lì che si doveva ripartire. Dallo sconforto, dalla ripulsa.

Quella mattina di novembre, sin dall'arrivo in università, mentre fendevo la piccola folla delle mie studentesse – il pubblico maschile dei miei corsi era infatti pressoché inesistente – in attesa di sostenere l'esame, mi accorsi subito che tra loro c'era un'intrusa. Tra tante ragazze programmaticamente trasandate, la presenza di una quarantenne elegante risaltava di un'evidenza quasi dolente. Un unico acuto intonato nel gorgo di un'incessante cacofonia.

Vedendola lì, seduta composta con le sue belle gambe accavallate sotto la sola gonna di tutto il corridoio, mi salì spontanea alle labbra la parola "signora". E poi, femminilità a parte, non si poteva non notarla: teneva al guinzaglio un grosso cane nero.

Credo di averle chiesto se volesse essere ricevuta per prima. Mi pare abbia risposto che preferiva aspettare il suo turno. Fatto sta che la signora Comi attese in corridoio l'intera mattina e buona parte del primo pomeriggio. Ricordo di aver sperato, dopo ogni esame, che fosse lei ad affacciarsi nella stanza, giusto per interrompere la routine delle interrogazioni tutte uguali. Ma lei aspettò – ostinatamente, disciplinatamente – che anche l'ultima ragazza se ne fosse andata.

Ogni volta che gettavo un occhio al corridoio la vedevo lì seduta, con le sue belle gambe accavallate e il suo cane accovacciato a lato della poltroncina. Appariva del tutto determinata a sopportare l'estenuante attesa. Non leggeva, non chiacchierava, non usciva a fumare. Tutto ciò che faceva era mordicchiarsi accanitamente l'interno del labbro. Lo ricordo perché quel tic nervoso la portava a storcere la bocca in una smorfia vagamente oscena. E le sbavava il rossetto.

Entrò per ultima. Se non sbaglio, la prima cosa che fece, una volta sedutasi di fronte a me, fu di scusarsi per la presenza del cane e di accertarsi che nessun regolamento universitario la proibisse. Il cane – uno di quei mascellari molossi a pelo lucido con gli occhi lacrimosi – si era subito pacificamente accucciato accanto alla sedia occupata dalla sua padrona.

"È per difesa personale," mi spiegò lei.

Poiché non avevo obiezioni riguardo al cane, la signora Comi passò oltre. La seconda cosa che fece fu di chiedermi se avevo figli. Di questo sono sicuro, vista la mia particolare sensibilità all'argomento. Poi la signora mi rammentò che ci eravamo già conosciuti, rimproverandomi garbatamente l'amnesia: mi disse che aveva assistito alla conferenza dell'11 settembre, in qualità di genitore con una figlia iscritta alla scuola materna Rodari. Ed era proprio di lei, di sua figlia, che era venuta a parlarmi.

Da quel momento in avanti, però, ho ricordi piuttosto confusi. Una volta stabilito che la signora si trovava lì perché probabilmente suggestionata dall'avermi visto dissertare *ex cathedra* alla scuola di sua figlia, smisi di badarle.

Quel giorno, ai miei occhi, Marisa Comi era soltanto una bella signora elegante sulla quarantina, presumibilmente afflitta da problemi famigliari, venuta a produrre una piccola turbolenza nella mia asfissiante routine di studentesse con l'ombelico scoperto. Una qualunque, tardiva Bovary della nostra eterna provincia, forse sedotta dalla blanda notorietà di cui ero circonfuso in virtù di qualche sporadica apparizione televisiva.

Almeno, a pensarci ora, così mi pare di aver derubricato il caso della signora Comi in quel pomeriggio di novembre. A esser sincero, devo ammettere che non le prestai veramente attenzione. Ero stanco, sulla sedia che lei occupava in quel momento erano già transitate una quindicina di studentesse che mi avevano stremato con vaniloqui vari. Soprattutto, ciò di cui la signora Comi mi era venuta a parlare lo trovavo francamente repellente.

Marisa Comi mi disse, infatti, che il mercoledì precedente la sua figlioletta di cinque anni era tornata ferita dalla scuola materna. La mamma se ne era accorta dopo aver scoperto delle macchie di sangue sulla biancheria intima della piccina. Da quel momento la bambina aveva smesso di urinare e defecare. Da allora erano trascorsi quattro lunghi giorni.

Oltre alla sensazione di ribrezzo che provai ascoltando quell'indiscrezione, ricordo solo il mio spaesamento: non capii perché la signora Comi fosse venuta a raccontarmi delle sofferenze di sua figlia, finché non nominò il mio articolo sui preti pedofili apparso su "La Stampa" circa un mese prima. Dopo averlo menzionato, la sua voce assunse una cadenza ossessiva.

"Sono dappertutto," cominciò a ripetere senza specificare il soggetto. "Sono dappertutto, dappertutto, sono dappertutto." Pronunciava la frase scuotendo il capo, ciondolando il busto in avanti e mordendosi il labbro negli intervalli.

Il suo stato d'ansia divenne a un tratto così palese da inquietare anche il cane. Il molosso, avvertendo la tensione nervosa che attraversava il corpo della padrona incrinandone la voce, si sollevò sulle zampe e si mise di punta.

La donna allora si riebbe. Fece nuovamente accucciare il cane e riprese a parlare con più flemma. Ma non era davvero tornata calma: si controllava, faceva sforzi evidenti per non dare l'impressione di essere un'esaltata. Voleva convincermi del fatto che ci fossero dei collegamenti tra i sospetti di pedofilia calati su don Mariano Presti e le sofferenze della sua bambina.

Prima ancora che potessi fare un tentativo di comprendere quei presunti legami per me del tutto sfuggenti, Marisa Comi mise però fine al nostro colloquio.

"Lei lo ha scritto quell'articolo. Lei non è come loro. L'ho capito fin da quando l'ho vista alla conferenza. Non ci lasci soli, professore."

Me lo disse mettendomi in mano un volantino che annunciava una riunione promossa da un comitato di genitori di una scuola materna. "GLI ORCHI SONO TRA NOI. PROTEGGIAMO I NOSTRI BAMBINI": così recitava il titolo dell'incontro. La scuola in questione era la Rodari.

Non ricordo, a dire il vero, che peso diedi allora alle sinistre congetture di Marisa Comi. Forse addirittura nessuno. Ricordo solo il mio acuto fastidio per il fatto che una donna adulta e avvenente fosse venuta da me e avesse atteso sei ore in corridoio per parlarmi dei problemi della sua figlioletta prepubere, problemi per di più legati in qualche modo oscuro alla sfera sessuale.

Per rilassarmi dopo la fatica di quella giornata, andai a prendere un aperitivo al Caffè del Tasso. Lì fui accolto con l'abituale cordialità da Gianni, il proprietario, un tipico commerciante lombardo che improntava la sua vita a un rigoroso senso pratico, intendendo con questo il senso degli affari. Gianni si era dimostrato molto cortese con me già in precedenza, ma da quando avevo attaccato con il mio articolo l'istituzione ecclesiastica – questa, almeno, la sua lettura – mi aveva eletto a suo beniamino. Considerava infatti il proprio lussuoso locale, fornito dei migliori vini francesi e di ogni genere di pregiati distillati, una sorta di centrale del contropotere laico rispetto allo strapotere che la Chiesa deteneva da secoli a Bergamo.

All'ora dell'aperitivo, spariti i turisti tedeschi, il Caffè del Tasso era frequentato perlopiù da danarosi bergamaschi di mezz'età. Almeno un paio tra questi esibivano le loro spose cubane, di trent'anni più giovani, e le spose cubane, inguainate in aderenti pantaloni bianchi di tela leggera, esibivano i glutei grazie ai quali erano state sposate.

Bergamo era una piccola città. Chiesi a Gianni della signora Comi.

"Il marito ne ha tanti, ma proprio tanti," m'informò lui sfregandosi il pollice contro indice e medio. "Ed è anche un gran puttaniere," aggiunse poi a completare la scheda identificativa del soggetto.

Formulata da Gianni, non si trattava di un'osservazione di tipo morale. Più che una forma di biasimo o di apprezzamento, la congiunzione tra ricchezza e favoreggiamento della prostituzione suonava per lui come la constatazione di un ordine naturale degli eventi.

In quel momento entrò nel locale Matteo Barbieri, il titolare della cattedra di Storia delle dottrine politiche alla quale il mio amico Francesco era associato.

Barbieri, frequentatore abituale del Tasso all'ora degli aperitivi, era una figura tipica di barone dell'università italiana: uno di quelli che in gioventù avevano letto tutti i libri del mondo, soltanto per scoprire, in vecchiaia, che la loro carne era triste. Fatta questa scoperta, Barbieri aveva sperato di poter sovvertire lo stato delle cose invertendo l'ordine dei fattori: valicata la dorsale dei cinquant'anni, prima aveva smesso di studiare, quindi aveva lasciato moglie e figli per mettersi con una sua laureata in cambio di un dottorato di ricerca generosamente elargito. Il risultato della sua operazione esistenziale non era, però, cambiato. Pur avendo smesso di leggere libri, era rimasto triste.

Ma più che i suoi patetici immoralismi, a rendermi antipatico Barbieri erano le quotidiane vessazioni cui sottoponeva dispoticamente il mio amico Francesco, suo subalterno.

Nonostante ciò, quella sera accettai di condividere con lui il quarto d'ora necessario a sorseggiare un Negroni "sbagliato". In un momento di sconforto, gli parlai addirittura della mia frustrazione per lo strazio degli esami. Lui mi mise, cameratescamente, una mano sulla spalla, e con la condiscendenza di un professore ordinario che si rivolga a un giovane ricercatore mi espose la tattica che da anni adottava per superare la noia interminabile degli esami orali. La definì "il metodo Barbieri".

Ecco come faceva. Disseminava le interrogazioni in tutti i suoi ricevimenti studenti, le svolgeva nel suo ufficio a porte chiuse, poi, una volta ritrovatosi solo con la candidata – le iscritte alla facoltà di Lingue e Letterature straniere erano, infatti, quasi tutte femmine –, fantasticava di brutalizzarla sessualmente. Mentre la ragazza si affannava, tutta trepidante, a rispondere alle sue domande, lui smetteva di ascoltarla, la fissava diritto negli occhi e immaginava di passarle alle spalle, di piegarla in avanti e di prenderla violentemente da tergo sbattendola sulla scrivania. Qualche volta, se eri fortunato, poteva anche accadere che una studentessa particolarmente sensibile, o forse solo più sfacciata delle altre, annusasse l'odore dei tuoi pensieri. Allora si sarebbe zittita e, certo non senza malizia, ti avrebbe detto: "Prof, perché mi fissa in quel modo?"

Immalinconito da un cinismo che non mi sentivo di avere ragione o forza di contrastare, sorrisi a denti stretti alle trivialità del collega e decisi di tornarmene a casa a piedi. Mi ero, infatti, accasato a Bergamo.

Con la scusa di evitare il viaggio su un tratto autostradale divenuto infernale da quando i lavori per la quarta corsia causavano incidenti quotidiani, avevo preso in affitto un piccolo appartamento nel quale mi fermavo nei giorni di impegni universitari. Dapprima avevo cercato uno studiolo nei pressi della facoltà, ma presto vi avevo dovuto rinunciare a causa della crescita vertiginosa dei valori immobiliari di Città Alta.

Negli ultimi vent'anni le cose in quel pezzo d'Italia erano molto cambiate. Fino alla metà degli anni Ottanta, dopo le sette di sera in piazza Vecchia ci pascolavano soltanto giovani eroinomani e anziani avvinazzati di mezza montagna – gli uni e gli altri di una magrezza ossuta e tenace –, la nuova e la vecchia versione di una stirpe barbarica reduce da secoli di fame. Ora, però, quella era acqua passata: Bergamo adesso era una città ricca, e i suoi nuovi ricchi, dopo la moda ruralista degli anni Novanta, tornavano a scoprire i centri storici. C'erano sì problemi di parcheggio, ma le signore potevano fare shopping nelle boutique sotto casa e non si dovevano temere gli assalti in villa di albanesi e rumeni. Da quando poi Cristina Parodi, la nota conduttrice televisiva, aveva lasciato Milano per prendere casa a Bergamo Alta assieme al marito, il potente produttore Giorgio Gori, la zona era diventata addirittura chic. Ogni volta che un agente Tecnocasa mi portava a visitare un appartamento, decantandomene i pregi m'indicava infallibilmente la sua distanza dalla casa di Gori e della Parodi. Pareva che mi mostrasse con fierezza la vicinanza della cupola di San Pietro o del Colosseo. Così, ero stato costretto a ripiegare su Bergamo Bassa: un bilocale in piazza Pontida, al confine tra la zona pregiata e il cosiddetto "quartiere degli immigrati".

La vera ragione di quel trasloco era che le cose tra me e Martina non andavano bene. La decisione di trovarmi uno studiolo a Bergamo l'avevo presa una sera di tre settimane prima, durante una di quelle cene domestiche nelle quali, entrambi spossati da una giornata di lavoro, parlavamo solo per non dare l'impressione che tra noi fosse calato il silenzio. Arrivati al formaggio, mentre lei mi ricordava per l'ennesima volta la promessa mai mantenuta di non mangiare più alimenti che mi facessero ingrassare e mi ostruissero le arterie con grassi polinsaturi, le avevo chiesto di sposarmi.

A essere sincero, avevo buttato lì distrattamente un: "Perché non ci sposiamo?" Lei, seccata, mi aveva ribadito che odiava quelle buffonate: le cerimonie solenni, l'abito bianco, i preti maneggioni e via dicendo. Soprattutto, mi aveva ricordato che, molto semplicemente, non credeva in Dio. E non ci credevo nemmeno io, aveva tenuto a sottolineare. Poi, non meno svagatamene di quanto io le avessi formulato la proposta di matrimonio, l'aveva rigettata. “Se questi bastardi ce lo concedono, facciamo un PAC,” aveva concluso. E in questo modo avevo capito che io e Martina non soltanto non avremmo mai avuto figli, ma non ci saremmo neppure mai sposati.

Tristi i PACS. Li trovavo tristissimi. Anche chi, come me, laico e progressista, i PACS li voleva, anzi li pretendeva, non poteva fare a meno di sentirne sotto la lingua il retrogusto amaro. Amarissimo.

Mentre m’incamminavo verso Città Bassa passando da Porta San Giacomo, la malinconia scaturiva in me al pensiero dell’eclisse storica di una forma d’amore che era stata anche una delle creazioni più alte dello spirito umano: l’amore romantico.

Scendevo lungo via Sant’Alessandro e pensavo a quell’enormità: a valle di un secolo di nichilismo sessuale due esseri umani, precari nell’esistenza e comunque prossimi a dissolversi nel nulla, contro ogni buonsenso, contro ogni senso comune, avviandosi all’altare ritrovavano ancora l’assoluto, giurandosi amore eterno davanti agli uomini e a Dio. L’atto di contrarre matrimonio con rito cattolico – mi dicevo – era senza dubbio l’ultima forma di religiosità largamente diffusa, soprattutto tra chi nel Dio dei cristiani non credeva.

Ripensando agli squallori del “metodo Barbieri”, la promessa di eternità fatta a un altro essere umano mi appariva, infatti, tanto più generosa, tanto più spropositatamente coraggiosa, se a garantirla non si avvertiva sopra di sé la presenza di alcun Dio trascendente, se il giuramento era pronunciato sotto un cielo disertato da Dio.

Non ci si poteva congedare da tutto ciò senza malinconia. Gente come Barbieri, come me, chiedeva soltanto che ci fosse riconosciuto per legge il diritto a praticare una vita affettiva sul modello della connettività di rete. Volevamo il contatto, il congiungimento e l'unione, ma senza vincolo. Pretendevamo di poterci unire e disunire sessualmente, affettivamente, socialmente, e in pieno diritto, a un altro essere umano, con la facile immediatezza con cui ci si connette o disconnette da Internet. La chiedevamo, questa libertà, la pretendevamo, e l'avremmo ottenuta. Presto o tardi l'avremmo vinta, questa battaglia, noi laici, progressisti e materialisti, noi atei, edonisti e nichilisti. L'avremmo vinta ma, come si diceva nel finale di un vecchio film hollywoodiano, ci sono vittorie che sanno di sconfitta. Questa sarebbe stata una di quelle.

Arrivato nei pressi del mio nuovo appartamento, sul limitare del "quartiere degli immigrati", mi fermai a mangiare un kebab in una botteguccia gestita da turchi di Ankara. Poi, una volta a casa, aprii un po' la finestra per evitare che il fumo rendesse irrespirabile l'aria nel salottino del mio modesto bilocale in affitto, e come spesso mi capitava in quelle prime serate da scapolo, mi misi a fumare davanti alla televisione.

Saltai per un po' da un canale all'altro. Poi sullo schermo apparvero tre uomini seduti al lato di un tavolo. Davanti a loro, una donna. Un interrogatorio.

"Ci può mostrare come ha fatto, signora Bazzi, a uccidere il bambino?"

"Mi devo alzare?"

"Si alzi."

La signora Bazzi si alza – si alza con la sua voluminosa permanente fuori moda, con il suo cardigan da grande magazzino e con la sua catenina d'oro da prima comunione. Si alza, allunga le braccia davanti a sé e, sotto gli occhi dei magistrati inquirenti, mima il gesto di uno sgozzamento. Con la mano destra tiene ferma la testa del bambino, con la sinistra, menando fendenti dall'alto in basso, gli trancia la giugulare. È un gesto macchinoso, marchiano, inesperto. Un gesto da trinciapollo. Tanto più atroce quanto più approssimativo. Bassa macelleria.

Però il bambino non c'è. La signora Bazzi stringe il vuoto tra le sue mani grossolane di assassina della porta accanto. Il bambino non c'è, la vittima è due volte assente: sia perché la signora Bazzi sta mimando l'atto, sia perché la signora Bazzi non è la signora Bazzi.

La donna che quella sera, dallo schermo del televisore, mi mostrava come aveva scannato un bambino dopo aver sterminato quasi tutta la sua famiglia non era Rosa Bazzi, l'autrice confessa della tremenda strage di Erba, il delitto che da mesi appassionava l'Italia con la storia di due tranquilli cittadini di una torpida provincia, d'improvviso trasformatisi in carnefici dei loro chiassosi e promiscui vicini di casa. La giugulatrice non era Rosa Bazzi ma Paola Messina, l'attrice che ne interpretava il ruolo nella *docufiction* intitolata *Erba. I giorni dell'odio*, in onda quella sera su Canale 5.

Durante la pubblicità mi accesi un'altra sigaretta e feci quattro passi nella stanza per sgranchirmi le gambe, come un ergastolano nell'ora d'aria. Lo spettacolo televisivo cui avevo appena assistito era riuscito ad aggravare in modo quasi insostenibile la tristezza del mio eremitaggio.

Da una quindicina d'anni a quella parte, l'ideologia di un nuovo realismo si era impossessata della televisione, e di lì era dilagata ovunque. Si trattava, però, di un realismo di fuochi fatui su tombe scoperchiate: in esso trionfava non ciò che si fingeva reale ma ciò che c'illudeva di esserlo, e per farlo sostituiva l'osceno al tragico. Una iperfinzione che per darci prova della sua autenticità sprofondava sempre più nei toni crudi della vita, nel sangue, nello sperma, rimestava nel torbido, nell'abietto. Era un'orrida rappresentazione del mondo che per farci credere di essere il mondo ce ne gettava in faccia il cadavere, che per provarci di essere viva, di essere vita, ci esibiva continuamente certificati di morte.

Ricordo che, assistendo a quello spettacolo sfrenato, ripensai alla donna che avevo incontrato poche ore prima. Chissà cosa avrebbe provato una madre allarmata per la salute della figlia di fronte a una *docufiction* del genere. Mi domandavo, insomma, in che modo la signora Comi avrebbe riempito il vuoto che la finta signora Bazzi stringeva tra le mani mentre mimava il gesto del vero omicidio di un bambino. Come avrebbe colmato lo spazio lasciato vacante per la vittima? Chissà – mi dicevo – se quella finzione a bassissimo costo, prodotta per cavalcare l'onda della cronaca nera, aveva fatto sentire alla madre angosciata che nello spazio dell'agnello sacrificale stava la testa della sua figlioletta adorata.

Turbato, spensi il televisore e chiusi con rabbia la finestra. Mentre i due battenti si toccavano, udii un crack di noci sbriciolate. Sobbalzai e ritrassi istintivamente la mano. Una grossa falena notturna precipitò a terra. Sebbene stritolata, ancora si dimenava sul pavimento.

Non ebbi il fegato di finirla sotto la suola delle ciabatte. Mi allontanai da quegli ultimi fremiti di vita riflessa, mi chiusi per bene la porta alle spalle e me ne andai a dormire nell'altra stanza.

****

Neonato nigeriano morto a Treviso dopo circoncisione, indagati i genitori. Oggi l'autopsia sul bimbo.

Si svolgerà oggi l'autopsia sul corpo del bimbo di 2 mesi morto ieri mattina all'alba all'ospedale di Treviso. Si punta a chiarire se sia stata un'emorragia, non visibile esternamente secondo i medici, a uccidere il bambino, oppure un'infezione.

Intanto è in carcere una donna, una nigeriana 34enne nota nell'ambiente per la sua abilità nel praticare interventi di circoncisione, che l'altro ieri con un bisturi aveva operato il piccolo. Le accuse a suo carico sono di omicidio preterintezionale ed esercizio abusivo della professione medica. Sarà valutata, ulteriormente, la posizione dei genitori del piccino. Il rito della circoncisione non è stato fatto al bimbo per questioni religiose, hanno detto i genitori, ma per una tradizione: una sorta d'iniziazione alla vita.

La mattina successiva, accendendo il computer, trovai quest'Ansa inviatami da Gramellini per sollecitare, come di consueto, un mio eventuale articolo di commento. Ma quella mattina avevo io qualcosa da riferirgli. Lo cercai al giornale e gli raccontai della visita della signora Comi.

"Ti richiamo fra dieci minuti esatti," mi disse dopo avermi ascoltato. Il suo tono aveva la perentorietà di quando "la cosa è grossa".

Mezz'ora più tardi squillò il telefono. Era lui. Prima che avessi il tempo di salutarlo, mi annunciò che la nostra conversazione sarebbe avvenuta in viva voce. Al suo fianco, nell'ufficio di Torino, sedeva Giuseppe Vidotto, il loro migliore cronista di nera. Poiché io, dopo aver scritto il pezzo sulle accuse a don Mariano Presti, non avevo più saputo nulla della vicenda, Vidotto, che aveva coperto tutti i più importanti casi di pedofilia degli ultimi anni, mi ragguagliò sulla situazione.

Non mi dovevo stupire di non aver più sentito niente sui sospetti di pedofilia caduti su don Mariano. Anche dopo la seconda denuncia, e nonostante l'attenzione riservatagli da "La Stampa", il "caso Presti" – così lo definì Vidotto – non era "montato". Si era infatti scoperto che Giovanni Lanzi, il seminarista suo primo accusatore, aveva alle spalle una lunga storia di ricoveri psichiatrici per disturbi della personalità, il che lo rendeva un testimone del tutto inaffidabile. E anche gli altri due accusatori, gli ex pazienti della comunità Nova Spes, erano poco credibili: mai davvero usciti dal giro della droga, nel corso degli anni avevano accumulato entrambi molti precedenti penali, tra i quali anche tentativi di estorsione a danno di prelati. Insomma, non erano nuovi al ricatto, ammesso che di ricatto si trattasse.

Soprattutto, però, il caso Presti non era "montato" perché non si era nemmeno potuto provare che il fantomatico centro di cura per preti in difficoltà dei padri Venturini esistesse davvero. Si sapeva con certezza di istituti analoghi in Trentino, in provincia di Pescara e altrove, ma la presenza di uno di essi presso il Seminario Vescovile di Bergamo sembrava essere una sorta di leggenda metropolitana.

Certo, queste strutture erano per loro natura segretissime; inoltre le istituzioni ecclesiastiche avevano fatto tutto il possibile per occultarne l'eventuale esistenza a Bergamo. Ma, anche tenendo conto di ciò, si era dovuto concludere che non sussisteva alcun riscontro alle voci fomentate dagli articoli apparsi sui giornali. Non si era neppure stati in grado di individuare l'ala dell'edificio in cui una struttura del genere potesse essere alloggiata. Insomma, o si trattava di un sanatorio fantasma o, più semplicemente, di una falsa notizia.

Don Mariano, nel frattempo, era stato trasferito a Roma, al riparo delle stanze vaticane. Se non si fossero aggiunti ulteriori elementi, era altamente improbabile non solo che si arrivasse a un processo, ma anche che qualche giornale si azzardasse ancora a rilanciare le accuse. "L'Eco di Bergamo" non aveva mai nemmeno dato notizia della vicenda, ma anche il resto della stampa locale non clericale, dopo i primi giorni di "eccitazione fin quasi all'orgasmo", aveva dovuto "mollare il colpo".

Ascoltando il rapporto di Vidotto provai un senso di sollievo, generale e personale. Ero lieto che don Mariano fosse probabilmente innocente, ed ero ancor più lieto di non dovermi più occupare della questione. Vidotto, però, non aveva finito. C'era dell'altro.

L'attenzione posta dai media sull'ambiente bergamasco a seguito delle accuse rivolte a don Mariano aveva fatto emergere "un fatto sensazionale": si era venuti a sapere che, per l'inizio dell'anno scolastico in corso, erano state trasferite alla scuola materna Gianni Rodari Niva Beghetto e Maria Pellegrini, due maestre coinvolte nel "caso Brescia".

Poiché io non avevo la minima idea di cosa Vidotto intendesse con l'espressione "il caso Brescia" – per me, tutt'al più, quelle parole potevano riferirsi alla bomba di piazza della Loggia –, lui stesso me lo illustrò.

Il caso era stato scatenato nell'inverno del 2005 dal disagio di una piccola allieva della scuola materna Abba. In assenza di un opportuno velo di riservatezza, la notizia di presunti abusi si era rapidamente diffusa tra maestre e genitori. Le voci, i pettegolezzi, fatto il loro corso, avevano in breve condotto a ipotizzare una vasta rete di complicità di alcune maestre con i presunti molestatori. Il risultato era stato una pioggia di denunce sporte sull'onda della suggestione, una selva d'indagini basate sulla presunzione di colpevolezza, decine di sospettati e un arresto.

Le insegnanti si erano divise in due gruppi. Il primo si era attenuto al criterio della massima prudenza, confidando nell'innocenza delle colleghe e lasciando le indagini alle autorità competenti. Il secondo si era lasciato travolgere dal parossismo, prendendo parte attiva all'inchiesta con metodi improvvisati. Alcune insegnanti del primo gruppo, ritenendo insostenibile la situazione, a fine anno avevano chiesto il trasferimento in altra sede. Nell'estate del 2006 la loro richiesta era stata accettata ed erano state assegnate altrove. Cinque di queste erano state destinate all'istituto Sorelli, dove a settembre avevano iniziato il nuovo anno scolastico.

Allora era accaduto l'incredibile. Tempo sei mesi e i genitori degli alunni dell'istituto Sorelli avevano avuto modo di sospettare che i loro figli fossero stati abusati dalle maestre. Anche qui erano subito fioccate le denunce: in poche settimane avevano raggiunto il numero di trenta su ottanta bambini frequentanti l'asilo.

In entrambi i casi, le indagini avevano condotto all'istruzione di un processo con molti imputati, dapprima suddiviso in due tronconi, poi in tre, infine riuniti in due. Apertosi davanti alla corte d'assise di Brescia nel dicembre del 2006, il troncone riguardante l'istituto Sorelli era terminato il 6 aprile del 2007 con l'assoluzione di tutti gli imputati con formula piena, "perché i fatti non sussistono". Il troncone processuale riguardante la scuola materna Abba, primo focolaio del contagio, era invece ancora in corso. La sentenza era attesa per la primavera successiva.

Ebbene, Niva Beghetto e Maria Pellegrini erano state coinvolte in entrambi i processi. Nel primo, quello della scuola Abba, come semplici testimoni. Nel secondo, quello dell'istituto Sorelli, come imputate. Assolte, avevano fatto domanda di trasferimento una seconda volta. E una seconda volta la domanda era stata accolta. Ora la loro odissea approdava a Bergamo. Lungo il viaggio, stando ad alcune dicerie, erano divenute compagne anche di letto. Stando ad altre, lo erano già prima. Adesso, stando al volantino che stringevo tra le mani, la storia che sembrava finita conosceva un nuovo inizio.

"Non puoi non andare alla riunione. Nessuno scrittore si lascerebbe sfuggire una storia come questa." La voce del vicedirettore si sovrappose, imperiosa, a quella vanente del suo cronista. Un mixaggio perfetto.

La riunione si sarebbe svolta quella sera stessa in un'aula della scuola Rodari, concessa per l'occasione dalla preside.

Ci andai. Controvoglia, ma ci andai. A spingermi, probabilmente, fu lo sciagurato desiderio di non lasciare rimpianti dietro di noi. O, magari, il non meno sciagurato desiderio di procuraci un motivo reale per quell'inspiegabile rimorso che, senza ragioni apparenti, nelle notti di luna piena comunque sentiamo divorarci il cuore.

Quella che si svolse la sera del 20 novembre 2007 alla scuola materna Gianni Rodari di via Greppi, più che un'assemblea spontanea tra i genitori degli alunni, fu una sorta di convegno di orientamento. Alla presenza della preside Marangoni, di una dozzina di madri, quasi tutte accompagnate dai loro mariti, e di un pugno d'insegnanti, la dottoressa Marilena Sommadossi, una psicologa dell'età evolutiva consulente della ASL di Seriate, illustrò in molti dei suoi aspetti la "piaga della pedofilia", con il preciso obiettivo di fornire al suo pubblico degli strumenti per combatterla.

Curiosamente, la preside aveva messo a disposizione dei convenuti non un'aula magna o una sala riunioni, ma una comune aula scolastica. I genitori si erano dunque trovati costretti a sedere dietro i piccoli banchi pensati per i corpi minuti dei loro figli bambini. Era sufficiente un solo sguardo per accorgersi che appartenevano tutti all'etnia bianca caucasica. Di padri e madri immigrati quella sera non c'era nemmeno l'ombra.

Posso testimoniare che la dottoressa Sommadossi parlò per quasi un'ora, ininterrottamente e senza il minimo contraddittorio. A mano a mano che il suo discorso fluiva, tra chi la stava ad ascoltare cresceva un palpabile senso d'angoscia ma si diffondevano anche vistosi segni di fastidio e di rabbia, non sempre suscitati dalle atrocità riferite. Almeno un paio di insegnanti lasciarono l'aula prima della fine della lezione, protestando contro quello che definirono un "metodo allarmistico". La preside, dal canto suo, rimase fino al termine della riunione, ma disse di "condividere le preoccupazioni delle colleghe".

La dottoressa parlava da dietro la cattedra abitualmente utilizzata dalle maestre. Alla sua sinistra sedeva Marisa Comi – che si tormentò il labbro per tutta la durata dell'incontro –, alla sua destra una donna obesa sulla cinquantina che allora ancora non conoscevo – avrei appreso in seguito che si trattava di Sandra Modotti, una dei leader di Rinascita in Cristo, gruppo di carismatismo cattolico molto radicato nell'area di Bergamo. La donna, intabarrata in una palandrana nera, rimase muta, immobile e impassibile fino alla fine del discorso.

Marilena Sommadossi esordì definendo la pedofilia "l'epidemia del terzo millennio". I dati scientifici in suo possesso indicavano, infatti, un'autentica esplosione del fenomeno. Secondo uno studio diffuso in un convegno internazionale tenutosi l'8 giugno 2007, soltanto in Italia, ogni anno, i nuovi casi di violenza su minori erano 41.000. Stando a quei dati, almeno un ragazzo italiano su sei sarebbe stato vittima di abusi sessuali nell'infanzia o nell'adolescenza. Ovviamente – la dottoressa ci tenne a ribadirlo con forza – per ogni episodio accertato ce n'erano almeno cento che non venivano mai denunciati, soprattutto perché avvenuti all'interno delle mura domestiche ad opera di genitori o parenti delle vittime. Alla pedofilia "domestica" andava poi sommata quella "turistica". Le stime parlavano di un "esercito di ottanta-centomila italiani" che annualmente si sarebbero recati in Paesi lontani alla ricerca di sesso con minori. A tutto ciò andava aggiunto l'utilizzo di Internet, formidabile veicolo di pedopornografia all'origine di "un vero e proprio boom"...

Gli appunti che annotai quella sera sul mio taccuino si fermano qui. Ricordo con certezza che, di fronte a quella cascata di cifre, mi tornarono in mente le parole di Stalin: "La perdita di una vita umana è una tragedia. Un milione di morti sono statistica." Mi guardai attorno. L'espressione dei genitori sembrava dar ragione a Stalin: qualche padre, sfinito dalla giornata di lavoro, addirittura sonnecchiava.

La situazione cambiò quando la dottoressa prese a illustrare i sintomi dell'abuso.

"L'abuso subito," disse, "si rivela quasi sempre in forma mascherata. La pedofilia è un mostro dalle molte teste, e tutte incappucciate."

Poi cominciò a elencare le diverse manifestazioni di disagio sotto le quali si può mascherare la violenza patita da un bambino: rifiuto del mondo esterno, rifiuto di parlare, di giocare, di ricevere affettuosità, oppure tendenza alla menzogna, promiscuità, volgarità a sfondo sessuale, scatti di rabbia, improvvise intemperanze.

A mano a mano che la dottoressa procedeva nell'elenco dei sintomi, l'agitazione si diffondeva tra i genitori. Padri e madri si consultavano a vicenda, si rivolgevano ai loro vicini per cercare conferme o smentite, si agitavano sulle sedie, fremevano e alzavano le mani per avere delucidazioni. Ora le seggiole dei figlioletti si mostravano davvero troppo piccole per contenere l'ansia montante dei loro genitori.

Intanto, la dottoressa continuava con l'elenco dei possibili sintomi di violenze pedofile: condotte autolesive (tagli, bruciature, incidenti), tendenza alla fuga, distacco dai propri sentimenti come difesa contro il dolore, inappetenza o, al contrario, bisogno compulsivo di mangiare; masturbazione, altri giochi sessuali; sintomi psicosomatici come dolori di stomaco, emicranie, nausea; disturbi del sonno come incubi, terrori notturni, pipì a letto; paure immotivate quali paura del buio, paura degli estranei, paura del futuro, degli adulti, del mondo...

Fu a quel punto che anche le insegnanti che fino a quel momento erano rimaste lasciarono l'aula in segno di protesta. Il motivo era evidente: sulla base di quei criteri diagnostici, qualsiasi bambino poteva essere sospettato di aver subito abusi sessuali. E anche parecchi adulti.

Personalmente, mi sarei unito senza un attimo di esitazione alle insegnanti. L'aula si stava rapidamente trasformando in un'incubatrice. Non era, però, un bambino nato prematuro quello che ci si sforzava di tenere in vita: erano arcaici terrori, antichi demoni degli abissi. Sentivo in bocca il sapore disgustoso dello zelo fanatico, quel sentore di rigetto sempre uguale a se stesso.

Molti genitori, intanto, approfittando dello scompiglio causato dalla protesta delle insegnanti, si erano accalcati attorno alla cattedra per ricevere spiegazioni dalla dottoressa Sommadossi. Alcuni di loro, non accontentandosi di premere sulla cattedra, l'aggiravano scalando la pedana per prendere la dottoressa alle spalle. Il teatro dell'isteria di massa, come di consuetudine, non sopportava la divisione tra scena e platea. Fu la donna grassa a rimandare tutti al loro posto.

Decisi di rimanere. In seguito mi sono chiesto molte volte perché io abbia preso quella decisione che, lo presentivo oscuramente anche allora, avrebbe avuto il potere di cambiare la mia vita. E non certo in meglio.

A lungo mi sono risposto che la foga del cronista dovette prevalere sull'istintiva repulsione che ricordo di aver provato. La verità, probabilmente, è che ci sono passioni maggiori e passioni minori. E il terrore appartiene al primo gruppo.

Ora, infatti, era il turno di Marisa Comi, e lei il terrore lo portava stampato in volto.

"Io, al momento, non ho niente da dirvi," dichiarò, torcendosi le mani, la mamma della bambina che si presumeva abusata, "ho solo una cosa da mostrarvi."

Le luci si smorzarono e un ausiliario tecnico azionò il videoproiettore. Sullo schermo apparve una tenebra vagamente aureolata di luce.

La camera a mano percorre lentamente un corridoio buio, guidata solo dal bagliore tenue di una torcia elettrica. A reggerla, evidentemente, una persona che avanza alle spalle del videoamatore. Tutto il quadro è trasfigurato dal verde mistico degli obiettivi ad alta densità per le riprese notturne.

Il corridoio termina davanti a una porta socchiusa. La porta si dischiude, sospinta delicatamente da una mano inanellata. Laggiù, in fondo a una stanza, avvolta nella luce soffusa e dorata di un'abat-jour, una bambina bionda dorme di un sonno profondo. Come un angioletto, viene spontaneo pensare.

La telecamera non osa oltrepassare il confine sacro dei sogni d'oro. Nemmeno, però, li lascia a loro stessi. Ci si mette di punta, su quella soglia. Discreto – la luce artificiale della torcia elettrica non può in nessun modo turbare il sonno perfetto dell'infanzia –, l'occhio della telecamera si apposta e attende. Attende. Attende.

Trascorrono alcuni secondi. Interminabili. Il quadro è idilliaco, la soglia immette nel giardino dell'Eden, eppure non c'è nessun dubbio che qualcosa accadrà. Al contrario, ognuno di quei pigmenti presagisce che ad accadere sarà il peggio. Il giardino è questo. L'incombenza del visore notturno lo annuncia con certezza.

A un tratto, senza il minimo preavviso, senza un rumore, un rantolo o un sospiro, la bocca della bambina si divarica fino allo spasimo. Se ne sta muta ancora per un istante, dilatata e muta. Poi da essa esce il vagito della sirena di un bastimento. Una volta, due volte, tre volte. Le palpebre, intanto, rimangono calate sugli occhi, gli occhi chiusi.

L'urlo agghiacciante non ha svegliato la bambina. Urlo e urlatrice sono una cosa sola, indistinguibili. Non si odono e non si riconoscono a vicenda. Non turbano l'uno il sonno dell'altra. Provengono dal medesimo incubo e vi ritornano.

Stacco. La bambina urlante nel sonno si dissolve in nero. Sporco. Scariche elettrostatiche sfrigolano sullo schermo. Nuovo fuoco.

Un altro letto. Grande. Doppio. Matrimoniale. Lo copre una trapunta a enormi fiori stampati. Una giungla tropicale di mangrovie da svendita per fine attività. Di nuovo la bambina di prima. Ora è sveglia. È nuda, salvo che per le mutandine. Guarda in camera. È spaventata, è circospetta. È terrifica ed è terrificata. Lo sguardo dice che non sarà più sola. La mamma è entrata nei suoi incubi notturni. L'urlatrice è separata dal suo urlo.

"Dillo alla mamma che giochi t'insegnano a scuola."

La bambina tace, si volta, mostra la schiena. La mamma la rimette a sedere. Le passa un asciugamano.

"Falli vedere alla zia che ci riprende i giochi che t'insegnano. Che poi ci rivediamo sul televisore."

La bambina prende l'asciugamano, ma rimane zitta e immobile.

"Margherita, ti prego, fai vedere alla mamma e alla zia, fai vedere cosa hai imparato." La mamma insiste, entra nel quadro.

La bambina ne esce. Il letto è vuoto. Solo le mangrovie vi pullulano.

"Si deve mettere davanti alla telecamera! Se no non serve a niente." Una terza voce ha parlato, una gola invisibile, la gola della "zia". La bambina riappare.

"E dillo che giochino fate a scuola, mostracelo che poi ci rivediamo! Come si chiama quel giochino?" La mamma incalza, è disperata, la sua voce s'incrina.

"Nòn me lòoo ri-coòor-do." La bambina ha finalmente risposto. Una cantilena.

"Come non te lo ricordi?"

"Nòn me lòoo ri-coòor-do. Nòn me lòoo ri-coòor-do."

"Te l'hanno insegnata a scuola questa canzone?"
"Sì, a scuola... la canzone..."
"Chi te l'ha insegnata questa canzone, chi te l'ha insegnata?"
"La maestra."
"Quale maestra, quale maestra?"
"Chevaliers de la Ta-ble Ro-nde, dites-moi si le vin est bon... s'il est bon s'il est a-gré-able, j'en boirai jusque à mon plaisir..." La bimba canta. Canta la sua cantilena. Ora sembra tornata serena.
La mamma, invece, impazzita, si rivolge alla telecamera. "Mio Dio! Cosa sta cantando? In che lingua parla?"
"È francese, è francese," la rassicura la zia.
"Chi te le insegna queste cose, amore della mamma? Dillo alla tua mamma, non farla piangere."
"La maestra. La maestra ci insegna le cose."
"Quale maestra?"
"La maestra nera."
"E ti fa anche le cose cattive la maestra nera? Ti fa le cose cattive?"
"Sì, è cattiva la maestra nera."
"Dove te le fa? Alla patatina o al sederino?"
"Alla patatina."
"Ed è per questo che ti è uscito il sangue?"
"Sì, è uscito il sangue."
"Chi te lo infilava il pipo?"
"La maestra nera."
"Ma non ce l'ha il pipo la maestra nera!"
La bambina attende. Guarda la mamma, guarda in camera. Fa per scappare. La mamma l'afferra e la rimette davanti alla telecamera.
La bambina dice: "L'uomo nero."
"Cosa ti facevano la maestra nera e l'uomo nero?"
"Una magia," risponde la bambina.

"Faccela vedere questa magia, faccela vedere." Di nuovo l'asciugamano.

"È una magia segreta," si schermisce la bambina.

"Faccela vedere, che poi è tutto finito."

La bambina prende l'asciugamano, se lo infila nelle mutandine. Comincia a sfregarlo su e giù. Su e giù. Su e giù. Mima. Mima l'atto sessuale. Forse.

Non c'è niente e nessuno attorno a lei. Anche la mamma ora è uscita dal quadro. Solo una piccola bambina bionda su un letto di fiori stampati. Ma sta facendo la magia. Si sfrega in mezzo alle gambe l'asciugamano. Sta mimando. Indubbiamente sta mimando. E se mimi qualcosa, mimi l'atto sessuale. Il mondo intero svanisce in quella magia.

Quando le luci si riaccesero nell'aula della scuola Rodari, si riaccesero su una piccola folla in tumulto. Alcuni genitori piangevano, altri inveivano, ma non era chiaro contro chi o che cosa.

"Niente panico, niente panico, niente panico," urlava la preside. Le parole, però, sembravano aver assunto la potenza magica osservata nel filmato. Più la preside ripeteva quella parola – "panico" –, più l'accadimento scongiurato si materializzava. Nell'aula, oramai, nominare equivaleva a evocare.

Una voce si levò imperiosa su tutte le altre. Si fece silenzio. Era la voce di Sandra Modotti, la "zia".

"La settimana scorsa la figlioletta della qui presente Marisa Comi è tornata da scuola ferita agli organi genitali. Consigliati dalla dottoressa Sommadossi, l'abbiamo sottoposta a lunga e attenta osservazione. Purtroppo, abbiamo motivo di credere che questa povera anima innocente sia stata vittima di violenze sessuali da parte di una delle sue insegnanti. Del resto, lo ha ammesso la stessa anima di

Dio nel filmato che avete appena visto e in altri, ancora più espliciti e terribili, che abbiamo scelto di non mostrarvi ma che sono stati consegnati alle autorità. Per questo motivo, stamattina abbiamo sporto denuncia contro Mati Wangari, l'insegnante di origine nigeriana in servizio presso questa scuola con l'incarico di responsabile dell'integrazione dei figli d'immigrati. Abbiamo motivo di temere che non abbia agito da sola e, soprattutto, che Margherita, la povera figlia della signora Comi, non sia l'unica sua vittima. V'invitiamo perciò a osservare ogni comportamento sospetto dei vostri figli, anche quelli apparentemente più insignificanti. Osservate i vostri bambini, per l'amor di Dio".

Scoppiò il caos. Lasciai l'aula. Avevo visto e sentito abbastanza.

"Professore, la prego, aspetti!"

Marisa Comi m'inseguì in corridoio. Ma, più che inseguirmi, fuggiva: si guardava alle spalle, si copriva il capo con una stola. Ricordo che aveva tutta l'aria di volersi mettere in salvo dal putiferio che aveva scatenato. Gli strepiti provenienti dall'aula ci raggiungevano anche a parecchi metri di distanza.

La signora Comi mi ringraziò per essere venuto, si scusò per avermi sottoposto a quello strazio, poi, prima che io potessi dire una sola parola, mi pregò di accompagnarla a casa. Avevo davanti a me una donna distrutta. Accettai.

Il tragitto fu breve. Lo coprimmo a piedi. La signora Comi abitava in via Sant'Alessandro, la strada che sale verso le mura della città vecchia in corrispondenza di Porta San Giacomo. Un quarto d'ora dalla scuola di sua figlia e meno di dieci minuti dal mio nuovo piccolo appartamento.

Tacemmo durante l'intero tragitto. Il silenzio fu rotto soltanto da una mia domanda. Imbarazzato, quasi arrossendo, le chiesi di suo marito.

"Non c'è più nessun marito," mi rispose secca, "il padre di Margherita è un uomo vizioso." Poi, però, percependo il mio sgomento, si affrettò a chiarire: "Non pensi male. Non ha niente a che fare con la bambina. Ed è proprio questo il problema. A lui delle bambine non frega nulla, nemmeno di sua figlia. Gli interessano solo quando sono cresciute."

Non ho esitazioni a dire che quei quindici minuti di passeggiata furono tra i più gravosi della mia vita. Mi sforzavo in ogni modo di non incrociare lo sguardo di Marisa Comi. Ciò che però coglievo, involontariamente, con la coda dell'occhio non era più il volto di una bella donna che doveva aver passato da poco i quarant'anni, ma il ghigno di una vecchia folle e decrepita.

Eppure qualcosa, in lei, mi attraeva irresistibilmente. Del resto, ero ben consapevole di aver appena assistito a un chiaro caso di isterismo di massa; tuttavia le immagini mostrate da quella donna mi lavoravano dentro con la verità eterna della ferita. Non l'interrogatorio. Quello non provava niente. E nemmeno la mimica del sesso. Ma l'urlo nel sonno della piccola Margherita, quello sì. Lì ci doveva essere qualcosa di vero, oppure non c'era niente di vero al mondo. Non si poteva urlare così se non si era stati feriti.

Ricordo con certezza che, quando arrivammo davanti al portone, un desiderio folle m'invase: mi augurai che

Marisa Comi m'invitasse a salire. Ma non desideravo lei. Non speravo, attraverso quel portone, di essere ammesso nel suo letto. Non avevo appetiti per il suo corpo di donna adulta. A chiamarmi era la sirena di sua figlia, Margherita, era quell'urlo agghiacciante fuoriuscito dalla bocca di una bambina nel cuore della notte. Desideravo essere introdotto nel suo mondo di fantasmi. Volevo gli impareggiabili terrori dell'infanzia. Volevo entrare nel filmato.

Per fortuna quella sera Marisa Comi non m'invitò a salire. Purtroppo, però, lo avrebbe fatto in seguito.

Il bambino ora è spesso malato. È sano come un pesce, dicono i medici alla mamma, eppure è spesso malato. Forse, addirittura, più che malato.

Se però ci si pensa bene, al bambino, pur essendo forte e sano, è sempre bastato un nonnulla per cadere malato. Una volta, dopo una di quelle sue notti di urla e furore, al risveglio il bambino non sapeva più camminare. Sollevava il ginocchio destro e inclinava leggermente a sinistra per tenersi in equilibrio, evitando di poggiare a terra l'intera pianta del piede.

La mamma pensò che avesse preso una storta alla caviglia. "Ti sei fatto male?" gli chiese, "No, mamma." "Dimmi la verità, hai litigato con tuo fratello?" "No, mamma, davvero, e se l'ho fatto non me lo ricordo." "Giura." "Giuro."

In effetti la caviglia non era ingrossata, non c'era nessun livido, nessuna traccia di versamenti di sangue sul piede destro del bambino. Lui però andò avanti così, claudicando, un'intera settimana. Allora la mamma lo portò da un dottore.

"Si tratta, signora, indubbiamente di una posizione antalgica," disse il dottore alla mamma, "una postura erronea

che consente di limitare la sensazione di dolore in caso di trauma. Ma qui traumi io non ne riscontro."

Il dottore parlò liberamente, convinto che il bambino non potesse capire. E infatti lui non capì, ma afferrò quella parola: trauma. Cominciò a giocarci, come con uno yo-yo. La svolgeva e la riavvolgeva, la lasciava cadere e la richiamava, e poi, soprattutto, la afferrava ogni volta che la sentiva uscire – sempre più spesso – dalla bocca della mamma mentre parlava con papà o con la zia Maria. Allora il bambino la agguantava e la teneva ben stretta, nascosta nel pugno.

Il bambino continuò a claudicare, misteriosamente, per settimane. Poi, un giorno, fu la mamma a capire: quel gatto randagio che di tanto in tanto passava dal giardino di casa in cerca di cibo aveva perso una zampetta dentro le lame di una motofalciatrice. E quel gatto certosino, con il suo manto blu di Prussia, era amico del bambino. Era il suo prossimo, né più né meno dei figli del vicino, e ora il bambino zoppicava per lui.

Un'altra volta, nella grande città sotto il vulcano dove il bambino era nato scoppiò un'epidemia di colera. Il morbo fermentava nei frutti del mare coltivati nelle golene dove la grande città scaricava i suoi veleni, la gente faceva le code per le vaccinazioni di massa, gli infermieri urlavano nei megafoni, le fogne spurgavano a cielo aperto, l'assessore ai cimiteri nascondeva il numero dei morti seppellendoli di notte, gli intestini dei bambini profondevano vomito e diarrea, scaricando a litri, con violenza, gli umori dei corpi infetti. Tutto era sozzo, lo sporco era dappertutto, il vibrione portava il Terzo Mondo dentro il nostro mondo.

Il bambino, allora, smise per settimane di fare la cacca. Dovettero infilargli una siringa nel culetto, evacuare l'ostru-

zione, forzare il blocco con un fiume d'acqua mista a olio e glicerina. Ma al bambino non dispiacque. Mentre lo inondavano di quel liquido tiepido, gli parve di essere una cosa inerte, un Cicciobello di plastica nelle mani della mamma e del papà. Eppure quel bambino-giocattolo apprendeva in quell'attimo, per la prima volta, di avere delle viscere. Era una cosa, il bambino, ma con i sensi in tumulto. Da quel momento non avrebbe più smesso di ascoltare le voci dei propri intestini.

La posizione antalgica, quella lieve stortura che non cancella ma aggira il dolore, sarebbe diventata poco alla volta, con tutta naturalezza, la sua posizione riguardo all'universo.

Eppure la mamma è sempre più preoccupata. Guarda suo figlio e pensa: lo stiamo perdendo.

Anche le notti in cui dorme il bambino respira a fatica, russa, si agita, va in apnea, gli si mozza il respiro, gli manca il fiato, urla con una voce spenta, un grido strozzato che gli esce dal naso.

Si comincia a girare per ospedali. Un dottore dice: "Annuncio di epilessia", un altro: "Questo bimbo sembra traumatizzato", un terzo consiglia di asportare le adenoidi. Quantomeno – conclude – limiterà le otiti catarrali ricorrenti, libererà le tube, allevierà i disturbi del sonno.

E così ora il bambino è davvero malato. Dorme nel suo lettino d'ospedale, assieme al fratello. Nemmeno questo gli dispiace: nei corridoi – che, gli ha detto il papà, si chiamano "corsie" – c'è tanta luce. Tanta luce gialla. E non si spegne mai.

Il giorno dopo, un dottore con il camice verde gli infila un grosso uncino nel naso. Ma è in bocca o nel naso? Il bambino non è sicuro: è stordito, mezzo sveglio mezzo in sogno, come nelle notti di urla e furore. Non è sicuro, il bambino, di dove entri l'uncino, ma lo vede arrivare. Un metro, mezzo metro, dieci centimetri. Poi non ricorda più niente.

Quando lo dimettono e torna a casa, il bambino si porta con sé l'ospedale. Ora è convinto di essere gravemente malato. La mamma, il papà, la zia Maria glielo tengono nascosto perché sono buoni e gli vogliono bene. Lui, però, li osserva con attenzione tutto il giorno e ogni tanto vede che reprimono un singhiozzo, che gli s'inumidiscono gli occhi. Loro mentono, a fin di bene, ma il bambino se ne accorge.

Tutti lo stanno ingannando: le maestre, gli amici, i compagni di pallacanestro. Quando prende un buon voto, quando gioca tutta intera una partita, quando uno gli dice: "Tu sei il mio miglior amico", lo fanno perché sanno che, tanto, lui deve morire. Non è forse così? Non è, forse, la sua vita di bambino tutta una grande recita per tenergli nascosta la morte? Perfino il fratello, maggiore soltanto di un anno, gliela nasconde. Ma lui oramai lo sa di avere i giorni contati. Li ha visti i malati, lì negli ospedali. Esistono. Nessuno lo può negare. Esistono.

Una di quelle notti il bambino sparisce. Il papà si sveglia e trova il letto vuoto. La porta è aperta sul giardino del melograno. È una notte di luna, luna nuova di mezza estate, il prato è falciato.

Il papà va al campo da tennis. Ma è vuoto. Sale in paese, nella piazza del Vescovado. Ma splende, deserta, alla luce dei lampioni e delle stelle, nella quiete suprema della penultima ora.

Quando il papà torna a casa, scopre che è tornato anche il bambino. Era confuso, come sempre, mezzo sveglio mezzo addormentato. Eppure non piangeva, non urlava, non farfugliava.

Vedendogli salire la scala di pietra ombreggiata dal melograno, la mamma, però, è quasi svenuta: suo figlio teneva in braccio un cucciolo di dobermann con entrambe le orecchie mozzate.

Nessuno saprà mai dove l'ha preso. O – peggio – chi gliel'ha dato. O magari era soltanto un animale abbandonato.

DICEMBRE

I genitori che accompagnarono a scuola i loro bambini la mattina del 12 dicembre del 2007 dovettero sentirsi preda di un'allucinazione. Videro, infatti, i carabinieri che delimitavano la scena del crimine attorno all'intero perimetro della scuola materna, il luogo che fino al giorno prima era stato per loro il più pacifico di tutta la terra.

Li videro lì, in carne ed ossa, eppure quei carabinieri in tuta bianca che stendevano il nastro fosforescente attorno alla scuola dei loro figli erano gli uomini del RIS, gli stessi dell'omonima serie TV. Li videro con i loro occhi in modo chiaro e distinto, gli stessi occhi con i quali ogni sera, prima di concludere il giorno, gettavano uno sguardo amoroso ai piccoli già sprofondati nel sonno ricavandone la certezza di un'esistenza scolpita nel tempo, di una vita ben spesa. Proprio per questo, dopo la mattina del 12 dicembre, i padri e le madri degli alunni della scuola materna Gianni Rodari a quei loro occhi non poterono più credere. A partire da quel momento, per tutti loro, l'irrealtà diventava una faccenda quotidiana. Per quei padri e per quelle madri, l'antica linea di fede tra l'occhio e l'intelletto si dovette spezzare una volta e per tutte. Per quei genitori, la millenaria equazione tra vedere e sapere non sarebbe più tornata. Il fatto è che, tenendo i loro piccoli per mano, padri e madri dovettero credere di aver acceso la televisione. Ancora non sapevano che era la televisione che stava per accendersi su di loro.

La mattina del 12 dicembre avviene, infatti, la prima perquisizione in orario scolastico della scuola materna Gianni Rodari. Il giorno successivo, sul "Giornale di Bergamo" sarà pubblicato il primo lungo articolo sui presunti abusi nel "quartiere degli immigrati" e la scuola sarà ribattezzata la "scuola degli orrori". Da quel 12 dicembre Bergamo non vivrà più sotto lo stesso cielo delle altre città d'Italia.

Da quel momento in avanti ogni segno sarà sintomo, ogni disagio abuso, ogni attesa presagio. Un miasma, una pestilenza vaporosa graverà sulla città. Il flagello sarà aereo, il contagio immediato: nei mesi successivi le riunioni private prolifereranno, verranno indette altre assemblee pubbliche, decine di bambini verranno portati a farsi visitare, centinaia di famiglie si costituiranno in associazione, migliaia di file su pedofilia e rituali satanici verranno scaricati da Internet. Cresceranno di numero i bambini che di notte urlano nel sonno e di giorno sono filmati dai loro genitori mentre descrivono orchi incappucciati bevitori di sangue, maestre cattive che toccano e pungono, si moltiplicheranno i bambini che mimano giochi erotici con bambole e orsi di peluche.

Dopo quel 12 dicembre su tutta l'Italia calerà l'inverno, ma soltanto a Bergamo il suo soffio gelido porterà un brivido terribile lungo la schiena, una stretta in gola da non poter più respirare, il tremore della dissoluzione che annuncia la fine dei tempi. A Bergamo, come nel resto del mondo, i bambini si agiteranno nel sonno, urleranno all'improvviso, si muoveranno in modo convulso, ma soltanto in quel piccolo reticolo di strade situate tra piazza Pontida e la stazione ferroviaria, se per distrarli gli daranno dei pastelli e un foglio di carta, prima disegneranno organi sessuali, corpi senza arti, uomini senza volto, poi si feriranno da soli tagliuzzandosi le braccia, le gambe e il pisellino con la punta delle matite colorate.

Dopo quel 12 dicembre Bergamo si trasformerà in una terra di serpi. L'angoscia sarà una serpe, l'angoscia di sapere e quella di non sapere. Nessuno più, oramai, potrà schiacciarle la testa.

Forse, fino a quella mattina sarebbe stato ancora possibile fare chiarezza. Ogni storia, però, ha un suo punto cieco, ed è proprio il punto in cui, inavvertite, le cose precipitano. Quando si tratta di una battaglia combattuta in campo aperto, tra due armate nemiche schierate una di faccia all'altra, il *quid obscurum* – scrive Victor Hugo ne *I miserabili* – si annida nell'attimo in cui la storia degli eserciti si scioglie nella biografia dei reggimenti.

Ma in una pestilenza sociale, in una lotta fratricida che dissangua una comunità in tempo di pace? Dove lo si dovrà cercare il punto cieco, il momento in cui le cose precipitano, nella storia di una guerra civile a bassa intensità combattuta da massaie e commercialisti in lotta contro fantasmi angosciosi? Dove andare a cercare l'equivalente sociale dell'impercettibile variazione di temperatura, il corrispettivo psicologico del reagente chimico che avvia la separazione dell'odio solido – quello mirato contro qualcuno di preciso – dalla soluzione di risentimenti vaghi in cui fino ad allora è rimasto disciolto? Qual è il nitrato d'argento del rancore collettivo?

È vero che, dopo l'ispezione del 12 dicembre, a distanza di soli due giorni, si svolse la prima grande assemblea pubblica durante la quale si ebbe l'impressione che tutte le angosce, i timori, i presentimenti provati da decine di famiglie esplodessero fragorosamente. Molti, in seguito, pensarono che fu quello il momento in cui precipitarono le cose. In verità, però, non andò così.

Il Teatro Donizetti, dove il 14 dicembre si svolse l'infuocata assemblea, fu solo il punto di corrispondenza al suolo di un'esplosione avvenuta altrove, fu l'ipocentro, il punto della superficie terrestre immediatamente al di sopra o al di sotto della deflagrazione, ma la deflagrazione avvenne altrove. In cielo o sottoterra, nessuno lo potrà più dire. E in ogni caso, che l'esplosione fosse stata aerea o ipogea, non avrebbe fatto comunque nessuna differenza.

La verità è che il punto cieco di tutta questa storia di orrori veri o presunti, e dunque in ogni caso di orrori, furono le tre settimane che trascorsero tra la prima riunione del 20 novembre, svoltasi a scuola, e la prima perquisizione in orario scolastico del 12 dicembre. Ma di quelle tre settimane nessuno sa quasi niente.

Si sa solo che, verso la fine di novembre, nella caserma dei carabinieri di via XXIV Maggio a Bergamo arrivarono le prime denunce, rivolte contro la cittadina nigeriana Mati Wangari e contro le due cittadine italiane Niva Beghetto e Maria Pellegrini. Si sa anche che il dottor Piero Gatti, pubblico ministero della procura di Bergamo, nominò consulente tecnico la dottoressa Marilena Sommadossi, la psicologa che aveva presieduto la prima riunione alla scuola Rodari. Ma questo è tutto.

Nessuno può affermare in piena coscienza che in quei ventidue giorni tra il 20 novembre e il 12 dicembre del 2007 la città di Bergamo fu messa a rumore dal pettegolezzo, non nei luoghi pubblici perlomeno. Il tempo delle voci, della diceria dell'untore, sarebbe venuto poi. In quei giorni, invece, mentre da qualche parte le cose precipitavano, sulla superficie degli eventi si produssero, se pure si produssero, solo lievi turbolenze, increspature, schiume. Certo, è presumibile che ci siano stati altri incontri tra i genitori che parteciparono a quella prima riunione, si possono immaginare angosciati conciliaboli, frenetici passaparola, pressanti interrogatori, filmati rubati. Ma, per l'appunto, si possono solo immaginare.

Soprattutto, è plausibile immaginare che, secondo quanto suggerito da Sandra Modotti durante la riunione del 20 novembre, si siano svolte in molte case osservazioni ossessive dei propri figli, spiati di nascosto dai genitori con lo stesso sguardo vorace e angustiato del bambino che scruta la tenebra sperando, e temendo, di vedervi profilato l'uncino del mostro.

****

Personalmente, di quel periodo fatidico compreso tra la fine di novembre e la metà di dicembre, ricordo soltanto la potente fascinazione e il non meno potente rigetto per l'infanzia di cui rimasi vittima. S'impossessò di me, infatti, un sentimento ambivalente d'attrazione e di repulsione: attrazione per la mia infanzia e repulsione per l'infanzia altrui. Senz'altro a causa della forte suggestione prodotta dall'aver partecipato alla riunione del 20 novembre, cominciai a sentir riaffiorare in me tracce psichiche di un passato remoto e inquietante: il mio.

Il bambino che ero stato mi tornava in sonno, si ripresentava con la vivezza presa in prestito dalle foto scattate all'epoca dai miei genitori e ora serbate negli album dei ricordi. Il piccolo me stesso popolava i miei incubi con la sua terribile presenza di bambinetto biondo e paffuto, non diversamente da come ogni sorta di mostri e vampiri aveva popolato i suoi. In particolare, sognavo spesso una corsia d'ospedale, un uomo in camice verde che m'infilava un uncino nel naso, udivo la voce di mio padre ("Il colera... è di lì che escono i morti... il selciato è sudicio..."), subivo resilienze di remote estati mediterranee, rivedevo una tenda di fettucce di plastica colorata, una chiazza di sole su un pavimento di battuto di calce, la traiettoria verticale di una goccia di sangue. Dormivo nuovamente le notti dormite da bambino.

La reviviscenza di quella mia prima età a volte si spingeva fino a compiere incursioni nella vita diurna: tornavo a provare sensazioni bruciate decenni prima dal mio sistema nervoso, rivivevo angosce e turbamenti custoditi da una recondita e irriflessa memoria dei nervi, delle viscere.

Me ne sorpresi, perché credevo di essermi oramai congedato per sempre dai miei primi anni di vita. Sapevo, ovviamente, di aver avuto un'infanzia fuori dell'ordinario, di esser stato un caso molto raro di sonnambulismo florido – uno di quegli *sleepwalker* che se ne vanno a spasso in pigiama sui cornicioni di palazzi illuminati dalla luna –, tuttavia l'idea che gli spettacolari disturbi del sonno che avevano costellato lo spazio profondo della mia infanzia, per poi finire inghiottiti dal buco nero dell'adolescenza, avessero ancora qualcosa a che fare con me non mi aveva più sfiorato dopo i trent'anni.

Invece, a seguito della riunione del 20 novembre, sicuramente rievocate dagli accadimenti riguardanti la scuola Rodari, conturbanti reminiscenze cominciarono a rigurgitare dal fondo sepolto della mia infanzia.

In quei giorni, comunque, a parte le tracce della mia personale inquietudine, il mio taccuino non riporta nulla che potesse lasciar presagire ciò che stava accadendo a Bergamo. Eppure è chiaro che anche io, come tutti i genitori accorsi alla riunione del 20 novembre, dovetti applicare l'ingiunzione a osservare i nostri bambini rivoltaci da Sandra Modotti mentre l'assemblea si scioglieva. Anche se, per quel che mi riguarda, trascurai sicuramente la parte in cui eravamo invitati a farlo "per l'amor di Dio". No, anch'io mi misi a "osservare i nostri bambini", ma lo feci a modo mio e per conto mio. Lo feci, cioè, curvandomi su me stesso.

In ogni caso, mi ostinai ad opporre un netto rifiuto alle richieste del giornale di continuare a occuparmi dei presunti casi di pedofilia. L'insistenza da parte di Gramellini fu inutile. Gli riferii della riunione del 20 novembre; poi, però, sebbene lui ripetesse che intravedeva una "storia da prima pagina a quattro colonne", io ribadii per giorni che non ne avevo saputo più niente e, soprattutto, che niente ne volevo sapere.

Ma, a ripensarci ora, qualche piccolo segno di ciò che la città stava covando lo ebbi. Ricordo, in particolare, un episodio che allora mi apparve insignificante.

Nel mio nuovo minuscolo appartamento mancavo quasi di tutto. Per non dare a Martina l'impressione che la ricerca di un pied-à-terre a Bergamo preludesse a una separazione, evitavo perfino di portarmi da casa la biancheria di ricambio. Un pomeriggio, tornando dall'università, notai in via Zambonate una merceria che annunciava una svendita con ribassi del cinquanta per cento. La cosa mi colpì, perché la stagione dei saldi era finita da un pezzo e, anzi, si avvicinava il periodo natalizio, il momento dell'anno più propizio per ogni genere di commercio.

Si trattava di una di quelle botteghe vecchio stile, con l'insegna scolorita dipinta a mano trent'anni prima, che puntavano tutto sulla qualità del prodotto, ignorando ogni furbizia di marketing e ogni capriccio della moda. La vetrina era un accumulo scriteriato di mercanzia, una girandola di cartellini promozionali che vantavano filati pregiati, affidabilità e convenienza. Una vetrina che sembrava fiera di non aver mai conosciuto un vetrinista. Entrai.

La merciaia, in netto contrasto con la sua bottega, era una donna giovane. Magrissima, le occhiaie profonde, indossava una calzamaglia che n'esasperava la magrezza, generando, più che un richiamo sessuale, un effetto-radiografia. Quella donna dava, insomma, l'impressione di voler esibire non le proprie carni scarse ma le proprie ossa.

Dopo averla salutata, senza esserne ricambiato, manifestai il mio stupore per i saldi. Non ebbi risposta neanche allora. Non senza imbarazzo, comunicai di voler comprare delle mutande. Poiché non conoscevo la mia taglia, chiesi di poterle provare.

"Solo sopra le sue," mi rispose con tono seccato. Fu la prima volta che la sentii parlare.

Mentre indossavo un paio di slip di filo di Scozia dietro un camerino improvvisato con una tenda nell'angolo del negozio, udii di nuovo la sua voce stizzita.

"Chiudiamo perché con quelli là va tutto in malora. Vendono pezze e ci mettono gli schiavi a fabbricarle. Sono capaci di tutto quelli lì."

Evidentemente la merciaia stava rispondendo a scoppio ritardato alla mia prima domanda riguardo i saldi fuori stagione. Udendo quelle sue parole, trasalii: erano le stesse che aveva pronunciato il bidello nel giardino della scuola, il giorno del ritrovamento del cadavere del gatto. "Sono capaci di tutto quelli lì." Un'onda di segrete corrispondenze mi attraversò e il mondo parve liquefarsi nella follia erratica dei simboli.

Mi affacciai da dietro la tenda per capire a cosa la merciaia alludesse. La trovai seduta, immobile, con le mani incrociate in grembo nei pressi della vetrina. Guardava fuori.

"Meno male che la mia povera mamma l'abbiamo seppellita l'anno passato," disse ancora.

Seguii il suo sguardo perduto oltre la vetrina. Sul marciapiede opposto campeggiavano, uno di fila all'altro, tre magazzini all'ingrosso gestiti da cinesi.

"Avevo pensato di tirare fino a Natale. Ma poi ho capito che quest'anno il Natale non viene." Lo aggiunse senza voltarsi, tenendo lo sguardo fisso sull'altro lato della strada.

Comprai sei paia di mutande tanto antiquate da non poter essere indossate in presenza di una donna che non fosse la merciaia. Ma, al momento, amanti all'orizzonte non ce ne'erano.

Pagai. Prima di andarmene mi sentii obbligato a rivolgere un augurio generico a quella donna afflitta. Lei incassò il denaro e si limitò a un tenue cenno con il capo. Pareva ipnotizzata dal proprio sconforto. Poi, quando fui sul punto di uscire, con quel suo modo non sincronizzato di interagire parlò ancora.

"Non è giusto, però. La mia famiglia ha questo negozio da tre generazioni. È una cattiveria. E non mi vengano a dire che così va il mondo. Se qualcuno soffre, vuol dire che qualcun altro lo fa soffrire."

Rimasi per qualche istante impalato sulla porta, cercando un'introvabile parola di conforto. Fu lei a togliermi dall'imbarazzo.

"È parecchio tempo che passando in via Greppi, in via Quarenghi, per tutta via Sant'Alessandro e su fino a Città Alta avverto vibrazioni negative," disse congiungendo i palmi delle mani e portandoseli alla bocca.

Io la guardai interdetto. Dovette accorgersene.

"Sa, faccio yoga..." m'informò a mo' di spiegazione.

Ricordo che quella sera, pur desiderandolo, mi astenni dal risolvere il problema della cena con il cibo del ristorante cinese sotto casa. La merciaia mi aveva contagiato con il suo livore.

Ma nei giorni seguenti, per reazione, ogni volta che passai nei pressi della sua bottega feci attenzione a cambiare marciapiede. Non avevo nessuna intenzione di rivedere quella donna sconsolata. Per una bizzarra superstizione, arrivai addirittura al punto di non indossare le mutande che mi aveva venduto.

L'avrei rivista, però, all'assemblea del 14 dicembre.

Se fino al momento dell'ispezione in orario scolastico della scuola Rodari i sospetti e i timori avevano seguito un corso sotterraneo, dopo il 12 dicembre il loro movimento di falda giunse a squassare la crosta della terra. Da quel momento in avanti, molto semplicemente, in città non si parlò d'altro.

Per questo motivo, gli organizzatori vollero chiaramente imprimere all'incontro del 14 dicembre un carattere di riunione pubblica evitando ogni ipotesi di congiura o faziosità, tanto che la definirono "assemblea cittadina". Chiesero e ottennero che, oltre alla preside Marangoni, vi prendesse parte anche un funzionario del ministero della Pubblica Istruzione.

L'assemblea fu indetta al Teatro Donizetti per le sei e mezzo del pomeriggio. Io vi arrivai non prima delle sette. Pur conoscendo, come chiunque altro a Bergamo, orario e luogo dell'incontro, mi ero ripromesso di tenermene alla larga. Poi, però, mentre rincasavo a piedi dall'università deviando dal mio abituale percorso, poco dopo il tramonto passai davanti al teatro ed entrai. Probabilmente raccontai a me stesso di essermi trovato lì per caso.

Feci il mio ingresso in sala nel momento in cui il funzionario del ministero stava terminando il suo intervento introduttivo. Era sul palco, dietro un tavolo ricoperto da un pesante drappo rosso, e stava cedendo il microfono alla preside della scuola Rodari, seduta al suo fianco. Tutti gli altri, un paio di centinaia di persone, erano accomodati in platea, come se dovessero assistere a uno spettacolo di cartellone. L'unico in piedi era un operatore video che riprendeva gli interventi da sotto il palco.

Non ricordo che cosa disse la preside. Ricordo soltanto il suo imbarazzo di fronte al cameraman. Il suo eloquio continuava a interrompersi, spezzandosi in una sorta di balbettio, ogni volta che lo sguardo veniva rapito dall'occhio della telecamera. Allora la mano sinistra andava istintivamente ai capelli gonfiati dalla permanente, mentre la destra si stringeva sull'impugnatura del microfono fino a far sbiancare i polpastrelli.

Fu interrotta da una selva di fischi. Un uomo vestito di nero approfittò della sua incertezza e, alzandosi in piedi, urlò: "Dica la verità! La dica!"

Subito il cameraman fu sull'urlatore. Gli passarono un microfono. L'uomo continuò a gridare, anche se ora la sua voce rimbombava, amplificata, in tutta la sala.

"Mettiamo che lei avesse dei figli, mettiamo che lei avesse la certezza che in quella scuola siano arrivate delle maestre che in passato hanno abusato di bambini, lei che farebbe, signora preside? Li manderebbe a quella scuola i suoi figli?"

"Ma io ho dei figli e frequentano la mia scuola! E poi non c'è nessuna certezza che quelle maestre abbiano mai abusato dei bambini," protestò timidamente la preside. Fu letteralmente sepolta dai fischi.

Il funzionario ministeriale afferrò il microfono. "So che ci troviamo in una zona grigia. È per questo che il ministero è sempre stato informato di tutto e ha seguito la vicenda passo a passo, giorno dopo giorno. Contiamo di uscirne in qualche settimana. Manteniamo il sangue freddo e speriamo che sia tutto un fuoco di paglia," disse.

A quel punto i fischi divennero assordanti. Le frasi fatte del funzionario non erano servite a sedare gli animi. In quella sala le parole erano pietre: se dicevi "sangue" scorreva il sangue, se dicevi "fuoco" appiccavi il fuoco. Soprattutto, quei genitori angosciati non lo volevano un fuoco di paglia. La casa stava già bruciando. Tutto quello in cui potevano ancora sperare era un fuoco redentore.

"Cosa avrei dovuto fare? Sospendere sulla base di mere dicerie delle maestre appena trasferite alla mia scuola? A Brescia sono state assolte. Io sono garantista. Non ci sono prove."

Fu l'ultima cosa che sentii dire alla preside. Una madre inferocita salì sul palco agitando un foglio di carta.

"Le prove, vuole le prove?" urlava. "Eccole le sue prove!"

Il foglio, dopo esser stato visionato dalla preside e dal funzionario ministeriale, ridiscese in platea e cominciò a passare di mano in mano.

Una bambina, disegnata a pastello su una campitura azzurra in alto e verde in basso. Tutto secondo i canoni: la bambina è bionda, i capelli s'irradiano in ogni direzione da un volto tondo come una moneta, il naso, gli occhi e la bocca sono tre piccole linee rette e una curva. Il cielo è blu, il prato è verde, la camicetta è a fiori. Soltanto il sole non torna: è nero. Il sole e gli arti inferiori della bambina: mancano del tutto.

La bambina evirata di metà del corpo, recisa della metà bassa di sé, è stata disegnata da una mano infantile. Un autoritratto. La disegnata e la disegnatrice sono entrambe monche dal bacino in giù. Galleggiano sulla linea dell'orizzonte tra il blu del cielo e il verde dei prati, come un busto e una testa spiccati dal corpo.

Sì, perché il corpo di questa creatura mostruosa fatta di carne e di vuoto – il disegno non lascia dubbi su questo – è la parte mancante. Non quella restante.

"Mamma, ma adesso tutti mi possono toccare?"

Una voce stridula, di bambina, aveva invaso la sala. Mentre in platea ci si passava il disegno e si inorridiva, una madre si era impossessata del microfono e imitava la voce della propria figlioletta. "Ma vi rendete conto? Sono giorni che mia figlia vomita, non dorme la notte, ha paura del buio, balbetta. E quindi, ditemi voi, perché? Per quale motivo? Ci sono altre spiegazioni?" urlò. Poi passò il microfono.

"Mamma, perché hai le unghie lunghe?" Una seconda madre strepitava in falsetto. "Ma non ti faccio male, tesoro," continuò quindi con la sua voce adulta, per poi concludere: "La maestra sì che mi faceva male. Mamma, ti tagli le unghie per favore?"

Da quel momento in avanti l'assemblea si risolse in una litania. Uno dopo l'altro, i genitori affranti presero la parola per denunciare le pene proprie e dei figli. C'era la madre che rimpiangeva l'allegria perduta della sua bambina ("Rivoglio il sorriso di mia figlia"), quella che si sforzava di offrirle consolazione ("Piccola mia, le dico, non piangere. Io non sapevo. Io ti amo più della mia vita"), c'erano poi i genitori, soprattutto i padri, che lamentavano i segni della sofferenza dei loro piccoli ("Mia figlia non vuole più togliersi le mutandine con i genitori davanti"; "Mio figlio non vuole più mangiare, e quando mangia vomita nel piatto"; "L'altro giorno sono entrato all'improvviso nella sua cameretta e ho visto la mia bambina che seviziava la bambola. Lì... proprio lì... capite cosa intendo?")

Nonostante i loro affanni, a un osservatore estraneo quale io ero appariva evidente che quei padri e quelle madri non cercavano le cause, non escogitavano rimedi, non sembravano nemmeno intenzionati a capire. Con il passare degli interventi non mossero neppure più accuse. Quell'assemblea aveva smesso di essere un luogo di possibili decisioni, un punto d'irradiazione di linee d'azione collettiva, ed era diventata teatro, puro teatro, ma senza più divisioni tra palco e platea. La quarta parete, quella invisibile, era stata abbattuta. Ora ciascuno si accontentava di essere, a turno, protagonista per un attimo dello spettacolo del proprio dolore; poi, per il tempo rimanente, spettatore di quello degli altri.

Il cameraman, intanto, riprendeva tutto.

"Perché nessuno ci ha avvertiti? Perché nessuno ci ha detto niente? E poi è successo tutto così, all'improvviso. Adesso sparirà tutto, di botto. Perché nessuno ha fatto nulla prima? E adesso spariranno le gite, i giochi in palestra, le recite. Come abbiamo fatto a ritrovarci a questo punto senza accorgercene? Perché adesso lo sapete tutti, vero? Ci ritroveremo con dei bambini a cui gli insegnanti non potranno più neanche dare un bacio e una scuola in cui gli adulti non potranno più entrare a portare il sacchetto della merenda. Perché? Perché ci hanno fatto questo?"

Fu l'ultimo intervento che ascoltai. Non ricordo più il volto della persona che lo pronunciò. Sul mio taccuino, accanto al virgolettato, trovo scritto soltanto: "Maestro elementare. Maschio. Mezza età. Nodo alla cravatta allentato. Uomo distrutto."

Ascoltate le sue parole, lasciai la sala. Questa volta non fui rincorso dalla signora Comi. La signora Comi, infatti, non partecipò all'assemblea. Non vi presero parte né lei né Sandra Modotti.

L'ultimo insegnante di cui annotai l'intervento si rivelò buon profeta, forse perfino facile profeta. A seguito dell'assemblea, infatti, le tre maestre sospettate furono sospese in via cautelativa con provvedimento ministeriale immediato. Inoltre, la presidenza della scuola Rodari, d'intesa con il ministero e con l'associazione dei genitori, promulgò un nuovo, durissimo regolamento in diciotto punti a cui gli insegnanti erano chiamati ad attenersi rigorosamente.

Al punto 9 si leggeva: “Evitate di far ballare i bambini”; all’11: “Promuovetene al massimo l’autonomia quando si recano in bagno e limitate allo stretto indispensabile il vostro intervento”; al 13: “Evitate al massimo il contatto fisico con i bambini, poiché anche semplici gesti affettuosi (baci, carezze, coccole) potrebbero essere fraintesi”; al 18: “Tenete rigorosamente un diario: anni, mesi, giorni, minuti.”

Mentre sfoglio il diario che proprio in quei giorni cominciai a tenere quotidianamente anche io, mi accorgo che la reazione dei genitori mi turbava più della minaccia contro cui reagivano.

Mi spaventava, soprattutto, la loro convinzione che ci dovesse necessariamente essere un artefice del Male. La stessa sensazione che animava il risentimento della merciaia. Qualcuno soffriva, qualcuno era malato, e se qualcuno soffriva, se qualcuno si era ammalato, allora qualcun altro doveva essersi reso colpevole della sua sofferenza. A sgomentarmi era proprio questo: in quel mondo ottenebrato dalla superstizione, la morte naturale non era più contemplata tra le possibili cause di decesso.

Quell’anno, alla scuola materna Rodari l’abituale recita natalizia si fece, ma si svolse a porte chiuse. Dato che il nuovo regolamento vietava ai genitori l’accesso all’edificio scolastico, i bambini si esibirono nel giardino interno – lo stesso dove era stato ritrovato il gatto seviziato –, di modo che padri e madri potessero assistervi attraverso la cancellata che dava su via Greppi.

Sebbene anche in quella circostanza mi fossi ripromesso di disinteressarmi della vicenda, la mattina del 21 dicembre passai comunque dalla scuola. Mi fermai solo pochi minuti, tenendomi ben discosto dalla cancellata.

Mi accorgevo, infatti, di essere spaventato all'idea di rivedere quei bambini che forse erano stati nelle mani dell'orco. Dopo aver visionato il filmato della piccola Margherita, dopo aver osservato i loro disegni e ascoltato le loro pene riferite dagli adulti, mi accompagnava la folle sensazione che, se avessi visto in carne e ossa quei bimbi sofferenti, avrei commesso sacrilegio.

Vidi però i loro genitori banditi. Quei poveri disgraziati si accalcavano dietro le inferriate che recingevano il giardino. Stavano fuori, ma gli animali in cattività erano loro.

Mentre ero sul punto di andarmene, una signora anziana mi raggiunse sul marciapiede opposto a quello della cancellata, dove mi ero discretamente appostato. Si ravviava una ciocca di capelli bianchi sfuggiti al foulard e puntava diritta su di me. Nessun dubbio a riguardo.

"Lei è un giornalista?" mi chiese.

Mi affrettai a negare. La donna, però, sembrò non badare al mio diniego.

"Sono una vecchia maestra," mi disse scegliendo per sé quella definizione che altri avrebbero trovato poco lusinghiera. "Ho insegnato a centinaia di bambini. Anche questi qui li conosco praticamente da quando sono nati. Poveretti..." S'interruppe. Represse un singhiozzo, ma poi riprese, puntando il dito verso il giardino dove si svolgeva la recita: "Potrei dire quali sono stati toccati dal modo in cui camminano."

Quindi la vecchia maestra se ne tornò da dove era venuta.

CAPODANNO

Discendiamo lungo il pavimento inclinato di una galleria stretta e oscura. Le uniche fonti di luce diffondono un tenue chiarore sanguinolento, le uniche macchie di colore risaltano da incrostazioni rugginose sedimentate dallo sgocciolio perenne di cannelli conficcati nella roccia. Siamo nel flusso di una folla silenziosa e attonita, nuda come il primo giorno della Creazione. O, forse, come l'ultimo. Una piccola turba di lemuri che sciama nelle cavità della terra.

Io e Martina la seguiamo in antri intagliati dentro lastre di quarzite grigio-verde, dove la pietra acuminata disegna perfetti angoli retti. Dapprima ci flagella lo scroscio di docce titaniche che ci piomba sul capo da tre metri di altezza, poi ci caliamo in un cubicolo impregnato di intensi aromi sulfurei. L'aria è madida, l'acqua è a temperatura corporea, la grotta è satura degli echi gutturali dello sciacquio. Galleggiamo, la sola testa emersa, come nel caveau di una banca allagato da un'inondazione che abbia sommerso il pianeta.

Attorno a noi, sempre consegnate al silenzio, le teste degli altri bagnanti affiorano sopra il pelo dell'acqua, illuminate dal basso da una luce livida. Hanno le orbite scavate e i crani glabri di anime del Purgatorio. Mi volto. Martina è scomparsa. Svanita nei fumi speziati. Rimasto solo, seguo la turba ancora più giù, in una seconda vasca. Il pavimento s'inabissa. Sprofondo.

Quando riaffioro, sono all'aperto. Il corpo ancora immerso in acque ribollenti, il capo al gelo di una notte artica. Ma non ho freddo. Non ho freddo e non ho caldo. Sono nel limbo fisiologico di un tepore anestetico. Lo sbalzo termico tra l'acqua bollente e l'aria ghiacciata fa levitare banchi di brume vaporose. Tra i fumi, intravedo una legione di spettri. Come me, seguono con gli occhi le volute di vapore che si innalzano verso il cielo. Sotto il mio mento, la superficie dell'acqua frigge. Lassù, molto lontano, brilla un manto di stelle.

Ritrovo Martina. Mi si fa incontro trascinandosi lungo il bordo della vasca. Sotto il pelo dell'acqua, il contatto del suo corpo caldo mi regala una timida erezione. L'angoscia mi abbandona. Non sto discendendo tra le anime dannate dei fiumi infernali. Sono ancora vivo. Sono in un centro benessere. Sono nella vasca esterna delle terme di Vals, in Svizzera, e sto facendo il bagno notturno riservato ai clienti dell'Hotel Terme.

In questo paesino alla fine del mondo, perduto in fondo a una valle angusta dei Grigioni, l'architetto Paul Zumthor ha realizzato un magnifico stabilimento termale che sembra uscito da uno dei peggiori incubi di George Orwell. Io e Martina abbiamo avuto la bizzarra idea di venirci a trascorrere il Capodanno, forse per ravvivare il nostro rapporto di coppia o forse, più verosimilmente, per trovare un ambiente adatto ai suoi terminali languori.

Da quando siamo arrivati ho la sensazione che, più che

offrirci un'occasione di rinascita, questo soggiorno ci sprofonderà in un'irrimediabile agonia. Sono tentato di confidarlo a Martina, ma mi trattengo.

So di essere stressato, probabilmente sull'orlo di una depressione. La vicenda dei presunti abusi sessuali sui bambini mi ossessiona. Mi rifiuto di prendervi parte o di scriverne, ma leggo tutto ciò che appare sulla stampa nazionale e locale. E mi pare che sulla stampa, oramai, non appaia altro. Da settimane vivo nel risucchio di un universo di antimateria il cui centro vuoto è situato in via Greppi, nel punto esatto in cui ha sede la scuola materna Gianni Rodari. Il Capodanno alle terme dovrebbe rilassarmi, decongestionarmi, spurgarmi. Ma non è così.

Nello stato d'animo in cui mi trovo, il bagno notturno mi pare rivelare il significato profondo dei centri benessere: creare un limbo tra la vita e la morte, una terra anfibia tra lo spasmo dell'organismo animato e lo scivolamento verso la quiete dell'inorganico, una zona liminare tra gli affanni del vivente e la stasi irredimibile del defunto.

Ora mi è chiaro: la passione per i centri benessere non è sintomo di una rigurgitante vitalità inesausta, non è un ennesimo palpito libidinale, ma il suo contrappeso, il prodotto di una forza uguale e contraria: è lo sfogo di una mai sopita pulsione di morte. La rilassatezza, il miraggio offerto da questi sanatori di lusso, non asseconda l'aspirazione a un'esistenza serena, ma la nostalgia di uno stato prenatale. Promette ai vivi la cessazione d'ogni tensione vitale.

Credo di averne la riprova il giorno successivo, quando trascorro l'intera giornata alla spa dell'hotel. Mentre attendo di sottopormi ai trattamenti previsti per me dal programma *Well-Being and Relaxation*, osservo una umanità ridotta in stato larvale. Uomini ancora giovani che, emersi da sedute di massaggio *Lomi-Lomi* della durata di settantacinque minuti, si stendono su lettini anatomici con le movenze sfinite di ottantenni. Sonnecchiano per intere giornate in una condizione al tempo stesso neonatale e postcoitale. Dell'infante hanno l'abbandono totale alle cure altrui, dell'adulto dopo l'orgasmo la tristezza che, come sapeva Ovidio, sempre assale l'animale che abbia pienamente goduto. Sembrano vegliardi puerili. Sembrano feti capaci di erezione.

Tre ore più tardi, dopo un linfodrenaggio completo e una *body exfoliation*, sono come loro. Una massaggiatrice-infermiera mi porge una scodella di tè giapponese. Mi bagno appena le labbra, poi mi distendo anche io a osservare lo spietato paesaggio alpino da una chaise longue disposta sapientemente dinanzi a una parete di vetro che guarda alle cime innevate.

L'hanno pensata proprio bene gli abitanti di Vals (le terme e l'hotel sono di proprietà del comune) e l'architetto Zumthor. Trovo che ci sia una sottilissima maestria sadica in questo dispositivo voyeuristico da bagno termale. Il mondo dolente è lì fuori, lì fuori ci sono la roccia e il ghiaccio delle vette alpine, lì fuori c'è fatica, sofferenza, la vita conosciuta nell'urto contro le cose del mondo. Lì fuori c'è perfino un condominio di sette piani costruito ai tempi della Guerra Fredda come bene-rifugio da una cooperativa di tedeschi dell'Ovest, quando, dopo l'elezione del cancelliere socialdemocratico Willy Brandt, temettero di dover fuggire per l'avvento del comunismo. Lì fuori, soprattutto, ci sono i bambini della scuola Rodari che urlano nel sonno.

Ma tutto questo è, per l'appunto, lì fuori, a distanza di sicurezza, mentre noi ci godiamo al calduccio lo spettacolo delle sue convulsioni, con una geisha in camice bianco che ci massaggia le piante dei piedi. È il sublime da centro benessere. Non è il divertimento, non è l'edonismo. È la fatica di vivere rimembrata nell'estrema sfinitezza di una vecchiaia anticipata.

Me lo conferma la direttrice dell'hotel, la signora Zumthor, quando mi racconta che, avendo oramai una clientela sempre più giovane, avevano provato a "fare un po' di musica e danze la sera". Ma le giovani coppie, "bollite" dopo una giornata di trattamenti rigeneranti, se ne andavano comunque a nanna alle dieci. Il torpore, l'ebetudine come aspirazione ultima. Non si chiede più di godere. Ci si accontenta di non soffrire.

Nemmeno per l'ultimo giorno dell'anno è previsto un momento di euforia. Dopo ore di bagni termali, dopo una cena naturista, non rimane che andarsene a dormire. Di solito, ci avverte la signora Zumthor, la maggior parte dei clienti, anche quelli giovani, si ritira in camera senza nemmeno attendere la mezzanotte. E non per darsi alle gioie del sesso, immagino.

Io e Martina, da quando siamo qui, non abbiamo mai fatto l'amore. Dopo un fiacco tentativo la prima sera, abbiamo smesso di fingere di avvertirne il bisogno. Sembriamo deprivati di ogni desiderio, e anche di ogni impulso.

L'ultima sera, mentre ceniamo al ristorante dell'hotel premiato da una stella Michelin, guardo Martina succhiare la sua spuma di radicchio e concludo che il trionfo dei centri benessere è il suggello alla sconfitta di ogni utopia che mirava a creare un uomo nuovo, rigenerato, reintegrato. Qui, l'ideale della rigenerazione si limita a pensare l'uomo come un ricettacolo di scorie della tossicità metropolitana che, nella migliore delle ipotesi, di tanto in tanto può essere depurato. Nella sfera dei centri benessere, il benessere non è più l'obiettivo per l'uomo in società ma per l'uomo in vacanza, non più l'orizzonte dell'avvenire ma quello di un week-end. Qui l'utopia trascolora nella distopia con la mollezza viscosa di un fango di bellezza.

"Basta, falla finita!" mi dice Martina, che deve aver intuito il corso dei miei pensieri. "Rilassati. Non pensarci più a quei bambini. Fai il vuoto nella tua mente."

Mi guardo attorno in cerca di un argomento di conversazione. L'occhio mi cade sul titolo di un giornale svizzero sfogliato da un cliente al tavolo di fianco.

> Qualunque uomo inizi oggi una storia d'amore sa che la sua amata, quasi sicuramente, lo tradirà. Oppure, peggio ancora, che lui tradirà lei.
>
> In Svizzera un numero sempre crescente, e già elevatissimo, di giovani padri, pur in assenza di uno specifico sospetto d'infedeltà, chiede di prassi l'accertamento della paternità tramite test sul DNA del neonato.
>
> Molte cliniche private si stanno già attrezzando a fornire con regolarità un servizio che, normalizzando una situazione da dramma della gelosia, trasforma la vita ordinaria della coppia in un'onnivora psicosi da assedio.
>
> La Svizzera, proprio in quanto nazione costruita sull'ossessione della sicurezza, è alle frontiere dell'insicurezza mondiale.

L'ho già letto nel pomeriggio quell'articolo, nonostante il mio tedesco approssimativo. Compulsavo il giornale alla ricerca di qualcosa sui fatti di Bergamo.

Riferisco i contenuti del pezzo a Martina e lo commento per lei. Di tutte le precarietà che erodono la sicurezza in se stesso dell'uomo contemporaneo, la precarietà sentimentale, le dico, è la più invalidante, e per questo la più sottovalutata. Già D.H. Lawrence sosteneva che la nostra è un'epoca tragica e che per questo noi ci rifiutiamo di prenderla sul serio. La coloritura tragica al tempo che viviamo – proseguo – la darebbe proprio la scomparsa dell'amore assoluto, "l'ultimo dei cieli crollatici sul capo". Noi scontiamo oggi non le conseguenze dell'amore, ma della sua morte sociale. La sublime, alata idea romantica dell'amore grava su noi con il peso di una condanna a vita.

Mentre proseguo su questa falsariga, con la speranza di ravvivare la conversazione, noto lo sconforto dipingersi sul volto di Martina. Non lo sopporto. Coltivo il mio sconforto ma non reggo il suo. Farei qualsiasi cosa per scacciarlo. Mi spingo fino a tentare un sorriso.

"Sono incinta."

Martina ha deposto la forchetta, si è pulita la bocca con il tovagliolo di tela di fiandra, ha inspirato a fondo e lo ha detto: "Sono incinta."

"Non è possibile."

Le ho risposto d'impulso, senza nemmeno chiedermi se la sua fosse una provocazione. Vado giù piatto, non conosco sfumature.

"Dico sul serio, sono incinta," mi ripete lei, abbozzando un sorriso su cui si affaccia una piccola speranza in un esito felice, in un qualsiasi volgare *happy end*.

"Non può essere mio."

Lo dico contro ogni evidenza e contro ogni ragionevolezza, ma lo dico. Mi sovrasta la certezza dell'infecondità mia e di tutta la mia generazione.

Lei ora si pietrifica. Scuote la testa. Si guarda attorno. Si arpiona al tavolo. Ci manca solo che si stropicci gli occhi, come per risvegliarsi da un incubo.

Poi, però, tenta ancora. Mi allunga una carezza, mi chiama per nome e mi dice: “Sono incinta. Aspetto un figlio tuo.”

Inorridisco. L’idea della natalità mi appare sacrilega.

“Abortisci.”

Ecco. Le ho detto di abortire. È fatta. Mi sento sollevato. Un istante dopo mi rendo conto che per me ha parlato l’ossessione dei fatti di Bergamo. Non posso nemmeno concepire l’idea di un figlio. Il contagio del morbo ha trasformato ogni accadimento della mia vita, anche l’annuncio di Martina, in una notizia di cronaca nera. Vista da qui, la mia esistenza rimanente mi appare come una patologia inguaribile di lungo decorso.

Ma è troppo tardi. Quando me ne accorgo, Martina se n’è già andata. Il suo posto a tavola ora è vuoto.

Rimasto solo, mi ricordai di aver promesso a Gramellini un lungo pezzo per il giornale di Capodanno. Il direttore si aspettava da me un articolo sui fatti di sangue che avevano appassionato la nazione durante l’anno che stava svanendo.

Come di consueto, nella mia casella di posta elettronica trovai un briefing sui tre crimini che, in base alle statistiche di ascolto dei programmi d’informazione e a quelle di lettura di quotidiani e settimanali, avevano incontrato il maggior interesse del pubblico.

9 gennaio. A Erba, cittadina in provincia di Como, vengono arrestati Olindo Romano e sua moglie Rosa Bazzi. I due pacifici cittadini, lui netturbino, lei casalinga, sono accusati di essere gli autori dello sterminio

di alcuni loro vicini di casa, avvenuto il mese precedente. Li inchiodano delle macchie di sangue e una testimonianza confusa dell'unico sopravvissuto. Loro negano, poi confessano, poi ritrattano. Il loro arresto scagiona definitivamente Azouz Marzouk, tunisino, marito, padre e genero di tre delle vittime, in un primo tempo accusato ingiustamente del crimine. I cacciatori xenofobi di assassini africani devono derubricare la vicenda come strage da condominio. Pare, infatti, che il movente di tanta crudeltà sia stato solo un cattivo rapporto di vicinato. Rumori molesti, rancori da pianerottolo e coltellacci da cucina. La cittadina di Erba è sconvolta, il Paese intero, invece, per mesi è incantato dalla morte.

13 agosto. A Garlasco, in provincia di Pavia, il cadavere di Chiara Poggi, una giovane di 26 anni, viene ritrovato privo di vita nella sua villetta di via Pascoli 8. A ritrovarlo è Alberto Stasi, suo fidanzato, il quale, prima di avvisare la polizia, attraversa la scena del crimine inondata di sangue senza sporcarsi le scarpe. Nemmeno una macchia. È lui l'unico indagato. La famiglia della vittima in un primo momento lo protegge. Lo vuole accanto ai funerali. Poi, quando gli indizi a suo carico si moltiplicano, lo ripudia. Lui, sebbene sottoposto a durissimi interrogatori per settimane, non crolla. Non confesserà mai di essere l'assassino della fidanzata. Nemmeno quando i RIS troveranno materiali pedopornografici nel suo PC e si comincerà a delineare un movente per il delitto. Per mesi, a dispetto di ogni evidenza, questo biondino studente di Economia insisterà nel proclamarsi innocente. Per mesi il Paese rimarrà incantato dalla morte.

2 novembre. Una ragazza inglese di 22 anni, Meredith Kercher, viene trovata morta nel suo appartamento. Attorno al cadavere, decine di tracce biologiche, di sangue e di altre sostanze organiche. La scena del crimine non lascia dubbi agli inquirenti: gli assassini volevano sopraffare sessualmente la vittima, che si è ribellata. I presunti colpevoli sono dapprima tre: Amanda Marie Knox, 20 anni, statunitense, compagna di casa della vittima, il fidanzato della Knox, Raffaele Sollecito, 24 anni, e Lumumba Diya, detto Patrick, 38 anni, musicista congolese residente in città e gestore di un locale notturno. Il contesto è quello di una torbida sciarada di depravazioni sessuali e vita dissoluta. Meredith però gli era estranea. La sua innocenza ne ha fatto una vittima. Anche su questo gli inquirenti non hanno dubbi: "La giovane Meredith era moralmente integerrima," dichiara il questore. Tutti gli arrestati negano, accusano, rimpallano le responsabilità. Di lì a qualche giorno il principale sospettato, Patrick Lumumba, viene completamente scagionato. Entra in scena il "quarto uomo", Rudy Guede. È lui, probabilmente, l'assassino stupratore. Sulle complicità degli altri, ancora ombre. La tranquilla Perugia si scopre capitale del vizio criminale. Il resto del Paese si scopre incantato dalla morte.

Niente. Mentre leggevo e rileggevo le schede mi chiedevo che legame ci potesse essere tra i tre "efferati delitti", e soprattutto tra essi e ciò che stava accadendo a Bergamo, ossia tra essi e la mia vita. Nessuno – mi rispondevo a entrambe le domande.

Quale racconto avrebbe mai potuto unirli in una trama complessiva che li riscattasse dalla loro puntiforme insensatezza? Forse nessuno – mi dicevo ancora una volta –, e forse non aveva nemmeno più senso cercarne uno. Forse al giro del secolo scorso, al giro del millennio, eravamo entrati in una nuova era. E non si trattava dell'era dell'Acquario.

Crollato il Muro di Berlino, per tutti gli anni Novanta si era fatto un gran parlare di "fine della Storia". Poi si era detto che no, che la profezia era sbagliata, che gli eventi luttuosi della guerra al terrorismo avevano rimesso in moto la Storia che si credeva finita. Ma forse – mi dicevo ora nella mia camera d'albergo disertata da Martina – non erano i contenuti fatidici, gli accadimenti epocali a mancare, forse eravamo solo a corto di fiato.

Nel secolo precedente, finché gli uomini erano vissuti nell'orbita della Storia, il tempo delle loro vite aveva sempre portato con sé un'aspirazione al compimento, a superare l'attimo presente verso una fine che ne fosse anche il fine, verso il momento conclusivo e riepilogativo nel quale, giunti a fine corsa, ci si potesse voltare indietro e, gettando uno sguardo benevolo al di sopra delle proprie spalle, si potesse dire: "Dunque è andata così, proprio così. Ecco la mia vita, la mia storia. La storia di tutti." Una fine che completasse, un fine che compisse: questo era stato il segreto tormento, la paura e il desiderio degli uomini al tempo della Storia. La loro aspirazione violenta.

Ma, con questa nuova forma del tempo che riduceva la vita a una notizia breve in cronaca, le cose andavano diversamente. La cronaca non conosceva compimento, non ne sentiva la mancanza, la cronaca insisteva sul momento, si ostinava in quel presente che è nuovissimo con l'ultimo delitto, fresco di stampa sul giornale del mattino e già vecchissimo all'ora del crepuscolo mediatico, quello dei programmi delle undici di sera. Per questo la cronaca era sempre cronaca nera: un delitto al giorno, e ogni giorno un delitto.

Mentre annotavo questi pensieri, venivo nuovamente assalito dalla confusione tra i miei brani di vita vissuta, i miei frammenti di memorie infantili, e le notizie apprese dai telegiornali. Il bambino operato di adenoidi nella seconda metà degli anni Settanta, quello violentato nell'Ansa battuta la mattina precedente e quello che ancora non era venuto al mondo mi apparivano come ciò che di più intimamente congiunto si potesse immaginare, ma anche come ciò che di più irrimediabilmente separato si potesse concepire. Stavano uno dentro l'altro, come scatole cinesi, quei tre diversi bambini, ma, come bambole russe, ciascuno di essi, per venire alla luce, pretendeva la decapitazione dell'altro.

Dal giornale mi chiedevano di ricapitolare i delitti dell'anno appena trascorso, nella convinzione che un racconto più grande li abbracciasse tutti. Forse avevano ragione loro. Forse – mi dicevo divinando il futuro nella cenere dell'ennesima sigaretta – quei tre crimini non erano fatti diversi e dispersi, accidenti privi di un legame reciproco, ma accadimenti in attesa di un tessuto che li connettesse alla più ampia vicenda umana.

La presunta esemplarità della tragedia era l'alibi di comodo che fornivamo al nostro eccitato interesse nei confronti del delitto del giorno. Ma no, nessuna morbosità! – ci ripetevamo l'un l'altro assolvendoci a vicenda –, in quest'omicidio di provincia si specchia tutta la nazione, questo scannamento domestico è più illuminante di dieci trattati di sociologia urbana, questo assurdo infanticidio irradia il lugubre splendore della tragedia greca, la grande arte che attraverso i millenni getta la sua luce nera sulla natura umana.

E se non fosse stato così? Se non ci fosse stato davvero niente da capire? Se la cronaca nera non fosse stata una stazione transitoria ma la nostra destinazione finale? Se gli incidenti autostradali, i delitti occasionali, le catastrofi naturali che punteggiavano il foglio bianco delle pagine di cronaca fossero stati solo altrettanti schizzi d'inchiostro sfuggiti al pennino di una divinità idiota? Se quei fatti a prima vista sanguinosi ed effimeri, ipnotici ma vuoti di ogni senso e di ogni avvenire, fossero rimasti tali anche a una seconda vista, e poi a una terza e a una quarta, per i secoli dei secoli?

Che ne sarebbe stato di noi, e di quell'anno appena trascorso, se i fatti di cronaca non si fossero trovati lì in attesa di passare alla storia ma fossero rimasti, invece, prigionieri di una forma del tempo che ci impiccava tutti al ramo morto del presente?

GENNAIO

Il 17 gennaio del 2008 Niva Beghetto, Maria Pellegrini e Mati Wangari, le tre maestre della scuola materna Gianni Rodari già sospese cautelativamente il mese prima, furono arrestate.

Ma alle 5,45 di quell'alba gelida, prima del sorgere del sole, i carabinieri non bussarono soltanto alle porte in compensato impiallacciato delle abitazioni delle maestre in Città Bassa, nel "quartiere degli immigrati". Sotto un cielo in cui ancora fiammeggiava soltanto Sirio, la stella del mattino, gli uomini della sezione investigativa sui crimini sessuali bussarono anche agli antichi portali in massello di noce del Seminario Vescovile di Città Alta.

Con le maestre, infatti, furono arrestati anche Mario Cantarella, un giovane seminarista che faceva da assistente e da autista a don Mariano Presti, e Nari Lamua, un sacerdote ivoriano ospite del Seminario per un periodo di riposo. Don Mariano, anch'egli destinatario di un ordine di custodia cautelare, non risultò infatti reperibile, perché richiamato a Roma nei territori del Vaticano.

L'accusa, per tutti, era di aver rapito i bambini durante l'orario scolastico, di averli probabilmente drogati, condotti negli appartamenti privati del dormitorio del Seminario sul colle di San Giovanni in Arena, e lì di averli abusati sessualmente. Gli abusi sarebbero avvenuti nella cornice di messe nere e di altri rituali satanici.

L'ordinanza di custodia cautelare fu emessa da Marzia Salimbeni, giudice per le indagini preliminari di Bergamo, a valle di due mesi d'indagini, perizie psicologiche sui racconti di quattro bambini vittime di presunti abusi, controlli sui conti correnti bancari, sulle connessioni Internet e sulle utenze telefoniche. Il GIP, dopo aver giustificato la misura restrittiva, stimando una "alta probabilità di commistione da parte degli indagati in numero di sei e verosimilmente di reiterazione del reato di violenza sessuale di gruppo a danno di minori", così descriveva il crimine imputato:

> I minori venivano condotti fuori dalla scuola da parte delle insegnanti Beghetto, Pellegrini e Wangari. A prelevarle in auto trovavano Mario Cantarella, autista personale di don Mariano Presti, il quale le portava in Città Alta, in abitazioni attigue al Seminario Vescovile.
>
> Lì, insieme ad altre persone adulte ancora non identificate, i minori venivano indotti, anche con l'uso di violenze e minacce, a praticare reciprocamente su loro stessi atti sessuali, talora servendosi di strumenti lesivi, e a sottoporsi a giochi sessuali con gli indagati.
>
> Gli indagati si facevano toccare i genitali e altre zone erogene dai minori, facevano fotografie e riprese dei giochi dei bambini. Li costringevano a tali pratiche sessuali, talvolta cruente, valendosi d'iniezioni e dell'inoculazione di narcotici e sostanze varie che, ponendoli in una condizione d'incoscienza, facilitavano l'esecuzione dei giochi.

> Gli indagati effettuavano con i bambini anche riti satanici di sangue e violenza, terrorizzandoli con l'uso di cappucci, vestiti da diavolo o coniglio nero, mostrandosi completamente nudi, picchiandoli continuamente, sino a minacciare di morte i loro genitori qualora avessero svelato il terribile segreto. È lecito ipotizzare che ognuno di questi atti venisse minuziosamente, ossessivamente videoripreso.

Data la gravità delle imputazioni, soltanto gli indagati e i loro difensori sarebbero dovuti venire a conoscenza dei contenuti dell'ordinanza, le testimonianze dei bambini sarebbero dovute rimanere protette dal segreto istruttorio e l'intera operazione si sarebbe dovuta condurre con il massimo riserbo – come si dice in questi casi. Purtroppo, però, già nel pomeriggio alcuni siti Internet ne diedero notizia. Nel giro di poche ore, la vicenda passò di gola in gola con una foga da spasmo, un rantolo convulso: una setta di satanisti stuprava i bambini al riparo delle mura del Seminario Vescovile, con la complicità delle loro maestre.

Poi, all'approssimarsi del telegiornale delle 20,00 a Bergamo calò un silenzio d'apnea. I negozi chiusero con mezz'ora d'anticipo, gli uffici si svuotarono come in un giorno di festa, le strade si fecero deserte come prima di una finale dei Mondiali. A un tratto, parve che in città l'intero universo arretrasse di un passo e trattenesse il fiato.

Il TG5 diede la notizia in apertura, virgolettando la presunta dichiarazione di una fonte non meglio specificata: "'Violentavano i bambini e li filmavano.' Sei arresti a Bergamo. Tra gli indagati preti e maestre."

La città, allora, tirò il fiato. L'attesa era finita. Centinaia di migliaia di uomini, donne, vecchi e bambini, ripresero a respirare. Ma l'aria non era più quella di prima. Il morbo ora era dappertutto. Aereo, vaporoso. Nei cinque minuti necessari allo speaker per leggere la notizia e al regista per mandare in onda il filmato, Bergamo era divenuta una città appestata. Si poteva tornare a inalare aria nei polmoni, ma nessun sospiro era più concesso. Si sarebbe, forse, potuto sperare nella verità, magari perfino nella giustizia. Da quel momento in avanti, però, non ci sarebbe più stato sollievo. Per nessuno.

Il 18 gennaio i giornali titolarono: "I bambini dell'asilo drogati dalle maestre", "Spariscano per sempre", "Nessuna pietà per gli orchi" e così via, con innumerevoli variazioni sul tema.

Ma, tra i tanti, il titolo più azzeccato fu quello de "La città", un *free press* distribuito soltanto a Bergamo: "I bimbi dell'asilo: 'Ci violentava il Diavolo.'" Ci prese non perché il titolo fosse esatto – come tutti gli altri, anche questo virgolettato fu inventato – ma perché l'oscuro titolista di quel quotidiano gratuito, messo assieme da una redazione di non più di sei o sette persone tagliando e incollando lanci d'agenzia, fiutò l'aria come un animale da preda. Il tema era, infatti, oramai quello: il Diavolo.

Fino al giorno prima la Malvagità del Mondo, quella da scriversi con una doppia M maiuscola, era stata un'ipotesi remota come la vita su Marte, una fantasmagoria implausibile risucchiata nell'ombra delle cose vicine – la bolletta da pagare, il week-end al mare, la moglie ingrassata. Certo, si avvertiva che qualcosa non andava, che il tempo era fuori di sesto, circolavano anche atroci sospetti, eppure tutto questo rimaneva sospeso nella sensazione vaga di un'oscura minaccia, nella percezione confusa di un'angosciante inconsistenza delle cose e delle persone, come se d'un tratto l'asfalto si fosse fatto molle sotto i piedi, o l'immagine del vicino di casa non fosse più riflessa dallo specchietto retrovisore.

Nessuno, però, prima del 17 gennaio avrebbe potuto giurare che quelle stranezze, che quell'imprecisato malessere avvertito da molti, non si dovessero a fenomeni naturali, a cose come il buco nell'ozono, il *global warming*, allo stordimento provocato da queste inguaribili due linee di febbre che tanto, oramai, i virus parainfluenzali sono in circolo dodici mesi l'anno, che tanto, oramai, l'influenza non è più un male di stagione... Adesso, invece, il Male era una certezza. Adesso, dopo il telegiornale delle 20,00, a Bergamo la Malvagità del Mondo, fino al giorno prima oscura, brillava di una traslucida evidenza.

Nelle settimane successive spuntarono ovunque medici pronti a dichiarare di aver riscontrato sui bambini "sintomi inappellabili di un abuso sessuale", celebri psichiatri avallarono l'idea di una "colpevolezza diffusa", le associazioni a tutela dell'infanzia gridarono allo smascheramento del complotto pedofilo, i genitori delle presunte vittime cominciarono a condividere la propria sofferenza con il pubblico dei programmi TV.

Da quel momento in avanti, a nulla sarebbero valsi l'inconsistenza delle prove, i testimoni a discolpa, i ragionamenti contrari. In particolare, passata la linea del telegiornale delle 20,00, non sarebbe più servito a nulla sottolineare come quel caso ricordasse tremendamente da vicino il processo dell'istituto Sorelli di Brescia, nel quale le maestre erano già state assolte dai giudici che avevano descritto un fenomeno di "colonizzazione mentale".

Non sarebbe servito a nulla mettere in relazione quei due casi tanto simili. E, anzi, sarebbe stato controproducente, perché, nel clima che si era venuto a creare a Bergamo dopo gli arresti, ogni ripetersi di una scena già vista non l'avrebbe squalificata agli occhi dell'opinione pubblica ma ne avrebbe, invece, confermato la validità di prova. Ogni somiglianza, ogni ripetizione, la si sarebbe messa in conto direttamente al Diavolo. E non alla sua illimitata capacità di ingannare, di manipolare le apparenze, ma alla sua fino a ieri solo presunta esistenza.

In una città appestata, il vuoto ritorno dei clichè sarebbe stato sempre letto come infallibile certificato di autenticità e, al tempo stesso, come segno del Male. Una città appestata non conosce, infatti, altra realtà che quella dei suoi luoghi comuni. E il principale di essi vuole che il mondo sia un posto malvagio. Oppure, al suo meglio, meschino.

Per questo stesso motivo, ogni diceria che da quel giorno avesse cominciato a circolare con insistenza in città, anche se non verificabile – soprattutto se non verificabile –, avrebbe contribuito a corroborare la teoria del complotto diabolico. E infatti, dopo gli arresti, si cominciò subito a vociferare di segni corporali capaci di identificare gli stupratori, di precisi riscontri sui giocattoli che i torturatori avrebbero utilizzato in Seminario per allettare i bambini e così via. Soprattutto, si cominciò a fantasticare dell'esistenza di filmati registrati dalle telecamere a circuito chiuso della scuola e del ritrovamento di video perversi girati dagli stupratori. Se ne sarebbe parlato in continuazione come di una realtà di fatto, ma l'esistenza di nessuno di questi fantomatici segni, riscontri, filmati sarebbe stata davvero provata, nessuna di quelle immagini sarebbe stata mostrata.

E proprio per questo gli avremmo prestato fede, occhio, orecchio. Giù per quella china, una città intera sarebbe stata presto inghiottita nella vescica dentata della diceria, del gossip, del pettegolezzo. E lì dentro, in quella sacca accogliente e viscida, ogni conoscenza si sarebbe ridotta a testimonianza e ogni testimonianza a testimonianza del vizio, del sudicio, dell'abietto. Perché l'abiezione, senza possibilità d'errore, è lì dove tutto si confonde.

Di questo passo, ogni negazione diventava un'affermazione. Si era entrati in un'orbita del linguaggio dove non si dava più nessuna articolazione. Attratti dall'irresistibile forza di gravità di quel pianeta nero, vorticavano soltanto verbi e sostantivi. Null'altro che verbi e sostantivi. Da quel momento in avanti, qualunque cosa tu avessi detto, la suggestione di massa riguardo a una supposta abiezione morale universale si sarebbe comunque allargata in onde concentriche a partire da un centro vuoto.

****

Io di tutto questo mi accorgevo, me ne accorgevo eccome. Eppure, quando venni a sapere che Marisa Comi avrebbe ricevuto il "secondo battesimo" dai suoi confratelli di Rinascita in Cristo, la tentazione fu troppo forte per poterle resistere.

Era il 21 di gennaio, il lunedì successivo all'arresto delle tre maestre e dei due presunti complici di don Mariano. Fui informato del rito che si stava preparando e subito andai a trovare Simona Terzi, una mia collega ricercatrice di

Antropologia culturale che da anni studiava sul campo i movimenti dei carismatici cattolici.

La Terzi, eccitatissima, più chiassosa del solito, con il volto abraso dall'esplosione della psoriasi, sottile come un'ostia ma traboccante di energia isterica, mi diede la sua lettura antropologica di ciò che stava accadendo a Bergamo. Le sue ricerche sul movimento di Rinascita in Cristo e su altri gruppi analoghi le avevano procurato l'ammissione a seguirne i riti, pur essendo lei dichiaratamente atea e mossa solo da interesse esclusivamente scientifico. Dal punto di vista dei fedeli, infatti, qualunque fosse la strada che conduceva a loro, era una strada illuminata dallo Spirito Santo.

Rinascita in Cristo – mi spiegò la Terzi –, movimento del quale Sandra Modotti era una leader riconosciuta a livello nazionale, rappresentava al tempo stesso la risposta del cattolicesimo all'impressionante avanzata del pentecostalismo di matrice protestante, ma anche la definitiva resa ad esso.

Negli ultimi anni, soprattutto in Africa e in Sudamerica, le Chiese pentecostali avevano strappato al cattolicesimo milioni di fedeli. A Roma, nelle stanze segrete della Città del Vaticano, per lanciare una controffensiva si era deciso, *obtorto collo*, di promuovere nel proprio campo movimenti carismatici analoghi a quelli protestanti.

L'effetto complessivo, però, sarebbe stato quello di un'ascesa mondiale del pentecostalismo, il trionfo della "Terza Chiesa", né cattolica, né protestante, ma pentecostale. Una Chiesa intrisa di misticismo e di puritanesimo comunitario, legata a un'interpretazione letterale delle Scritture e a una dimensione profetica, onirica ed emotiva della fede. Una Chiesa nella quale le guarigioni miracolose non sarebbero più state accadimenti straordinari, il paganesimo magico non sarebbe più stato un parente scomodo da nascondere in cantina, e il Medioevo non sarebbe più appartenuto soltanto al passato del cristianesimo.

Sebbene Giovanni Paolo II avesse aperto le braccia di Santa Romana Chiesa ai movimenti laicali, vedendo nel loro fiorire la "risposta suscitata dallo Spirito Santo alle drammatiche sfide di fine millennio", il conflitto era stato così solo rimandato. La grande considerazione nella quale tutti i movimenti tenevano i propri membri laici, rivendicandone la quasi totale sovranità sull'organizzazione interna, il disconoscimento dell'autorità delle gerarchie ecclesiastiche, il rapporto diretto con un Dio personale, tutte queste cose rendevano sul lungo periodo impossibile la loro sottomissione alla Chiesa di Roma.

Giunti a quel punto, non si tornava più indietro: l'intera posta della fede era stata piazzata sullo Spirito Santo, che inondava la Chiesa di grazie e carismi. E lo Spirito Santo soffia dove vuole.

"La tregua è finita. Il conflitto è finalmente scoppiato. Oggi battezzano la Comi nello Spirito Santo. Lei è la loro dichiarazione di guerra."

Con queste parole la Terzi concluse la sua esposizione. Si riferiva alla funzione di cerniera che don Mariano Presti rivestiva in quanto assistente spirituale dell'organizzazione guidata da Sandra Modotti. Stando alla versione della mia collega, si trattava di un camuffamento. In verità il ruolo di don Presti, da anni responsabile diocesano di Rinascita in Cristo, ne faceva il guardiano indicato dal vescovo per vigilare sull'ortodossia del movimento. Ora, grazie alle accuse di Marisa Comi, il movimento se lo scrollava di dosso.

"Io ci vado al rito, se vuoi ti porto. Non puoi perdertelo. È l'avvento della Terza Chiesa."

Ricordo che soppesai con cautela l'offerta della mia collega. Personalmente trovavo delirante la sua visione – non conoscevo gli eccessi dei carismatici ma conoscevo bene i suoi, sempre inclini a dipingere il mondo come una porcilaia agitata da una guerra civile tra suini –, tuttavia ne apprezzavo la furibonda intelligenza e, da quando Martina mi aveva piantato, qualche volta avevo perfino goduto della sua compagnia. Anche la Terzi, infatti, si era da poco separata dal marito. Tra disperati ci s'intende. Finii così per accettare il suo invito.

La riunione si teneva nell'ex lazzaretto di Città Alta – una sorta di edificio in rovina alle spalle di un convento di frati cappuccini – in una sala desolatamente anonima, presidiata soltanto da enormi riproduzioni fotografiche di statue, disegni e dipinti di angeli, risalenti alle epoche più diverse e delle più svariate fatture. Gli angeli malinconici disegnati da Dürer a illustrare l'Apocalisse di Giovanni di Patmos, o quelli alchemici nascosti da Lorenzo Lotto nelle figurazioni esoteriche delle tarsie della vicina chiesa di Santa Maria Maggiore, se ne stavano mescolati a poster raffiguranti muscolari esseri alati dei manga giapponesi. Tutti indistintamente inchiodati alle pareti con puntine di ferro.

Quando io e la Terzi facemmo il nostro ingresso nella sala, un paio di centinaia di fedeli, stipati nelle corsie di sedie di plastica grigia, stavano cantando.

"Bisogna che cresca, bisogna che Cristo cresca, bisogna che Cristo cresca sempre più!" strepitavano i coristi, puntando gli indici verso l'alto perché non ci fossero equivoci sulla direzione della crescita.

"E io vada un po' più giù, e io vada un po' più giù, un po' più giù." Ora gli indici erano puntati verso il basso.

"Bisogna che Cristo vinca, bisogna che Cristo vinca sempre più! E che scacci Belzebù, e che scacci Belzebù." I fedeli pestavano sotto i piedi l'Avversario di Cristo. "E che scacci Belzebù sempre di più!"

Vedendo quei ragionieri panciuti e quelle massaie varicose che si affannavano a scamazzare sotto le suole, lavorando di punta e di tacco come in un twist demoniaco, il serpente del Male, scoppiai a ridere. Era la mia prima risata da settimane.

La Terzi mi fece segno di attendere. Dal suo gesto, s'intuiva che la parte interessante doveva ancora venire.

Di lì a poco, infatti, sull'altare improvvisato salì Sandra Modotti. Calò di colpo il silenzio, come se un invisibile masso erratico fosse piombato sulla sala. Tutti si gettarono in ginocchio, alcuni addirittura si distesero ventre a terra. Io e la Terzi scivolammo nell'ombra alle spalle dei fedeli.

"Testimoni. Siamo tutti testimoni," urlò con sorprendente voce da baritono la Modotti. "Cristo è morto ed è risorto, questo ci annuncia innanzitutto la Buona Novella, e noi siamo in grado di darne testimonianza grazie a ciò che è accaduto nelle nostre vite. Non abbiamo bisogno di averlo visto inchiodato ai legni della croce. Abbiamo visto, con questi nostri occhi, il miracolo nelle nostre vite. E tanto basta. Nella nostra epoca i testimoni sono ascoltati più volentieri dei maestri, e quindi anche questi ultimi, se vogliono ricevere attenzione, debbono farsi testimoni. Oggigiorno non si può parlare autenticamente di nient'altro che di se stessi. Ogni altro discorso è vuoto, astratto, freddo, inutile, falso."

Qui la predicatrice s'interruppe per lasciare che le sue parole sedimentassero nel silenzio, poi riprese citando il Vangelo di Giovanni: "Ciò che era fin dal principio, ciò che noi abbiamo veduto con i nostri occhi, ciò che noi abbiamo contemplato e ciò che le nostre mani hanno toccato, ossia il Verbo della vita, quello che noi abbiamo veduto e udito, noi lo annunziamo a voi."

"Amen e così sia," riconobbero tutti.

"Ecco, fratelli e sorelle," continuò quindi Sandra Modotti, "soffermiamoci su questo passo. L'evangelista si rivolge a persone che non hanno conosciuto il Messia e che potrebbero nutrire molti dubbi. E allora lui le invita ad avere fiducia, perché lui è stato testimone oculare. Te-sti-mo-ne o-cu-la-re, tenetelo bene a mente. Cos'è stato Giovanni?"

"Testimone oculare!" risposero tutti all'unisono.

"E voi? Cosa siete voi? Anche voi siete testimoni oculari! Testimoni della vostra conversione, fratelli e sorelle. Del vostro cammino di fede."

Tutti i presenti assentivano in maniera vistosa con il capo, qualcuno applaudiva spontaneamente.

"Pensate al telegiornale," riprese la santona. "Cosa fanno per convincerci che le notizie che ci danno sono vere? Mandano sul posto un inviato speciale, che diventa il testimone oculare di quello che avviene. Ecco, noi, tutti noi, ogni cristiano che ha incontrato Gesù personalmente è il testimone oculare della Sua esistenza. Dell'esistenza Sua e di quella del Demonio."

Un boato sordo. A sentir pronunciare il nome dell'Avversario di Dio, tutti i presenti emisero un suono gutturale, una sorta di ringhio. Risuonò nella sala come un grido di guerra.

"Ecco!" si compiacque la Modotti. "Sento che capite, che siete con me. Ma prima voglio darvi la mia testimonianza. Vent'anni fa io e mio marito Stefano, che voi tutti conoscete," indicò un uomo tra i fedeli in prima fila, "conducevamo una vita agiata. Possedevamo una fiorente impresa edile, qui a Bergamo. Eravamo ricchi e credevamo di essere felici. L'unica ombra sulla nostra esistenza, ombra grande, fu per tanto tempo la mancanza di figli. Non si decidevano a venire. Quando poi vennero, fu soltanto per ribadire la maledizione. Ben tre bambini ho dovuto seppellire senza battesimo. Due aborti spontanei e un terzo strappatomi quando già era uscito alla luce. Non si era mai visto un bambino così robusto, mi dissero i medici, eppure mi morì tra le braccia la notte stessa del parto. Allora mi abbandonai alla disperazione e mi misi a frequentare cartomanti, astrologhe, medium, maghi e via dicendo. Per ingraziarmi la sorte o, almeno, per andarle incontro una volta e per tutte."

Mentre la Modotti continuava il suo racconto, io ispezionai la sala con lo sguardo alla ricerca di Marisa Comi. Dal 20 novembre, dal giorno di quella prima riunione alla scuola Rodari, non l'avevo più vista di persona. Poiché nel frattempo era divenuta una celebrità, anch'io, come tutti, desideravo confrontare il suo volto carnale con quello apparso sulle pagine dei giornali. Ma non riuscii a scorgerla tra la folla.

Mi soffermai invece a osservare l'uomo che la Modotti aveva indicato come suo marito: si dedicava a lunghi, appassionati abbracci, scambiati con molte delle donne che piangevano ascoltando il racconto delle sventure della moglie. Prediligeva chiaramente le più giovani e, altrettanto chiaramente, indugiava in toccamenti sensuali. Lo indicai alla Terzi.

"I carismi dello Spirito Santo possono essere i più diversi," mi sussurrò la collega. "Tutti qui riconoscono a Stefano Modotti il carisma dell'abbraccio, il dono della consolazione." S'interruppe e tornò a guardare tra i fedeli. "Sì, lo so cosa stai pensando," aggiunse poi, "ci marcia. E anche parecchio. Ma tutti gli riconoscono anche quello."

"... un giorno Stefano, chissà, forse sperando di mettere a segno il colpo della vita, accettò l'invito pressante di un consulente finanziario a investire tutti i nostri averi in certe diavolerie, 'derivati' li chiamano, legati ai bond argentini. Nel volgere di una sola notte, il 16 gennaio del 2000, perdemmo tutto. Ci ritrovammo sul lastrico. Inutile soffermarsi su quel che accadde nei giorni e nei mesi seguenti. Sprofondammo... ecco tutto. L'abisso è sempre buio, cieco come la tenia cieca che si annida nei nostri intestini. Non c'è niente d'interessante da raccontare sulla tenebra. L'ultima cosa che ho da dirvi è che, per ben due volte, tentai di togliermi la vita. La prima con delle pastiglie, la seconda con il gas di scarico dell'auto. Mentre meditavo di farlo per la terza volta, mi apparve uno di loro." La donna indicò i poster degli angeli inchiodati alle pareti. "Io ne rimasi abbagliata. Ma lui mi disse: 'Non guardare me, guarda lassù.' Nove mesi dopo diedi alla luce il mio primo figlio."

Al termine del racconto i fedeli erano commossi. Commossi e ammaliati. La Modotti ne approfittò per riprendere la sua esternazione profetica.

“E ora, a noi che siamo i testimoni oculari di Cristo, chiedono di non credere ai nostri bambini, i testimoni oculari del Diavolo! Ci dicono che le loro testimonianze sono inaffidabili, che li abbiamo suggestionati, che i bambini non sanno quello che dicono. Ma io dico, invece: Signore, perdona loro perché non sanno quello che fanno! Non fu, forse, il nostro Cristo Signore messo sulla croce a dire: ‘Lasciate che i bambini vengano a me perché i bambini sono la bocca dell’innocenza’? I miscredenti ci dicono che noi adulti non possiamo credere all’uomo nero, ma io dico loro: come possiamo non credere ai nostri bambini? I nostri nemici ci deridono: come possiamo credere all’esistenza del Diavolo? Ma io compiango loro: come possono *non* credere? Come possono vivere senza una fede, senza una qualsiasi religione? Qui, fratelli e sorelle, si tratta di credere o di non credere: nel Male, nel Bene. Il Diavolo è un’entità reale. Accettate questa battaglia contro il Demonio e tutto il Paese vi benedirà!”

La folla dei fedeli era in tripudio. A quel punto Sandra Modotti allungò le mani verso una scatola posta sull’altare. Ne estrasse un ostensorio coperto da veli verdi. Mentre sollevava i veli a uno a uno, salmodiava delle invocazioni. La sua voce trapassava impercettibilmente nel canto: “Manda il fuoco, Signor, manda il fuoco, Signor, e battezzaci col tuo poter! Signor, usaci, sanaci, guidaci, salvaci... Libera, Signore Gesù, tutti quei fratelli e sorelle che hanno patito a causa dei tuoi ministri, di quei sacerdoti che invece di servirti e glorificarti hanno gettato sulla tua Chiesa un’ombra di malvagità... Libera nos a malo, o Signor...”

Poi, così come il discorso era trapassato nel canto, il canto si transustanziò in un flusso di suoni continuo, armonioso e pienamente incomprensibile. Una glossolalia, una melodia misteriosa e arcaica, cominciò a sgorgare dalle labbra della sacerdotessa. Era una lingua articolata ma ignota a chiunque, grazie alla quale la donna stabiliva con il suo Dio un dialogo del tutto personale. Un amnio sonoro, in cui le inaudibili armonie emesse dalle rotazioni delle meccaniche celesti si mescolavano alle lallazioni di un bambino. Dentro quella corrente vorticosa e soave, tutte le gravidanze erano condotte felicemente a termine, tutti i neonati erano vivi e vitali, il latte fluiva sempre abbondante dal seno delle madri, tutte le malattie guarivano, tutte le prospettive incerte si definivano, tutte le tempeste andavano a scaricarsi in luoghi deserti.

Tra le prime file ci fu un leggero trambusto. Una donna era svenuta. Un frate cappuccino, inginocchiato in preghiera, ne aveva accompagnato la caduta con amorosa sollecitudine, sorreggendole la schiena e il capo. Altri fedeli accorrevano, alcuni con espressione preoccupata.

"È il riposo nello Spirito," mi spiegò la Terzi, "una pace interiore che prende la forma di uno svenimento improvviso. Uno stato di quiete che giunge quando ogni altra via di comunicazione con Dio è ostruita da sofferenze troppo acute." Lo disse senza il minimo tono di sarcasmo nella voce. Travagliata, anzi, da una vena di struggimento.

Decisi di andarmene.

Uscendo, mi voltai a gettare un ultimo sguardo alla sala. Per un istante, attorniata da fedeli che le ponevano entrambe le mani sulla testa, come un ragno rosso nel mezzo di una tela intessuta da altri, avvistai Marisa Comi. Si preparavano a impartirle il "secondo battesimo".

Il suo volto non mi ricordò quello della donna che avevo conosciuto nel mio ufficio all'università. Ebbi, anzi, l'impressione di vederla in trasparenza sul fondo di una vasca d'acqua smossa. La beatitudine che si leggeva nei suoi occhi brillava di luce riflessa. Per conto mio, vedevo soltanto uomini che consegnavano la propria coscienza ad altri uomini, ringraziandoli della possibilità che gli stavano dando.

Nauseato, espulso da un moto di rigetto, abbandonai la sala.

Un uomo schizzò fuori assieme a me. Mi parve furente, come se la cerimonia del battesimo nello Spirito lo avesse fatto imbestialire. Era Stefano, il marito di Sandra Modotti.

In quel momento non ebbi nemmeno la prontezza di stupirmene. Non ne potevo più di quei figli di una storia che continuava da millenni a succhiare il suo latte ai capezzoli del Diavolo. No, grazie. Tutto sommato, preferivo la compagnia dei miei piccoli demoni privati.

Mi diressi verso il Caffè del Tasso. A voler barare un poco con se stessi, ci si poteva raccontare che era ancora l'ora degli aperitivi.

Non appena entrai, mi pentii subito di averlo fatto. In fondo alla lunga sala, coperta da un'unica grande volta a tutto sesto e arredata con mobili d'epoca, sedeva Giuseppe Vidotto, il cronista di nera de "La Stampa" che a novembre mi aveva ragguagliato al telefono sulla situazione dei preti pedofili.

Vidotto era uno dei molti giornalisti piombati a Bergamo dopo l'arresto delle maestre. Tutte le principali testate nazionali avevano oramai un inviato in città, e il "circo dei giornalisti" – come loro stessi lo definivano – aveva messo le tende proprio al Caffè del Tasso.

Quando Vidotto mi vide, lasciò subito il tavolo dove sbevazzava con dei colleghi e mi venne incontro. Gianni, il proprietario del locale, ne accompagnò la falcata con un compulsivo scuotimento del capo.

"Roba da matti, prof, roba da matti," ripeté sdegnato, mentre guarniva un cocktail con una marasca sotto spirito dall'altro lato del bancone.

Da quando era cominciata tutta quella vicenda, Gianni, capofila degli scettici nonostante il suo anticlericalismo, si era vistosamente immalinconito. Aveva anche perso la sua abituale loquacità. Le uniche parole che oramai pareva ancora in grado di pronunciare erano quelle: "Roba da matti, roba da matti."

Vidotto mi passò le informazioni che aveva scovato nei giorni precedenti. Lo fece nonostante la mia evidente riluttanza. Al giornale, infatti, direttore e vicedirettore non avevano mai rinunciato alla speranza che qualcuno corredasse le sue cronache con un pezzo di commento, e così gli avevano chiesto di tenermi al corrente.

In quei giorni tutti cercavano dei collegamenti tra i vari personaggi di quella storia imperscrutabile, un sentiero segreto che nella selva delle false somiglianze potesse condurre dall'uno all'altro dei protagonisti, dimostrando l'esistenza di un complotto. Per l'inviato de "La Stampa", come per qualsiasi altro giornalista, era pressoché indifferente che le fantomatiche prove smascherassero una cospirazione ordita da un'ipotetica rete di pedofili, oppure una montatura ai danni d'innocenti accusati ingiustamente. Che il complotto fosse opera degli accusati o degli accusatori non faceva grande differenza, a patto che un complotto ci fosse.

Anche Vidotto, come tutti, andava formulando un suo personale teorema. Me lo espose. Mi disse che stava seguendo una pista che forse avrebbe potuto collegare don Presti a Mati Wangari e questa ad Andrea Comi, il padre di Margherita, la prima accusatrice.

Ricordo bene che le sue parole generarono in me una forte impressione perché, fin da quando i giornali avevano cominciato a proporre i suoi ritratti, quell'immigrata africana sospettata di crimini atroci mi era parsa una figura affascinante. Innanzitutto, a giudicare dalle foto pubblicate nelle pagine di cronaca, e poi dal filmato del suo arresto diffuso con grande enfasi da tutti i telegiornali, la Wangari era una donna di bellezza imponente e quasi spaventosa. Nera come la pece, aveva il seno abbondante e il sedere sporgente tipici della sua gente, ma entrambi in proporzioni gigantesche. In più, a differenza della maggior parte delle sue connazionali, era anche molto alta. Tutto il suo corpo suggeriva l'idea che, per pareggiare l'energia sessuale che promanava da esso, sarebbe stato necessario che a possederla si animasse una di quelle cariatidi di pietra che reggono il peso d'interi palazzi. Un maschio umano, o di una qualsiasi altra specie animale, non sarebbe bastato. Nessun'altra carne avrebbe potuto avere ragione di quella sua carne smisurata.

Ma la Wangari era una donna straordinaria anche per altri aspetti. Immigrata clandestinamente dalla Nigeria alla fine degli anni Ottanta lungo le rotte della tratta delle schiave, aveva regolarizzato la sua posizione in seguito a una sanatoria, dopodiché aveva conseguito un diploma magistrale presso una scuola serale, laureandosi perfino in Scienze dell'educazione. Pur essendo una delle pochissime donne africane a risiedere nel comune di Bergamo già al principio degli anni Novanta, cioè prima che i maschi andati in avanscoperta avviassero il processo di ricongiungimento famigliare, era diventata presto una leader della sua comunità:

aveva fondato l'associazione Nuovo Mondo, dando così forma giuridica alle spontanee reti di solidarietà che si andavano creando tra africani, e aveva avviato un'attività commerciale di successo – l'African Center, un bazar multifunzione che vendeva cibi, capi di abbigliamento, offriva servizi di telefonia e un servizio di parrucchiera ed estetista alle clienti africane. Infine, aveva ottenuto l'incarico prima di mediatrice culturale e poi di responsabile dei programmi di integrazione alla scuola materna Rodari. Mentre faceva tutto questo, aveva anche trovato il modo di sposare un suo connazionale e di mettere al mondo cinque figli.

Ora, però, stando a quel che Vidotto credeva di aver scoperto, pareva che anche la straordinaria storia della Wangari non fosse esente da un fondo oscuro. Vidotto mi disse infatti di aver saputo, grazie ai suoi informatori dell'ufficio immigrazione della questura di Milano, che in un primo momento Mati Wangari era arrivata in Italia con un visto rilasciato per pellegrinaggio religioso.

Vidotto mi comunicò quest'informazione con un tono quasi solenne, ma io non manifestai nessun segno di meraviglia. Lui allora, pazientemente, mi spiegò: era lo stesso tipo di visto grazie al quale entravano nel nostro Paese quasi tutte le prostitute nigeriane che battevano i viali delle circonvallazioni esterne e le strade provinciali. Il visto per pellegrinaggio religioso. La meta presunta, nel nostro caso, non era però San Pietro, ma il santuario della Madonna di Caravaggio situato nella diocesi di Bergamo, la stessa di don Presti. Non solo: quasi tutte le clienti del salone di bellezza della Wangari erano puttane di strada e, a quanto sembrava, lo erano anche alcune delle sue lavoranti.

Si trattava insomma, a giudizio di Vidotto, di una copertura per un postribolo. Ricordo ancora oggi le esatte parole che usò quando gli chiesi cosa c'entrasse Andrea Comi con tutto questo.

"Comi," m'informò Vidotto, "è il tipico imprenditore di successo della Bergamasca: tutto casa, chiesa, lavoro e bordello. Uno di quelli che apre la fabbrica in Romania soprattutto per potersi approvvigionare di carne fresca a buon mercato. Per i tipi come lui, far soldi con lo sfruttamento della manodopera a basso costo è quasi un pretesto per procurarsi delle serve. Con questa razza di nuovi padroni, stiamo tornando a prima della Rivoluzione francese."

Stavamo parlando di gente che cambiava una Porsche all'anno. Ogni volta ostentava un nuovo modello, ma nell'alloggio portabevande ci trovavi sempre la stessa cosa – concluse Vidotto con tono enigmatico.

Quando gli chiesi a cosa si riferisse, mi rispose: "Vieni. Te lo faccio vedere. La Porsche Cayenne di Andrea Comi è parcheggiata qui, dietro al Mercato del Fieno."

Lo seguii fino alla piazza che un tempo aveva ospitato il mercato e che ora era occupata dall'unico parcheggio custodito entro le mura della città vecchia. Una volta arrivati, come facevo di solito, mi fermai a scambiare quattro parole con il parcheggiatore albanese.

Dopo pochi minuti, raggiunsi Vidotto accanto a un enorme Suv. Mi indicò uno strano contenitore che faceva bella mostra di sé nell'anello studiato per alloggiare bottiglie di champagne accanto alla leva del cambio.

Accostando gli occhi ai finestrini fumé, misi a fuoco un grosso cilindro di plastica trasparente pieno zeppo di una sostanza bianca.

"Sono pastiglie di Cialis, non cocaina," si affrettò a spiegarmi Vidotto. "La nuova droga dei puttanieri."

Incassata la rivelazione, salutai Vidotto e me ne andai. Il suo embrione di teoria del complotto continuava a sembrarmi ancora più improbabile di quello della Terzi. D'altra parte, in quei giorni ciascuno coltivava il suo piccolo incubo di cospirazione.

A quel punto della serata, non mi rimaneva che andarmene a casa. Avrei solo dovuto percorrere, come mio solito, la discesa del baluardo di Porta San Giacomo, proseguire per tutta via Sant'Alessandro, e in pochi minuti sarei giunto a tumularmi in un'altra serata davanti alla televisione.

Decisi invece di fare un giro lungo: scelsi di compiere a piedi il percorso che, stando all'incredibile ricostruzione del giudice per le indagini preliminari, avrebbero coperto in macchina i rapitori dei bambini per condurli dalla scuola alla loro camera delle torture nel Seminario Vescovile.

A spingermi fu la perturbante sensazione che da settimane si andava impossessando di me e che quella sera, dopo la riunione di Rinascita in Cristo e l'incontro con Vidotto, mi stava travolgendo. Era uno stato d'animo difficile da spiegare: una sorta di tensione nostalgica verso sfuggenti ricordi della mia infanzia. Uno struggimento per momenti dimenticati della mia vita di bambino, esperienze probabilmente terribili e per questo rimosse, ma comunque ammantate di un'indicibile tenerezza.

In particolare, sentivo una scena cancellata premere ai confini della mia coscienza. Si annunciava sempre con i soliti frammenti: un uomo in camice verde armato di uncini, una tenda di plastica colorata, la voce di mio padre che ripeteva: "Il colera... il colera", una chiazza di luce, un battuto di calce macchiato di sangue. Ne ero terrorizzato, eppure la volevo rivedere. Riassaporando i ricordi della mia infanzia, mi tormentavo nel dilemma se fosse meglio sapere o non sapere, come un marito in preda al dramma della gelosia.

Ripercorrere i passi dei bambini rapiti fu un gesto indubbiamente sciocco. Una cosa da esaltati. E ricordo bene che me lo rimproverai lungo quasi l'intero tragitto. Ricordo anche, però, che non potei evitare quel piccolo tour sulla pista dell'orrore: mi tormentava l'incredibile sproporzione tra la vita meschina di quella città, della sua gente – la mia città, tutto sommato, la mia gente –, e la fantasmagorica ombra di malvagità che le accuse dei bambini proiettavano su di essa, tra le sue storie di ordinario squallore o di piccolo, quotidiano stoicismo, e la favola nera degli orchi divoratori d'infanti. Mi pareva ci fosse una distanza incolmabile tra la piccineria di un imprenditore drogato di Cialis, un tossico del sesso mercenario, e la gigantesca perfidia di un'organizzazione di stupratori di bambini.

L'unico modo che, al momento, mi parve di avere a mia disposizione per colmare quell'immane squilibrio, fu di misurarlo sul metro del mio modesto passo di bipede che avanzava sotto l'aperto del cielo con la sua patetica postura eretta.

Così, consegnato al mio marciapiede, coprii a piedi l'intero percorso che costeggiava la strada rotabile che dal Seminario Vescovile conduceva alla scuola Rodari. Aggirai il Duomo, attraversai piazza Giuliani, e raggiunsi il viale delle Mura scendendo le scale di via Rosate. Di lì camminai sugli antichi spalti fino al baluardo di San Michele, uscii dalla città murata passando sotto Porta Sant'Agostino, quindi seguii l'ampia curva di viale Vittorio Emanuele fino al punto in cui incrociava a est via Brigata Lupi – amavo il nome di quella strada che rievocava la gloria della lotta partigiana – e a ovest via Botta. Svoltai in quest'ultima e m'immisi in via Sant'Alessandro. Discesi anche quella.

La discesi fino in fondo, fino alla fine, fino a piazza Pontida. Eppure niente. Non trovai niente, lungo tutto il tragitto, che mi servisse a colmare la dismisura che mi scindeva la mente. Nessuna chiarificazione, nessun orientamento mi giunse da quella camminata. Non un segno, non un'intuizione, nemmeno un indizio. Avevo compiuto tutto il percorso a piedi, avevo probabilmente anche consumato un po' la suola delle scarpe, ma invano. Ero un uomo che camminava sulla crosta della terra, ma vivere non mi diceva niente.

Giunsi così in piazza Pontida, l'invisibile linea di confine tra la zona residenziale, la "zona bene", e il malfamato "quartiere degli immigrati". Proseguii. Non appena ebbi attraversato largo Cinque Vie, giusto oltre l'imbocco di via San Bernardino, assistetti a una *fellatio*. L'atto di sesso orale si accampava davanti ai miei occhi – e a quelli di una telecamera installata per scoraggiare la prostituzione di strada – all'angolo di una strada cittadina, in una zona semicentrale, su una via maestra illuminata dalle vetrine di un bar.

Mi sentii quasi sollevato. La ragazzina che nell'abitacolo di un'automobile ben in vista dava piacere a pagamento a un uomo maturo non era l'attrice di un film porno, né la protagonista di una diceria malevola, e nemmeno era un fantasma del nostro immaginario ipertrofico. Era la vita vera, nuda e cruda.

Sapevo che, da sempre, il "quartiere degli immigrati" era una roccaforte della prostituzione di strada. Da sempre, la Bergamo benpensante aveva optato per la creazione di quella enclave di ciò che ancora si definiva "il vizio". Un ghetto di autosegregazione in pieno centro storico. L'unica novità apportata dall'onda di sospetto sollevata dall'incriminazione di Mati Wangari era tutta racchiusa nell'occhio di quella telecamera che ora filmava il pompino.

Con l'inizio del nuovo anno, infatti, un comitato spontaneo di cittadini, dopo aver protestato energicamente, aveva cominciato a filmare gli incontri a luci rosse che avvenivano nel "quartiere degli immigrati", aggiungendo gli occhi di telecamere private a quelli degli apparecchi già installati dal comune per inibire il commercio sessuale di strada. Il risultato, probabilmente, sarebbe stato solo una grande mole di materiale pornografico.

Gli occhi spalancati delle telecamere, lungi dallo scoraggiare le pratiche sessuali, avrebbero prodotto un sovrappiù d'eccitata osservazione. Un mucchio d'immagini infrante di atti innominabili e intollerabili. Ecco tutto quel che sarebbe rimasto della sollevazione degli abitanti del quartiere. Quella sera, che intanto andava già facendosi notte, mi parve una buona metafora di una cittadinanza ridotta al ruolo di spettatore, catturata nella falsa alternativa tra l'inerzia e l'impotenza.

D'altronde, perché stupirsene? Giorno dopo giorno, notte dopo notte, tutti noi passavamo accanto a un vero esercito di prostitute – solo a Milano se ne calcolavano più di diecimila. E noi eravamo i loro acquirenti.

Otto milioni. A tanto ammontavano i clienti delle prostitute in Italia. Una rilevante fetta della popolazione maschile fissata a uno stadio di sottosviluppo della propria sessualità, a quello stadio in cui l'atto sessuale si colora di una sinistra sfumatura sadica, diventa un esercizio predace di possesso e disprezzo, una richiesta di sottomissione strumentale e, al tempo stesso, una dichiarazione di resa alla frustrazione erotico-sentimentale.

"Taci e succhiami il cazzo." Volevamo donne ridotte a oggetti da manipolare per il nostro piacere, perché il nostro piacere scaturiva dal rimanere noi l'unico essere umano in un mondo di oggetti. "Voltati che ora t'inculo." Volevamo chiavare una femmina in carne e ossa, ma volevamo farlo come se ci stessimo facendo una sega. "Godi, brutta troia." La femmina in carne e ossa doveva smaterializzarsi nel simulacro di una fantasticheria erotica. "Implora pietà al tuo signore." Chiavare doveva equivalere a derealizzare, smaterializzare, annichilire. Sognavamo che il nostro cazzo esplodesse come un fungo atomico.

Il nostro desiderio aveva tinte fosche, gli stessi colori nero-violacei che si osservavano sulla scena dei moltissimi crimini sessuali contro le donne consumati quotidianamente nel nostro Paese di ipocriti guardoni e sordidi puttanieri. E magari – perché no? – anche sulla scena dei crimini sessuali consumati contro i bambini.

A questo pensavo mentre da via Don Luigi Palazzolo risalivo verso via Quarenghi, dopo aver accuratamente evitato via Greppi per non passare davanti alla scuola Rodari.

Attorno a me, ai due lati di via Quarenghi, vedevo sfilare le insegne delle botteghe africane, cinesi, ecuadoriane – Macelleria Ouarzazate, Bazar Marrakech, Savana Market –, segnali di orientamento in un paesaggio che attingeva i propri toponimi da un repertorio di stereotipi.

Per parte mia, volgendomi in ogni direzione come un forsennato, cercavo l'African Center, il bazar con annesso bordello di proprietà di Mati Wangari. Ma non lo trovavo. Non lo trovavo. C'era un Manioca Shop, una Bamba Boutique, perfino un African Air Saloon, ma nessun African Center. I titolari dei negozi e molti dei clienti o amici che si raggruppavano sulle soglie mi osservavano come i loro avi dovevano aver osservato il primo esploratore europeo. Probabilmente – mi dissi – nessun bianco sarà più entrato qui da quando è scoppiato lo scandalo. Non di notte, almeno, o comunque non a piedi.

Giunsi all'ingresso di un hamam. Le Mille e una Notte, prometteva l'insegna. Dalle 19,00 alle 22,00 ingresso riservato agli uomini. Era il nuovo dopolavoro. Un aperitivo, e poi via per un massaggio. L'happy hour dell'impiegato occidentale del terziario avanzato, in quest'inizio del nuovo millennio. Entrai.

Un metro oltre l'ingresso, una vecchia megera seduta dietro una scrivania da ufficio m'interrogò con un'occhiata di diffidenza.

"Un massaggio," le dissi. "Voglio un massaggio."

"Che massaggio?"

"Rilassante, un massaggio rilassante," risposi. Avrei aggiunto anche: "Per l'amor di Dio."

Annuì con il capo, rasserenata. Bene, ritornano, dovette pensare, ritornano sempre. L'emergenza è finita. L'emergenza non è mai cominciata.

"Completo?" mi chiese.

"Completo," confermai, qualunque cosa significasse.

La tenutaria mi guidò in un antro buio e odoroso, m'indicò un lettino e mi consegnò un ridicolo perizoma. Lo indossai, mi stesi. Cominciai a sciogliermi nei sudori di un vapore speziato.

Quando la ragazza entrò, pensai ci fosse un errore, lo sperai perfino: era un incanto di leve lunghe, occhi enormi, ossa sottili, una principessa berbera, una Madonna degli altopiani. Troppo bella per doversi abbassare. Indegno perfino che mi dovesse toccare. Cinquanta euro, un'ora intera, quando sarei stato io a doverla servire.

E questo fu il mio ultimo pensiero cosciente di quella giornata. Poi la ragazza m'impose le mani. Voltato di schiena, mi persi nell'ebetudine del godimento. Un piacere lieve, a bassa intensità, ma proprio per questo terminale ed estremo. Le sue mani sui miei polpacci, sui miei fianchi, nel solco delle natiche. Mi mutavano in un uomo immacolato, in un animale marino, una foca, un tonno, un bambino.

Poi mi fece voltare. Ero finalmente, propriamente, supino.

La sentivo sussurrarmi parole soavi: "Sei stanco? Tanto lavoro... poverino... tanto stress... Ora penso io... penso io..."

Sì, pensa tu, pensa tu, mia ombra degli altopiani, mio volo di notte, soffia su di me la sabbia dei tuoi deserti. Il mio animo è ancora romantico, sebbene il mio corpo sia immerso nella ferocia dei consumi sessuali, nella volubilità dei desideri fattasi suprema legge di mercato, nell'assenza di ogni bisogno che è l'unica regola del desiderio.

È un miraggio che dura da tutta una vita. Enorme il suo volume di sofferenza psichica. Ma non è roba nostra, non è colpa nostra. È lo strazio della non coincidenza tra tempo della vita e tempo del mondo. Vaghiamo tra i detriti del secolo dei grandi amori. La nostra epoca non è contemporanea a se stessa. Il nostro cuore batte con quasi due secoli di ritardo. Un infarto lento. Un infarto lento.

Le mani sulla gola, sul petto, sui fianchi – non sono più petto e fianchi di uomo, non sono ancora petto e fianchi di donna. Le mani sulle cosce, sugli inguini, sul pene.

"Massaggio completo?"

"Completo, massaggio completo."

Impugna il mio pene come prima impugnava le mie dita, le caviglie, l'osso scafoide. Senza cambiare presa, lo unge come aveva unto i lombi, i dorsali, le clavicole. Nessuna soluzione di continuità. Non è sesso, non è simbolo, ma solo un'escrescenza carnosa, un'altra qualsiasi parte del corpo, un tessuto cavernoso, una parte decisamente minore. Massaggia anche quella, ecco tutto.

Martina, lei non mi ha mai massaggiato così. Lei è la mia compagna – lo era, quantomeno –, non la mia serva benedetta. La rivedo: è così lontana. La rivedo ovunque, confusa tra le mie studentesse, tra le madri disperate dell'assemblea al Teatro Donizetti, tra i fedeli di Rinascita in Cristo. No, non è incinta, non di me. Scherzava, mentiva. Mi stava ingannando. I fedeli hanno ragione: non ci si può più fidare di nessuno. Non si fanno più bambini. Il parto, la gravidanza, sono leggenda. Non si mettono più al mondo bambini. Non a questo mondo.

Allungo la mano per prenderla. "Ora ti prendo." Mi piaceva annunciarglielo. "Ecco, ti ho presa," la informavo poi, a lei già scomparsa tra le mia braccia. Ma la massaggiatrice mi ferma, decisa però dolce, materna. "Solo massaggiare... solo io toccare... tu buono, tu relax." Sì, materna. Materna. Le do ragione: questa è l'altra metà del cielo della prostituzione. La sa lunga la mia principessa degli altopiani, lo ha imparato alle pendici del grande Atlante: il colmo del godimento non sta nel ridurre gli altri a oggetti del nostro piacere, ma nel lasciare che il piacere ci giochi il suo scherzetto. E riduca noi stessi. A questo penultimo orgasmo, triste, solitario e finale. "Tu buono... tu relax... solo io toccare."

Per tutta la vita temiamo di essere un adulto con il pene di un bambino. E invece eccoci qua: siamo bambini con il cazzo di un uomo. Regrediamo. Regrediamo verso rapporti non paritetici, verso sottomissioni benefiche, verso scompensi paradisiaci. La nostra vita adulta è, oramai, solo un ricordo d'infanzia.

Non abbiamo più donne libere e fiere davanti a noi, ma solo schiave d'amore infedeli. Schiave loro, schiavi noi. Tutto un mondo di servi. Servi, di servi, di servi. Ogni rivoluzione è fallita. Soprattutto quella sessuale.

Quella sera, mentre io cercavo il mio piacere nel "quartiere degli immigrati", Margherita, la figlioletta della signora Comi, non dormiva nel suo letto. Madre e figlia, stanche, spaventate e senza un uomo al loro fianco, furono ospitate dai coniugi Modotti. La piccola Margherita poté così sentirsi senz'altro meno sola, in una casa in cui vivevano ben quattro bambini di varie età.

Marisa e Margherita Comi rimasero in casa Modotti sei giorni e sei notti. All'alba del settimo giorno, due dei figli dei Modotti, Mirco e Nicola, gli ultimi nati, rispettivamente di quattro e cinque anni, manifestarono chiari sintomi di abusi sessuali.

La rivelazione mascherata delle violenze subite si trasformò in rivelazione diretta nel volgere di poche ore. Sentiti dal magistrato in seguito alla denuncia presentata dalla madre, Mirco e Nicola, anche loro iscritti alla scuola materna Gianni Rodari, accusarono le maestre Niva Beghetto, Maria Pellegrini e Mati Wangari di averli rapiti in orario scolastico, drogati e trasportati al Seminario Vescovile di Città Alta per imporre loro "brutti giochi" assieme a dei maschi adulti.

Tra questi indicarono anche Stefano Modotti, loro padre.

"DA UN'ALTRA GALASSIA HANNO RAGGIUNTO LA TERRA. NON SIAMO PIÙ SOLI NELL'UNIVERSO."

Il bambino ha imparato a leggere.

Se ne sta lì, davanti all'edicola di campo SS. Apostoli, con il suo loden stretto in vita e il cappello con le orecchie di lana – come quelle di Pluto – ben calcato sulla testa a proteggerlo dalle otiti bollose. Ora allunga il collo verso il giornale appeso a un filo con una molletta per i panni e legge: "Da un'altra galassia hanno raggiunto la Terra. Non siamo più soli nell'universo."

All'edicola di campo SS. Apostoli il bambino ci è andato per comprare cento lire di figurine di calciatori Panini, ma poi ha trovato tutti quegli adulti riuniti in una piccola folla, che allungavano il collo verso il giornale appeso a un filo con una molletta per i panni, e allora, dimenticate le figurine, il bambino si è messo anche lui con la testa all'insù, a fianco dei grandi, e ha voluto leggere quello che leggevano loro: in Messico sono sbarcati gli extraterrestri, una delegazione di rappresentanti di tutte le nazioni della Terra è andata ad accoglierli. Quelli però se li sono mangiati. Uno per uno.

"Da un'altra galassia hanno raggiunto la Terra. Non siamo più soli nell'universo." Sta scritto sul giornale di papà: è arrivata la fine del mondo.

I grandi se ne rimangono lì a bocca aperta, sbalordiscono, si danno spiegazioni a vicenda. Qualcuno – chissà perché – ride. Ma il bambino no. Legge una prima volta, ascolta, rilegge. Poi fa segno di sì con la testa, annuisce con quella sua testolina infagottata dentro il cappello, con le orecchie di lana annodate tra loro da una fettuccia che corre sotto il mento. No, lui non si stupisce e non ride. Lui lo sapeva che prima o poi sarebbero arrivati. Glielo hanno annunciato, viaggiando alla velocità della luce attraverso gli spazi siderali, i suoi incubi notturni.

Niente, non c'è niente da fare, sono arrivati. Il bambino si calca per bene il suo cappello sulle orecchie, si volta, e a testa bassa se ne torna verso casa.

Non dice niente alla mamma. Non vuole che si spaventi. Aspetta che arrivi papà. Quando il papà finalmente arriva, lui gli dà un bacio e gli chiede: "Papà, quant'è lontano il Messico?"

Il papà allora ride, lo prende in braccio e gli dice che non deve avere paura, che gli extraterrestri non sono sbarcati sulla Terra. Ma il bambino non può credergli: c'è scritto sul giornale, sul giornale di papà, quello a cui il suo papà crede sempre, tutte le sere sul sofà, quello a cui deve tutto ciò che sa. Tutti i giorni, attraverso le pagine del "Corriere della Sera" – che si chiama così perché lo porta il papà quando torna a casa la sera – il mondo entra nella casa del bambino. E adesso, passando per quella porta stretta, ci sono entrati gli extraterrestri. Gli esseri venuti dalle altre galassie apposta per mangiarsi la specie umana. Sta scritto così sul giornale di papà: "Per annientare la specie umana."

Il papà ride ancora. Non è vero, gli dice. È un falso. Oggi il "Corriere della Sera" era in sciopero e un altro giornale ha fatto uscire un'edizione falsa. Il bambino non capisce. "Il Male", quest'altro giornale si chiama "Il Male".

Ecco, questo il bambino lo capisce. Il Male sono gli extraterrestri venuti a mangiarsi la specie umana.

"Ma no! Insomma... è tutto uno scherzo," interviene la mamma.

Il bambino se ne va a letto confuso. Non sa se credere al papà o al giornale di papà. Allo scherzo non crede di certo. Quella è una cosa che ha detto la mamma. Il papà non scherza mai.

La mattina dopo, il bambino lo trovano che parla alle piante. La prima luce grigia di un'alba dicembrina a stento illumina il corridoio, ma lui se ne sta già lì, in piedi, a conversare con la pianta d'edera avviticchiata attorno a un tronco finto, entrambi comprati alla Standa sulla Strada Nuova.

Stanno questionando, il bambino e la pianta. Lo s'intuisce perché lui ogni tanto picchia con la manina sulle foglie. È, però, impossibile capire cosa si dicono: sussurrano, borbottano, vibrano.

La mamma, anche lei sottovoce, lo chiama: "Toto... Toto... Toto..." È il suo vezzeggiativo. Lo ha ribattezzato così il fratello, maggiore di un anno, che ne storpiava il nome. Ma il bambino non risponde al richiamo della mamma, non ha più nome e cognome, non ha orecchie che per la pianta.

Allora la mamma lo prende delicatamente per le spalle, lo conduce lungo il corridoio fino al bagno e gli tira fuori il pisellino. Ha scoperto, per caso, che se gli si fa fare la pipì poi il bambino si calma. Torna a dormire.

Nei giorni seguenti il bambino sembra di nuovo tranquillo. Gli extraterrestri non sono arrivati fino in campo

SS. Apostoli. Li avrà forse tenuti lontani la laguna di Venezia, come aveva già fatto tanti anni prima con gli unni di Attila, il "flagello di Dio". Glielo hanno insegnato a scuola, in un'ora speciale dedicata alla storia di Venezia, la città unica al mondo dove vive il bambino.

Tutto bene, tutto bene, gli extraterrestri non sono arrivati e il bambino studia volentieri. Tiene da conto un grande quaderno in cui appiccica con la colla le cartoline che illustrano la storia di Venezia. Proprio come fa con le figurine dei calciatori Panini. Tutto bene, tutto bene, il bambino va a scuola volentieri.

Poi, però, un giorno, all'improvviso chiudono la scuola. È un pomeriggio, c'è il doposcuola, ma chiudono tutto e mandano i bambini a casa, senza nemmeno aspettare che le mamme li vengano a prendere.

Il bambino cammina da solo nella grande strada piena di gente. Non capisce cosa stia accadendo, ma la strada la conosce: è tutta diritta fino a campo Santa Sofia, dove c'è la sua casa in un antico palazzo che si chiama Palazzo Sagredo. Lo sanno tutti dove si trova. Si trova proprio accanto alla Ca' d'Oro, la casa d'oro.

Il bambino si guarda attorno. La strada la conosce, ma ora vi aleggia qualcosa di strano. Davanti alle edicole i grandi si raggruppano, si ammucchiano, sbalordiscono e si danno spiegazioni a vicenda. Forse – pensa il bambino – sono sbarcati di nuovo gli extraterrestri. Forse da un'altra galassia hanno raggiunto la Terra. Non siamo, forse, più soli nell'universo.

Quella sera, in casa, nessuno parla. Mamma, papà e la nonna ascoltano il telegiornale. Il bambino non capisce.

"La vittima è stata attinta dai proiettili esplosi con arma da fuoco all'interno dell'autovettura Renault R4... Così

com'è stato rinvenuto il cadavere... Tracce di origine ematica con localizzazione sul tetto dell'abitacolo nella parte posteriore..." Il conduttore del telegiornale legge veloce, tenendo gli occhi bassi sul foglio.

Il bambino ascolta e guarda ma non capisce. Ora vede le immagini di un vecchietto acciambellato nel portabagagli di una macchina. Se ne sta lì stivato, abbiosciato, con la testa ritorta di lato, come un sacco di carne imbragato dentro un abito scuro. Attorno all'auto, decine di adulti allungano il collo per guardare quel sacco di carne scura con la testa di lato. Il bambino continua a non capire.

Poi il telegiornale dice: "... tracce di sangue anche sulla faccia interna del vetro del finestrino posteriore... nonché sul rivestimento in gomma del pianale... Detto materiale è risultato appartenere alla specie umana..."

Ecco, ora finalmente il bambino ha capito: il vecchietto ammazzato nel portabagagli apparteneva alla specie umana. Devono dunque averlo ucciso esseri venuti da una galassia lontana, di una specie extraterrestre.

"Siete dei bambini fortunati. Beati voi che non avete visto la guerra," gli dice la nonna sospirando, con gli occhi fissi sul televisore. Poi la mamma li porta a dormire.

Quando sono soli nella loro cameretta, il bambino chiede al fratello: "Chi era il vecchietto che hanno ammazzato?"

"Un presidente, uno importante," gli risponde il fratello maggiore di un anno.

Allora il bambino, ben stivato nel suo lettino, si acciambella sotto le copertine torcendo la testa di lato. Senza accorgersene, depone nel letto il proprio corpo di bambino a ricalco della salma di quel vecchietto importante che oggi hanno ammazzato.

La mattina successiva, poco prima dell'alba, il bambino è di nuovo in corridoio a far questioni con la pianta di edera rampicante. Questa volta la mamma non prova nemmeno a chiamarlo. Lo prende delicatamente per le spalle e, avviandosi dentro la prima luce mattutina, lo porta subito in bagno, là in fondo, a far la pipì.

FEBBRAIO

Marisa Comi, la grande accusatrice, partecipò al suo primo programma televisivo al principio di febbraio. La mamma della piccola Margherita accettò l'invito rivoltole da Enrico Mentana a prender parte a una puntata speciale di *Matrix*, registrata nel pomeriggio di giovedì 7 febbraio e andata in onda la sera stessa alle 23,30 su Canale 5. Da quel momento in avanti, stando a quanto scrissero i giornali, non soltanto la città di Bergamo, ma l'Italia intera si spaccò in due fazioni: gli innocentisti e i colpevolisti.

Le cose, però, andarono diversamente. La verità è che, già prima di quel 7 febbraio, innocentisti non ce n'erano più da nessuna parte. Il caso della scuola Rodari aveva precipitato l'opinione pubblica del Paese in una situazione in cui diventammo tutti colpevolisti, anche se ripartiti in due diverse e opposte fazioni. Ci si divise, infatti, soltanto per stabilire a chi si doveva dare la colpa.

La fazione dei colpevolisti di primo grado – chiamiamoli così, per comodità – era composta da tutti coloro i quali ritenevano fondate le accuse dei bambini, e reali i crimini contro di loro commessi dalla presunta rete di pedofili. I membri di questa fazione erano perlopiù persone perbene, padri e madri di famiglia abituati ad affrontare con calma e realismo le piccole miserie del quotidiano, i tanti microconflitti e le improvvise carestie locali cui anche la vita moderna in una società opulenta andava ancora soggetta.

Anche loro, fino a quel momento, avevano accettato come inevitabili l'aumento di un punto di inflazione su base annua, il raddoppio dei prezzi al consumo di frutta e verdura, il progressivo innalzamento dei valori delle polveri sottili che appesantivano l'aria. Ma molta di questa brava gente, da quando si era presentata quella situazione che, oltre a minacciare le condizioni di vita dei loro figli, esulava del tutto dall'esperienza normale, era chiaramente scivolata in un'allucinazione di massa del tipo più esplosivo, optando per una fuga collettiva e aggressiva nel mondo delle fantasie. Agli occhi dei colpevolisti di primo grado, la rete dei pedofili appariva responsabile d'ogni sorta di nefandezze, e con quegli occhi vedevano la nefandezza dappertutto. Gli orribili pedofili avevano tolto loro il sonno.

La fazione dei colpevolisti di secondo grado incolpava, invece, i colpevolisti di primo grado. Li accusava proprio di aver ceduto a quell'ammorbante fantasia collettiva, abbandonandosi, con la voluttà di un solido corpo di dottrina concernente lo stato finale del mondo, al prevalere dell'immaginazione, che tra tutti i pericoli reali era da considerarsi il più pericoloso.

I membri di questa fazione non odiavano con meno vigore degli altri per il fatto che i loro nemici non erano stupratori di innocenti, ma soltanto psicolabili esagitati da fantasie persecutorie. Anche chi riteneva infondate le accuse dei bambini della Rodari, al pari di chi le prendeva sul serio, manifestava infatti un livore itterico nei confronti dei membri della fazione avversa.

Ai loro occhi, questi apparivano responsabili di aver condannato l'intera popolazione a vivere in uno stato di cronica e irreparabile insicurezza, angustiata non solo dalla vulnerabilità economica, dalla precarietà sentimentale nei rapporti di coppia, dalle condizioni di vita e di lavoro sempre meno tutelate dal diritto e dalla forza della legalità, ma ora anche dall'annientamento delle tradizionali relazioni sociali sulle quali in passato, anche nei momenti peggiori, si era potuto contare.

Ora, a causa della psicosi collettiva, non ci si poteva più fidare di nessuno. Non si avevano più vicini di casa cui chiedere in prestito un chilo di pasta, un pizzico di sale. All'ombra di ogni pianerottolo si nascondeva un potenziale pedofilo. Creando dei demoniaci capri espiatori, gli esaltati accusatori avevano ucciso il sonno.

Due episodi, di segno opposto, possono illustrare il clima di "tutti contro tutti" che si era venuto a creare a Bergamo in quei giorni.

Nelle scuole materne ed elementari della Bergamasca, durante il mese di gennaio si era diffusa una modesta epidemia di varicella. Al principio di febbraio, la figlia di una coppia di immigrati cinesi residenti in via Quarenghi fu rimandata a scuola quando ancora le pustole causate dalla malattia non erano completamente scomparse. Non appena i bambini avvisarono la maestra della presenza di crosticine giallognole sulle braccia della compagna, la piccola Yao Ming fu rispedita a casa. Un gruppo di genitori di allievi italiani la accusò infatti di essere responsabile del contagio.

L'accusa era totalmente illogica per due motivi molto evidenti: le conoscenze medico-scientifiche asseriscono che la varicella, come tutte le altre malattie esantematiche dell'infanzia, non è contagiosa in fase di remissione bensì d'incubazione; e, soprattutto, il ritorno a scuola della bambina pustolosa era avvenuto dopo la diffusione del contagio, non prima. Ne era dunque chiaramente l'effetto, non la causa.

Ciò non impedì a un comitato spontaneo di parenti degli allievi italiani di picchettare la scuola per impedire l'ingresso ai figli d'immigrati. Il picchetto della vergogna durò soltanto pochi minuti, ma si rese necessario l'intervento delle forze dell'ordine affinché ai piccoli cinesi, marocchini e boliviani fosse consentito di seguire regolarmente le lezioni.

Il secondo episodio avvenne qualche giorno dopo. Il 7 di febbraio, mentre i bambini erano in refettorio per il pasto di mezzogiorno, un'allieva di seconda elementare si rifiutò di assumere cibo. Non toccò la minestra, avanzò la cotoletta e lasciò nel piatto, intonsa, anche la fetta di torta Paradiso. Un'insegnante, allora, le si avvicinò, cercò di incoraggiarla, poi di imboccarla.

"Maestra, sa che papà ha tagliato la gola alla mamma?" fu la risposta della bambina.

L'insegnante avvertì immediatamente i carabinieri. Questi si precipitarono nell'abitazione della bambina e, non trovando la madre, dopo averla inutilmente tempestata di telefonate sul cellulare fecero irruzione sul posto di lavoro del padre per sottoporlo a interrogatorio.

Soltanto dopo che la madre fu ritrovata sana e salva in un centro di trattamenti estetici, soltanto allora un'altra delle insegnanti della bambina si ricordò che, nei giorni precedenti, aveva svolto in classe un modulo didattico che abbinava un colore al racconto di una storia per l'infanzia. Per il rosso, Cappuccetto Rosso, per il Blu, la favola di Barbablù. In una delle pagine del libro dedicato alla leggenda nera di Barbablù si vedeva il personaggio ispirato alla figura di Gilles de Rais – seviziatore di ragazzini maschi nella realtà storica, trasformato dalla *pruderie* della leggenda popolare in assassino di mogli – che tagliava la gola a una delle sue sventurate consorti.

Durante il consiglio comunale del giorno seguente, un consigliere di minoranza, membro della fazione dei colpevolisti di secondo grado, evidentemente esasperato dalla psicosi che si andava diffondendo chiese di poter avanzare una mozione non prevista dall'ordine del giorno.

"Radiamo al suolo la scuola Rodari e ricostruiamola altrove," propose, "in questo clima di terrore non si può più vivere."

Come di consueto in questi casi, i media non facevano che peggiorare la situazione: molto semplicemente, si cibavano della sciagura. La fame spasmodica di radio, televisioni, giornali e Internet finiva così per esacerbare gli animi in entrambe le fazioni. Essendo per sua natura la pedofilia un crimine invisibile, se non agli occhi dei carnefici e delle vittime, i media, che si nutrono solo di ciò che è visibile, si misero subito alla ricerca dell'immagine giusta.

Dapprima tergiversarono sui volti dei presunti carnefici, ritratti al momento dell'arresto. Ma, a parte la Wangari, gli accusati non offrivano nulla da spolpare alla voracità mediatica: sui prelati era calata una cappa di reticenza totale, e i volti di Niva Beghetto e Maria Pellegrini apparivano insignificanti come le loro vite, inutilmente esaminate in ogni piega. Niente, lì proprio non c'era niente da addentare. Le loro erano biografie scheletriche. Fino al giorno dei primi sospetti a Brescia, sembravano aver condotto la più normale delle esistenze. Anzi, sembravano non essere nemmeno esistite.

A quel punto, non potendo raffigurare l'atto, e non trovando di che sfamarsi nei carnefici, i media, sempre alla ricerca dell'immagine giusta, si volsero dall'altra parte e la trovarono infallibilmente nell'immagine delle vittime.

Così, a partire da fine gennaio, cominciarono a diffondere con ripetitività liturgica una foto di classe dei bambini vittime dei presunti abusi. La foto, scattata in occasione della recita scolastica del dicembre precedente, veniva riprodotta con i volti cancellati, secondo quanto imposto dalla legge. Si vedevano una trentina di bambini vestiti da angioletto, diavoletto, pastorella, bue, asinello, da re magi e da membri della sacra famiglia, tutti invariabilmente con il volto sfigurato da una sgranatura. Dei cerchietti rossi attorno a quelle testoline sfocate evidenziavano gli accusatori, ossia le presunte vittime.

Ma della loro identità non rimaneva niente, niente che potesse corroborare o sfatare l'accusa. Nessuna smorfia delle labbra, nessuna luce degli occhi, nessuna linea della fronte e della vita in cui si potessero divinare l'orrore, la colpa o il delirio. Soltanto cerchietti rossi. Tutto il mistero di quella terribile iniquità era racchiuso nei volti dei bambini, ma i volti erano spariti, inghiottiti in una piccola turbolenza cromatica. I lettori, i telespettatori, i navigatori di Internet rimanevano per ore a interrogare quei volti abrasi dalla legge sulla tutela dei minori.

Ciononostante, sarebbe inesatto sostenere che in quei giorni convulsi i media non diedero voce alla razionalità scientifica, e anche al suo metodico scetticismo. Soprattutto la stampa quotidiana pubblicò numerosi interventi di autorevoli psichiatri e criminologi, che diffondevano dubbi sulla solidità dell'impianto accusatorio. "La Repubblica", in particolare, diede ampio spazio a queste posizioni più caute (le testate con più forte radicamento a Nord, quali "Il Giornale", "Libero", "La Padania", avevano invece sposato la crociata antipedofili), ben riassunte da un lungo articolo dello psichiatra dell'età evolutiva Massimo Ammaniti, apparso in prima pagina nell'edizione del 10 febbraio.

Proprio elevando a valore emblematico la foto di classe scattata durante la recita natalizia, Ammaniti spiegò che la debolezza dell'impianto accusatorio dipendeva dal suo fondarsi esclusivamente sulle accuse dei bambini. E dei bambini – nemmeno dei bambini, commentò qualcuno – non ci si poteva fidare: le loro erano, effettivamente, accuse senza volto.

Innanzitutto, non ci si poteva fidare perché i ricordi degli abusi, riaffiorati in seguito allo scandalo, non erano sempre attendibili. La memoria, spiegava Ammaniti, è un fenomeno contorto. Spesso capita, anche nell'esperienza ordinaria, di aver l'impressione di ricordare fatti che sono invece frutto di una ricostruzione fittizia. Quando poi, in particolar modo nei bambini, la rievocazione si riferisce a eventi con una forte connotazione emotiva, quali abusi e violenze, l'attivazione inconsapevole di distorsioni, alterazioni o soppressioni è addirittura la regola.

Negli anni Novanta, ricordava lo psichiatra, una ricerca condotta negli Stati Uniti sotto la direzione del professor

Ceci aveva confermato tutto questo. Un campione di bambini dai tre ai cinque anni era stato sottoposto a una normalissima visita pediatrica, per poi essere ripetutamente interrogato, nei mesi successivi, su ciò che era successo in quell'occasione. Gradualmente i bambini, suggestionati ad arte dagli adulti, avevano introdotto interpretazioni terribili: avevano riferito di presunte violenze, durante le quali il medico avrebbe infilato loro con forza bastoni nella vagina o nell'ano. Più di un bambino aveva perfino sostenuto che il medico gli aveva serrato il collo con una corda, come nella tortura medioevale della garrota.

La ricerca aveva così dimostrato in maniera inequivocabile che, se interrogati ripetutamente, i bambini, per sottrarsi all'angoscia da interrogatorio, cercano di rispondere in modo da soddisfare le attese degli adulti, anche quelle inespresse. Poi, nel corso del tempo, diventano sempre più convinti della veridicità di ciò che hanno raccontato. Non diversamente da come noi adulti, troppo spesso, diventiamo l'uomo o la donna che immaginiamo di essere.

Nel caso di Bergamo, così come in altri casi precedenti, poteva essere avvenuto un "contagio dichiarativo". I genitori, dopo essersi scambiati informazioni assunte come vere, terrorizzati da immagini di stupro, potevano aver innescato nei figli fantasie allineate con le proprie aspettative, piuttosto che con la realtà degli accadimenti. In questo modo, in totale buona fede, la piaga della suggestione diventava autosuggestione. Il cerchio onirico si chiudeva. L'effetto, rinculando, produceva la propria causa.

Questo possibile crampo mentale scaturirebbe da una preoccupazione morale assolutamente apprezzabile: la vittima, con le sue ragioni e i suoi dolori, deve venire prima di tutto. Purtroppo, però, in molti casi la perversità delle cose di questo mondo fa sì che la vittima venga dopo. In seconda battuta.

L'indubitabile sofferenza psichica dei bambini di Bergamo potrebbe essere stata causata, infatti, dallo stress dovuto al calvario d'interrogatori, visite mediche e ansie famigliari in cui sono stati trascinati. A traumatizzarli potrebbe esser stato non lo stupro ma il fantasma dello stupro, e addirittura un fantasma non loro ma dei loro genitori. Tecnicamente, questa evenienza in psichiatria si definisce "vittimizzazione secondaria".

Per quanto possa apparire incredibile, troppe volte l'esperienza ha dimostrato che esiste una sola cosa che fa più rumore mentale dell'orrore, ed è il terrore. Troppe volte si è osservato, d'altronde, che i loro effetti sono identici. Il terrore non sempre segue l'orrore. È anche in grado di precederlo. A volte ciò che viene dopo si rivela più antico di ciò che viene prima. Ed è così che scopriamo di vivere alla periferia della nostra stessa sofferenza, mentre il suo centro rimane ostinatamente vuoto.

Ciò di cui bisogna diffidare più di ogni altra cosa sono i racconti "a cascata". Bisogna diffidarne perché, nelle storie di abuso, la coerenza narrativa è altamente problematica. Le persone abusate ondeggiano sempre tra convincimento e non convincimento, il che rende loro molto difficile costruire racconti coerenti. Inoltre, il trauma può essere espresso più facilmente tramite sensazioni e immagini che non con parole e con significati. Non a caso, nella diagnosi della sindrome post-traumatica da stress (PTDS) è sempre centrale la presenza di esperienze di flashback, ricordi non integrati nella coscienza quotidiana che, proprio per questo motivo, riemergono come sintomi intrusivi.

Bisogna diffidare, più di ogni altra cosa, dei racconti

“a cascata”, perché la memoria traumatica non è narrativa. Il trauma, è bene non dimenticarlo mai, non fa romanzo.

Personalmente, ricordo con chiarezza che proprio la lettura di questo articolo, rigorosamente improntato all'oggettività del linguaggio scientifico, produsse in me uno dei momenti di più intensa commozione di quei giorni.

Meditando sulle parole di Ammaniti, non riuscivo a smettere di compiangere quelle piccole vittime della violenza condannate a non avere che frammenti di memoria, e dunque a non avere che frammenti di trama. Per questo morivano – mi dicevo – un poco ogni giorno: perché non potevano più mettere assieme l'inizio con la fine.

“La Repubblica” non fu l'unico giornale a dare spazio a interventi come quello del professor Ammaniti, ma la cosa non sortì alcun effetto. Per quante occasioni di meditazione offrissero i giornali, per quanti inviti alla cautela diffondessero gli esperti, il 7 febbraio, alle 23,30, illuminata dai riflettori a schiaffo degli studi di *Matrix*, apparve sugli schermi di Canale 5 Marisa Comi.

La mamma della piccola Margherita non spiegò, non argomentò, non condusse nessun ragionamento. Non lo fece perché non ne aveva bisogno. Lei era una donna che aveva sofferto, una madre straziata, e tutto ciò che disse si basava sull'incontestabile autorevolezza della sofferenza.

“Ho molto sofferto e, dunque, ho diritto di parlare.” Questo fu il pulpito di pietra su cui s'innalzò la sua testimonianza. Sì, perché, memore dell'insegnamento dei fedeli dello Spirito Santo, questo fu ciò che fece quella sera la signora Comi: portò la propria testimonianza. "Ho vissuto, ho sofferto, ho qualcosa da raccontare." A questo formidabile bastone si sostenne tutto ciò che disse.

Verso la fine della trasmissione, dopo un lungo preambolo, Enrico Mentana, in nome della completezza d'informazione, ordinò alla regia di mandare in onda delle immagini che lui stesso definì "sconvolgenti".

Gli spettatori di *Matrix* videro allora la piccola Margherita che, sola nella sua cameretta, ignara di essere ripresa, afferrava la testolina del suo cucciolo di Golden Retriever e se la conficcava nella conca degli inguini. Lo faceva ripetutamente, una, due, tre volte. La testolina del cane scompariva tra le gambe della bambina. La sua coda mozzata fremeva, asfissiata, davanti alla telecamera, in cerca di ossigeno.

La messa in onda di quelle immagini suscitò un breve scandalo. Le associazioni a tutela dell'infanzia e dei consumatori chiesero le dimissioni del direttore di rete, un deputato dell'opposizione promosse un'interpellanza parlamentare, qualche editorialista si disse sconcertato. Poi, alla fine, tutto rientrò. Come sempre.

Nelle settimane successive, le perizie condotte dalla dottoressa Sommadossi sui racconti dei bambini proseguirono. L'indagine, però, dovette allargarsi. Altri cinque bambini si aggiunsero infatti ai primi accusatori, e così il numero degli allievi della scuola Rodari che denunciavano di aver subito violenze dalle maestre e dai preti del Seminario Vescovile salì.

Avvenne, inoltre, proprio ciò che il professor Ammaniti aveva paventato: vennero i racconti "a cascata", e il pubblico ministero li prese per veri. Su quella base fu inoltrata al giudice per le indagini preliminari la richiesta di custodia cautelare per Stefano Modotti, padre di ben due dei piccoli accusatori.

Il GIP accolse la richiesta del PM. Stefano Modotti fu arrestato il 14 febbraio nel suo appartamento di via del Carmine. Si dichiarò innocente, al pari di tutti gli altri indagati.

Su Bergamo calò allora una sorta di coprifuoco mai dichiarato. Si cominciò a vivere sotto il peso di una minaccia da incursione aerea. La città intera sembrò fermarsi, le famiglie persero la loro coesione, le strade la loro vivacità. Al tempo stesso, però, si andò rafforzando la sensazione che il temuto bombardamento fosse già avvenuto. Non un solo edificio della città, alta o bassa che fosse, era stato abbattuto, eppure tutto pareva ridotto in uno stato di disordine, tutto pareva andato in rovina. La cittadinanza, senza alcuna distinzione, affogava in una tristezza mortale. I bambini si ritrovarono improvvisamente separati dai genitori, le mogli dai mariti, i fratelli dai fratelli.

In quei giorni, scossi dai fremiti per una sciagura che non si sapeva più se collocare nel futuro o nel passato, gli uomini persero il loro coraggio naturale e, non sapendo più quale consiglio seguire, vagavano disperati strisciando contro i muri, simili a ciechi che inciampino ad ogni passo nella propria paura e nelle proprie contraddizioni. Intanto, quelli che ieri seppellivano, oggi venivano seppelliti.

****

A Bergamo, dopo la puntata di *Matrix* del 7 febbraio, tutti i giorni erano divenuti giorni di mercato. Il mercato si teneva al Caffè del Tasso. Per questo motivo, io avevo smesso di andarci.

I giornalisti che vi si riunivano quotidianamente divenivano infatti sempre più numerosi, al punto che la sala in fondo al locale era oramai quasi riservata a loro. La preclusione al pubblico non era stata decretata in modo formale, ma gli avventori abituali evitavano spontaneamente di sedersi in quella zona, consapevoli del fatto che lì si trovava uno dei principali focolai dell'epidemia di terrore che si andava diffondendo in città. Sotto la grande volta sedevano infatti, perfettamente a loro agio, giornalisti che, pur essendo l'indagine ancora nella sua fase istruttoria, si erano augurati per i pedofili di Bergamo "la morte necessaria, comune, piovuta dal cielo" ("La Stampa"), o che, dopo aver citato il Vangelo, avevano pubblicamente espresso "il desiderio di cancellare per sempre dalla faccia della terra simili personaggi" ("Corriere della Sera").

Il mercato era cominciato nel momento in cui i pool legali di accusa e difesa avevano intuito che sarebbe stato molto più pratico andare a offrire i loro servigi direttamente al Caffè del Tasso. Evitando così pudori inutili e dannose lungaggini, gli assistenti degli avvocati entravano al Tasso e contrattavano con il miglior offerente la cessione dell'ultimo raccolto di "sensazionali rivelazioni".

Il 18 febbraio ricevetti una telefonata da Gramellini, il quale mi chiese con insistenza di fare un salto al Tasso. Sapeva benissimo, mi disse, che non volevo occuparmi di quella storia, e rispettava la mia volontà, ma Vidotto aveva scovato "qualcosa di davvero importante". Ci andai.

Non scrivevo più un articolo da settimane e non potevo continuare a opporre rifiuti al giornale. Così, almeno, mi raccontai per giustificarmi con me stesso. In verità, speravo che quel "qualcosa di davvero importante" fosse il fantomatico video girato dai pedofili. Tutta la città ne vociferava e tutta la città, me compreso, si augurava pubblicamente che non esistesse, mentre in segreto desiderava di poterci mettere gli occhi sopra. Questo accadeva non per malvagità ma per sfinimento: lo sforzo che la mente collettiva stava sostenendo per immaginare quelle scene di orrore costantemente alluse, mimate, riferite, ma mai davvero viste, si andava facendo letteralmente insostenibile.

Persino io, in quel momento, mi sentivo portato a credere che il desiderio di assistere allo stupro dei bambini, magari anche soltanto un istante, per poi subito voltare lo sguardo, non si dovesse a ignobile morbosità, ma a spossatezza: l'istinto di sopravvivenza di una popolazione stremata da fantasie terrificanti chiedeva di poter sfuggire all'orrore affondandoci dentro. Meglio vedere – anche se si trattava di vedere l'orrore – piuttosto che dover continuare a immaginare l'inimmaginabile.

Al Caffè del Tasso, assieme a Vidotto, trovai ad attendermi uno dei legali delle presunte vittime. L'avvocato, una donna in tailleur poco più che trentenne, ci condusse in un appartamento in affitto che si trovava nello stesso stabile del Caffè del Tasso, due piani più su. Lì, nei pressi della chiesa di Santa Maria Maggiore e a pochi passi dal Seminario Vescovile, gli accusatori avevano posto il proprio quartier generale. In prima linea.

Mentre entravamo, l'avvocatessa sottolineò con un sorriso l'ironia del destino: l'appartamento, come buona parte degli immobili di Città Alta, apparteneva alla curia, ignara del fatto che i locatari le avrebbero mosso causa per un risarcimento miliardario. Ciò detto, tornò seria e si diresse verso un televisore al plasma. Quindi tornò a voltarsi verso di noi, rigirandosi tra le mani un DVD e una rivista.

Per un attimo mi convinsi che quel dischetto argentato contenesse l'orrore. Mi sedetti preparandomi a venirne schiantato. D'improvviso, il senso d'angoscia per quel ricordo d'infanzia che da settimane sentivo di dover ritrovare m'invase come mai prima d'allora. Ebbi una brevissima allucinazione, visiva e uditiva. Vidi il solito uomo in camice verde che m'infilava un uncino nel naso, vidi la solita corsia d'ospedale, udii la voce di mio padre: "Il colera... è di lì che escono i morti... il selciato è sudicio..." Poi vidi soltanto una tenda di fettucce di plastica colorata oscurare una chiazza di sole su un pavimento in battuto di calce. All'apparire della goccia di sangue che, come in una scena al rallentatore, si allungava, elastica, attratta dalla forza di gravità, fui colto da un senso di deliquio. Mi abbandonai volentieri a quell'esperienza di quasi morte, alla sua voluttuosa sensazione di annientamento.

Il dischetto argentato non conteneva l'orrore. L'avvocatessa stava presentando il filmato mostrandoci un lungo servizio dedicato da "Oggi" al "caso Bergamo". Il servizio, corredato dall'immancabile foto dei bambini con i volti cerchiati di rosso, oltre che da parecchi racconti, numerose didascalie e da una ventina di scatti fotografici, era incentrato su due giovani donne, entrambe carine, entrambe bionde, entrambe corrucciate. Erano due mamme che avevano accettato di farsi ritrarre a volto scoperto per dare più forza all'accusa dei loro figli, un maschietto e una femminuccia. Li stavamo per vedere nel filmato.

Prima di accendere il televisore, l'avvocatessa ci fece promettere che non avremmo fatto menzione di quell'incontro. La nostra fonte doveva rimanere segreta. Ci stava fornendo uno scoop, ma per farlo stava violando ogni deontologia professionale. Quel filmato avrebbe dovuto essere nelle mani del PM. Insomma, stavamo facendo un'autentica porcata. Detto ciò, ci assicurò che di lì a pochi secondi avremmo osservato i bambini mentre fornivano evidenze incontestabili degli abusi subiti, ma soprattutto li avremmo uditi accusare direttamente don Mariano Presti ("l'uomo nero") e Mati Wangari ("la maestra nera"). Li avremmo uditi "fare i nomi".

Scese il buio. Il filmato partì.

> Due bambini. Un maschietto e una femminuccia. Lui moro, lei bionda. Entrambi nudi, entrambi adagiati su un lettino di faggio chiaro con tutti gli spigoli arrotondati e la testiera imbottita. Nessun trauma possibile, nessuna contusione permessa. Adamo ed Eva nel Paradiso Terrestre della Foppa Pedretti.
>
> Incoraggiato dalla mamma bionda e carina ("Facci vedere, facci vedere cosa ti hanno fatto, piccolo mio"), un maschietto di circa cinque anni si getta sulla femminuccia. Le sfrega il bacino contro l'osso pubico. Lui simula l'atto sessuale come può farlo un bambino di cinque anni (il movimento desultorio di un verme di una ventina di chili), lei piange davvero. Una scena pornografica di amore umano, ma immaginata da un cane.

Me ne andai prima che si arrivasse al momento in cui i bambini avrebbero dovuto fare i nomi.

Ricordo distintamente che, mentre scendevo le scale,

mi dissi: basta, mai più! Questa è l'ultima volta che ti lasci invischiare.

Arrivato in piazza Vecchia, mi sentii aggredito dal bisogno di qualcosa di estremamente futile. Smaniando come un pazzo avanti e indietro sulle pietre antiche, gettai un occhio alla vetrina di un negozio di abbigliamento. Erano gli ultimi giorni dei saldi invernali. Del resto, avevamo avuto un febbraio così mite che molti alberi erano già in fiore.

Chiamai un taxi e mi feci portare all'Orio Center, il grande centro commerciale sorto nei pressi dell'aeroporto per il turismo da shopping intensivo. Da quando la Ryanair aveva fatto base lì, dal Regno Unito atterravano quotidianamente tre voli di inglesi, gallesi e scozzesi che scendevano a Bergamo giusto il tempo di fare compere, bere qualche birra in città e poi tornare a casa carichi di meraviglie a basso costo.

Mi aggirai per ore nei corridoi di quella cattedrale in cartongesso sorretta dall'aria condizionata. Rimasi lì fino alle dieci, ora di chiusura. Comprai di tutto, perfino un paio di mocassini sfibbiati.

Cenai da solo in un ristorante Tex-Mex. Sarei rimasto più a lungo, se avessi potuto. Galleggiavo etereo in quel vuoto che mi spingeva al passaggio veloce, al provvisorio programmato, all'effimero eternato, a compiere i gesti di un commercio muto, di un consumo del presente. Per qualche ora fui grato a quel paradiso dello shopping che non prometteva niente. E manteneva la promessa.

Tornato a casa, purtroppo commisi l'errore di sentirmi solo. Accesi la televisione. Mi apparve un essere viscido.

Puntava una bacchetta da meteorologo su una serie di vignette che illustravano il "caso Bergamo". Ogni riquadro rappresentava, con il tratto del fumetto per l'infanzia, un episodio dell'"atroce vicenda" – così, almeno, la definì lui, che delle atrocità era il banditore. Tutte le stazioni della via crucis che, secondo la ricostruzione dei magistrati inquirenti, dovevano aver condotto le piccole vittime dalla scuola alla stanza delle torture, stavano lì disegnate con una linea senz'ombra. Come in un albo di Tintin. L'uomo con la bacchetta da meteorologo le passava in rassegna a una a una. Con metodo, con professionalità, con gusto. Poi deponeva la piccola asta di frassino, si fregava le mani e si asciugava con un fazzoletto la bava agli angoli della bocca.

Rabbrividii, ma non riuscii a spegnere la televisione. Mi sentivo parte di una comunità di milioni di uomini e donne che, come me, stavano inorridendo davanti a quell'oscenità. Il loro disgusto era il mio disgusto. La mia ripulsa per me stesso era la loro ripulsa. Non ero più solo. A un tratto mi parve di capire: quell'essere abietto con la bacchetta da meteorologo non era un accidente del caso, non era un mostruoso scherzo della natura. Era il centro pulsante della nostra società.

Bisognava arrendersi all'evidenza. Così andava la nostra vita in quel primaverile febbraio, mentre i mandorli fiorivano con due mesi di anticipo: trascorreva placidamente tra le frenesie diurne dello shopping e i brividi notturni di tremori mediatici. Di giorno marinavamo l'ufficio per correre ad accaparrarci un girocollo in cachemire a prezzo di saldo, la sera ci precipitavamo davanti alla TV a bamboleggiare con l'orrore. Le due cose, per quanto mi disturbasse ammetterlo, erano collegate. Così era la nostra vita in quella falsa primavera. Pendolava tra due prospettive egualmente spaventose, anche se apparentemente contrapposte: la banalità ininterrotta e un terrore inconcepibile. Quella era la nostra vita e, per quanto ci ripugnasse ammetterlo, ci stava bene così.

Quanti dei miei fratelli di quel momento, che a milioni, dispersi nelle pianure e sui colli dell'intero Paese, guardavano gli orrori di Bergamo istoriati sullo schermo della televisione – quanti di loro provavano davvero terrore e pietà, pietà e terrore?

La verità era che a tutti noi i fumetti erano sempre piaciuti. I quartieri residenziali sognavano la violenza. Addormentati nelle nostre villette, protetti dai benevoli centri commerciali, con la politica ridotta a caos e la democrazia all'erogazione di luce e gas, tutti noi aspettavamo pazienti l'arrivo d'incubi che ridessero un po' di energia alle nostre vite. L'*anchorman* della nostra falsa primavera, con quella sua bacchetta da meteorologo puntata sull'orrore, era sì l'uomo senza un messaggio che aveva trovato il suo deserto. Ma il suo deserto eravamo noi.

Per parte mia, tutto ciò che nei giorni seguenti mi riuscì di fare, leggendo gli articoli del professor Ammaniti o seguendo le trasmissioni televisive sulla "scuola degli orrori", fu di pensare che un qualche trauma dovevo averlo subito anche io. Ne accusavo, oramai, molti sintomi: vissuti intrusivi, stordimento, confusione, condotte di evitamento, incubi, insonnia, irritabilità, ansia. Soprattutto, però, mi affliggeva il fenomeno dei flashback aggressivi manifestatosi per la prima volta a dicembre e ora entrato in una fase acuta, quasi parossistica.

I ricordi intrusivi della mia infanzia non mi assalivano più soltanto al risveglio, oppure di notte, in forma di incubi violenti e stranianti che mi lasciavano l'inquietante sensazione di aver sognato i sogni di un altro. Ora, con sempre maggiore frequenza, si presentavano anche in pieno giorno.

Entravo al Caffè del Tasso, il figlioletto di una coppia di turisti tedeschi sfuggiva al controllo dei genitori zampettando verso di me, e io, d'improvviso, mi rivedevo bambino correre allegramente incontro a mio padre. Il quale, però, mi freddava con un rimprovero perché avevo già bruciato nel flipper le cinquanta lire del fine settimana. "Le hai già sprecate? Lo sai che tuo padre se lo suda il denaro?" Erano trascorsi trent'anni da quel dimenticato microtrauma infantile, eppure le parole di mio padre mi ferivano ancora.

"Professore, le faccio il caffè?" mi chiedeva il proprietario del Tasso, e io mi aggrappavo al bancone per non crollare. Rimanevo lì, muto e desolato, abbattuto sul mio ultimo metro da una reprimenda di mio padre che credevo persa nella memoria.

Oppure poteva accadermi che, mentre facevo lezione a duecento studenti sull'avvento delle televisioni commerciali private al principio degli anni Ottanta, d'un tratto fossi assalito dall'immagine di un bimbetto biondo che, disperatamente, cercava uno sguardo amorevole negli occhi di una suora, tra i banchi minuscoli del metodo Montessori nell'asilo di SS. Maria dei Miracoli a Venezia, a metà degli anni Settanta. Così, un attimo dopo, il professore universitario quarantenne tornava ad avvertire un'urina antica inondargli il sottocoscia di un fiotto caldo, munto dallo sguardo di una suora casta e sterile di nome Lorenza, oramai già sepolta da anni, che un tempo aveva ricambiato il suo innamoramento infantile.

Queste immagini arrivavano sempre senza preavviso, con l'impeto di un assalto psichico e la vivacità dell'allucinazione. Mi colpivano, con la forza della loro inesorabile presenza, come oggetti contundenti, scabri, piatti, ottusi, scagliati da un irrintracciabile passato remoto. Echi lontani della contraerea di una guerra mai combattuta.

Ma peggio di queste schegge di memoria che mi si conficcavano d'improvviso nella pasta molle del cervello, erano i ricordi che non riuscivo a recuperare. Mi perseguitava infatti, con insistenza crescente, l'angosciosa sensazione di dover assolutamente ricordare una scena della mia infanzia, la quale però, pur premendo per riaffiorare, non riusciva a vincere la forza di gravità degli abissi della memoria.

Mi ritornava, a momenti, sempre e soltanto l'immagine confusa di quell'uomo in camice verde con i suoi uncini, di mio padre che ripeteva: "Il colera... esce di lì... il colera...", di una stanza immersa nel torpore canicolare di un Ferragosto mediterraneo, di un pavimento in calce chiazzato di sangue.

Era il calco psichico di un languore immemoriale che nessuna azione avrebbe potuto riscuotere dal suo sonno comatoso, eppure era un'immagine d'urto. Galleggiava per qualche secondo a pelo d'acqua, semisommersa, come la schiena di un cadavere trascinato dalla corrente. Poi un gorgo la richiamava.

Continuavo a star male. Gli incubi e le allucinazioni si rincorrevano. Trascorrevo intere giornate in casa, spesso davanti alla televisione. Ad affliggermi, oltre all'angoscia suscitata dal "caso Bergamo", c'era la depressione dovuta alla separazione da Martina. Dopo il nostro disastroso Capodanno alle terme era letteralmente scomparsa, portando via dalla casa di Milano buona parte dei suoi vestiti. I genitori e la sorella si rifiutavano di darmi notizie, sostenendo che si sarebbe fatta viva lei quando lo avesse ritenuto opportuno.

In più, ci si metteva anche la routine accademica. La sessione di esami di gennaio mi aveva ridotto il morale in pezzi, come oramai accadeva regolarmente da quando gli studenti avevano smesso di studiare e noi professori di pretendere che studiassero. Per superare quei lunghi giorni di frustrazione, ricordo che provai perfino a usare il "metodo Barbieri".

Seguendo i consigli del mio anziano collega, interrogai nell'ufficio a porte chiuse, così che, ritrovatomi solo con le allieve, potei fantasticare di brutalizzarle sessualmente. Mentre la studentessa di turno si affannava, tutta trepidante, a rispondere alle mie domande, io smettevo di ascoltarla, la fissavo diritto negli occhi e immaginavo di passarle alle spalle, di piegarla in avanti e di prenderla da tergo sbattendola sulla scrivania. Mi vedevo mentre la penetravo con violenza, nemmeno volessi, passando attraverso le viscere, conficcarle il mio pene nel cuore. Lei rispondeva con uno slancio altrettanto veemente, poi tutto debordava in rantoli, urla, sconquassi. Eppure il corpo continuava a non c'entrare niente in quel teatro di eccessi. Vi presiedeva una sovrabbondanza d'anima, anima guasta. La mia.

Non fu affatto facile figurarmi la possibile reazione di quelle centinaia di ragazze diverse. Si rivelò uno sforzo d'immaginazione tremendo. Non ripagato da alcun piacere, devo confessare. No, non si trattava di piacere. Quantomeno, non di un piacere convenzionalmente inteso. Mi abbandonavo a uno stato drogato della mente, un delirio oniroide che si appagava nel ritrarsi in un immaginario del tutto personale, inaccessibile a chiunque, in un eccitarsi della mente in espansione che si mangia il mondo, fino al punto di massima dilatazione in cui non vi è nient'altro, fino alla periferia estrema in cui non s'incontra più anima viva. Era l'estasi di giungere al muro della perfetta solitudine.

Non accadde mai, come ipotizzato da Barbieri, che una studentessa particolarmente sensibile, o forse solo più sfacciata delle altre, "annusasse l'odore dei miei pensieri". Nessuna si zittì e, maliziosamente, mi chiese: "Prof, perché mi fissa in quel modo?" Ma io non me ne rammaricai affatto. Non mi sognavo nemmeno, infatti, di passare all'azione. Non era desiderio il mio. Era, al contrario, la sua più radicale mortificazione.

A peggiorare ulteriormente le cose giunse l'inizio dei corsi di febbraio, con i relativi ricevimenti studenti. Proprio nei giorni in cui Marisa Comi partecipò al programma di Enrico Mentana, ricordo che venne a trovarmi Giulia, la studentessa cui avevo assegnato una tesi su *Sex and the City*.

Giulia si era laureata brillantemente nella sessione di novembre. Ora, dunque, prima di prendere il largo verso il mondo adulto, tornava dal suo professore un'ultima volta. Gli studenti migliori – o anche soltanto quelli più appassionati – lo facevano sempre. Tornavano per ringraziare, certo, ma soprattutto tornavano per porre a quel professore che tante cose aveva insegnato loro l'unica domanda davvero urgente: venivano tutti, infallibilmente, a interrogarti sul senso della vita.

Tergiversavano, ammiccavano, ma poi tutti quanti, in un modo o nell'altro, t'inchiodavano a una richiesta impossibile: "E adesso... che faccio adesso?"

Era, quello, un attimo di sconforto plenario. Da due secoli, oramai, il romanticismo ci aveva abituati a vedere nella giovinezza la categoria dello spirito inquieto, tormentato e fecondo. Ma oggi, in quella balbettante richiesta di una direzione, in quel totale disorientamento rispetto al proprio avvenire, buttato lì distrattamente nei cinque minuti rubati al disbrigo di pratiche burocratiche, la giovinezza dei nostri studenti appariva sì ancora inquieta e tormentata ma, forse, non più feconda.

Quei ragazzi che blateravano per qualche secondo di un possibile soggiorno all'estero, per poi accennare subito dopo, e senza la minima convinzione, a un improbabile corso di specializzazione, a un lavoretto part-time, oppure a un impiego all'aeroporto di Orio al Serio e via dicendo, quei ragazzi che, ostentando un cinismo di cui non erano affatto all'altezza, biascicavano formule insensate come "esperto di marketing", "ideazione, programmazione e organizzazione di eventi culturali", che si affidavano a programmi minimi di vita riducibili a insulsi protocolli linguistici, del tipo "conoscere qualcuno", "entrare nei giri giusti", "avere una piccola dritta" – quei ragazzi, purtroppo per loro e per noi, non si sentivano più, romanticamente, precari nell'esistenza. Si sapevano, ben più prosaicamente, precari nella società. E la prosaicità a vent'anni, io mi ostinavo a trovarla francamente delittuosa.

Il loro precariato era un Paese straziato, dove nessuna croce mancava, ma ognuna stava accanto all'altra come il frantume di una totalità perduta. La vita di ciascuno di noi era divenuta oramai un fatto privato. Ci si poteva girare attorno, ma il guaio era questo.

Il finto dialogo sul futuro tra i ragazzi e il loro professore rendeva giustizia a quella vita deprivata di ogni appartenenza a un destino comune ma, al tempo stesso, le faceva torto. Sì, perché in quei momenti l'ufficio del professore non assomigliava nemmeno lontanamente al porto da cui giovani uomini e donne avrebbero preso il mare verso la loro vita a venire. Assomigliava molto di più alla maleodorante polla di affioramento degli sconforti, dei risentimenti, delle frustrazioni dell'individuo contemporaneo. Tanto la loro domanda quanto la mia risposta avrebbero tracciato la rotta di una vita destinata a rimanere senza biografia. E di una chiacchiera insulsa, una *folie à deux* battezzata dal vento della dissipazione.

Con Giulia, la mia bella e brava studentessa, non andò diversamente. Salvo che, in quel caso, provai ad applicare anche con lei il "metodo Barbieri". Mentre quella giovane donna promettente balbettava progetti sul suo futuro improbabile, io fantasticavo di fottermela lì sul posto. Feci ogni sforzo per visualizzarla mentre la penetravo da dietro. Arrivai perfino ad alzarmi e ad aggirarla, col pretesto di prendere un libro dallo scaffale alle sue spalle.

Intravidi un orlo di mutandina rosa spuntare dai calzoni a vita bassa, un finto fiocchetto vezzoso stampato sul cotone da un macchinario industriale. Intravidi la scanalatura tra le natiche segnare la via per un possibile istante di godimento, per l'attimo di libertà assoluta che talvolta, in rari momenti di gioia, la voragine del sesso sa aprire nell'ordine del lavoro. La intravidi, ma non mi ci tuffai.

Quando Giulia se ne andò, rimasi lì a chiedermi se il non averlo fatto mi avesse meritato la sua gratitudine, o se invece il mio impulso sessuale non fosse l'unica misera cosa che avrei potuto offrirle in cambio della sua malriposta fiducia nella mia capacità di mostrarle il futuro. Avevo la sensazione che abbandonarmi all'istinto di profanarla – di questo e non d'altro si sarebbe trattato – sarebbe stato grossomodo tutto ciò che avrei potuto fare per lei.

Decisi di consultare uno psichiatra. Presi appuntamento presso il dipartimento di Neuroscienze cliniche alla sede di Villa Turro dell'ospedale San Raffaele di Milano, e chiesi a Francesco Volpi di accompagnarmi.

Conoscevo quel centro di cura perché ero già stato un suo paziente dieci anni prima, alla metà degli anni Novanta, allorché, vittima di attacchi di panico, ero entrato nel programma sperimentale del gruppo di studio sui disturbi d'ansia diretto dal professor Smeraldi. Conoscevo la quiete catatonica dei giardinetti dell'ex casa di salute mentale di Villa Turro, alle spalle di via Padova, ma chiesi comunque al mio amico di accompagnarmi: speravo che la sua rassegnata bonomia potesse far parte della terapia.

Lo psichiatra non era lo stesso che mi aveva curato un tempo, ma trovò comunque la mia cartella clinica negli archivi. Gli esposi i miei nuovi sintomi. Menzionai anche la separazione da Martina e le fantasie sessuali sulle studentesse. Lui annotò tutto senza interloquire, com'era nello stile della scuola organicista di Smeraldi. Si limitò a chiedermi se avevo un'erezione durante le fantasie e se poi mi masturbavo. Negai entrambe le circostanze. Il corpo mi pareva non avesse alcun ruolo in quella strana specie di eccitazione. Si trattava di un puro stato di voluttà mentale.

Il professor Ceriasi – così si chiamava – consultò il *Manuale statistico e diagnostico dei disturbi mentali*, poi concluse che avevo bisogno di riposo: soffrivo di stress acuto.

La vicenda dei presunti abusi ci aveva turbati tutti – mi disse mettendosi anche lui nel conto –, in più io dovevo elaborare il lutto della separazione da Martina. Oltre a delle pastiglie di Prazene da assumere in caso di stati d'ansia, Ceriasi mi prescrisse il Seroxat, un antidepressivo che agiva sui ricaptatori della serotonina. Non avrebbe comportato effetti collaterali, tranne, forse, un'ostinata anorgasmia pur in presenza di erezione. Ma anche quella – mi assicurò il dottore – sarebbe scomparsa una volta che il medicinale fosse entrato in fase di tolleranza.

Francesco era lì ad attendermi nella sala d'aspetto. Quando gli riferii la diagnosi e i possibili effetti indesiderati del farmaco che mi era stato prescritto, lui rise. "Altro che effetti indesiderati! In quelle condizioni faresti felice qualsiasi donna. Se Martina lo viene a sapere, vedrai che torna."

Mi costrinsi a ridere del suo forzato buonumore. Durò poco. Non appena uscimmo all'aperto, nel piccolo parco antistante l'edificio, l'amigdala mi segnalò un pericolo non ancora identificato da qualche parte in un angolo del mio campo visivo. Questa volta non si trattava di un immotivato vissuto di quasi morte, e nemmeno dell'improvvisa irruzione di un ricordo intrusivo. Era una persona in carne ed ossa a vibrare di minaccia alla periferia del mio sguardo: Marisa Comi stava fumando su una panchina a lato del vialetto di ghiaia che tagliava in due il parco.

La mia coscienza comandò al corpo di evitarla, ma i miei occhi furono calamitati dai suoi e le mie gambe mossero nella sua direzione come attratte da un magnetismo terrestre. La signora Comi si alzò e mi venne incontro.

Non ci eravamo più parlati dalla sera di novembre in cui l'avevo accompagnata a casa dopo la riunione. Sembrò lieta di avermi incontrato. Le presentai Francesco e scambiammo qualche parola di convenevoli. Poi mi spiegò il motivo della sua presenza lì. Margherita, sua figlia, era in cura presso l'équipe di psichiatri dell'età evolutiva del San Raffaele. In quel momento si stava sottoponendo a una delle due sedute settimanali di psicoterapia.

La madre, purtroppo, non era ammessa. Quei quarantacinque minuti di attesa erano uno strazio, al punto che per sopportarli aveva perfino ripreso a fumare. Un vizio al quale aveva rinunciato da quasi sei anni oramai, dal primo giorno in cui la futura mamma aveva appreso che la sua bambina le stava crescendo nel ventre. Ma avrebbe volentieri sopportato qualsiasi sacrificio per lei, anche un cancro ai polmoni. La piccola aveva conosciuto l'inferno, eppure i medici non disperavano, con la dovuta assistenza, di poterla guarire. Sarebbe stato un lungo calvario ma ce l'avrebbero fatta. Quei dottori erano tra i migliori al mondo.

E poi, a vegliare su tutti loro, ci sarebbe stato l'enorme angelo in vetroresina che don Verzé, il fondatore del complesso ospedaliero, si era regalato per il suo ottantottesimo compleanno. La statua, grazie a una gru dotata di un braccio di centoventi metri, per circa dieci minuti aveva volteggiato nel cielo prima di essere posta a cinquantadue metri di altezza, sulla sommità della cupola del nuovo dipartimento di Medicina molecolare di Cascina Gobba. Misurava otto metri per un peso di oltre tre tonnellate. Quando, nel giorno della posa, spentasi l'eco dell'inno nazionale intonato dalla fanfara dell'aeronautica militare, era finalmente calato il lenzuolo che copriva l'essere alato, a lungo tutti erano rimasti in silenzio ad ammirarlo, come incantati dal quel gigante bianco. Quasi sperando che l'angelo, con il suo indice alzato verso il cielo, le ali bordate d'oro raccolte lungo i fianchi, e nella mano sinistra il pesce che nel racconto biblico guarisce il padre di Tobia, dispiegasse tutti i suoi dieci metri di apertura alare e spiccasse il volo per tornarsene nell'azzurro del cielo da dove era venuto.

Era davvero una statua meravigliosa! Avevano perfino studiato un nuovo composto di resine e fibra di vetro per rendere quella creatura alata forte e resistente alla corruzione del vento e dell'acqua. Lo sapevo che era stata una ditta di Bergamo a realizzarla?

Toccava a me, adesso, parlare. Spiegai alla signora Comi perché anche io mi trovassi lì. Avrei potuto evitare di farlo, ma ricordo che mi sembrò preferibile all'eventualità di dover continuare a discutere dell'angelo in fibra di vetro.

Quando ebbi terminato un breve e reticente resoconto dei miei problemi psichici – questa volta omisi di riferire le fantasie sessuali – Marisa Comi sospirò.

"L'ho capito fin dal primo momento che lei ci sarebbe stato vicino," mi disse. Soltanto allora notai che il rictus che la obbligava a mordersi in continuazione il labbro era sparito.

Ci salutammo. Prima di congedarmi le diedi un mio biglietto da visita dell'università. Le scrissi perfino il mio numero di cellulare sul retro del cartoncino, e la invitai a contattarmi senza esitazioni nel caso le fossi potuto essere utile in qualsiasi modo.

Un attimo dopo aver compiuto quel gesto assurdo, già mi stavo chiedendo perché lo avessi fatto. Forse volevo esorcizzare l'anomalia di quella situazione con un normale gesto di cortesia. Magari, invece, era stata soltanto un'elementare solidarietà nei confronti di un essere sofferente a suggerirmelo. Oppure, più verosimilmente, a soffrire ero io.

Andandomene, mi voltai. La signora Comi era tornata a sedersi sulla panchina. Si era accesa un'altra sigaretta.

Marisa Comi mi telefonò quella sera stessa. Era da poco passata mezzanotte quando il cellulare, silenziato, vibrò sul tavolino di vetro che usavo per stipare giornali e riviste accanto al televisore.

La nostra fu una conversazione brevissima. Ricordo con esattezza ogni parola di quello scambio di battute.

"Professore, sono Marisa Comi. È a Bergamo?"

"Sì."

"Allora la prego, venga da me, Margherita sta male."

"Non c'è nessuno con lei, signora Comi?"

"No, sono sola in casa." Poi scoppiò a piangere. Represse i singhiozzi e trovò la forza di aggiungere: "Forse non c'è più nemmeno Margherita."

"Non si preoccupi. Arrivo," mi sentii dire. Ebbi l'impressione che la mano di un burattinaio invisibile fosse salita dagli intestini a titillarmi le corde vocali per costringermi a pronunciare quelle parole.

Nei pochi minuti necessari a raggiungere via Sant'Alessandro, mi chiesi ad ogni passo cosa avesse potuto intendere Marisa Comi con quella frase enigmatica. Margherita era morta? L'avevano rapita gli orchi? La piccola era impazzita dal dolore? Era impazzita la madre? Avrei dovuto chiamare aiuto?

Giunto davanti al portone, suonai, quindi salii una rampa di scale sulla destra. Quando arrivai all'appartamento, trovai la signora Comi ad attendermi sull'uscio. Indossava una camicia da notte di raso bianco e fumava. Senza dire una sola parola, mi fece strada in corridoio. Lo stesso corridoio che avevo visto nel filmato in cui la piccola Margherita urlava nel sonno.

In fondo al budello lungo e stretto, la porta della sua cameretta era aperta. Di lì, però, non sarebbe uscito nessuno: Margherita era nel mezzo del corridoio. Stava ritta in piedi, immobile, le mani abbandonate lungo i fianchi, i grandi occhi blu sgranati. Fissava uno specchio a figura intera distante non più di due centimetri dal suo naso.

"Margherita?"

Fui io a pronunciare il nome della bambina. Lo pronunciai – credo – per scacciare il panico. Mi sentivo preda di una fortissima vertigine. Temevo di svenire. Avrei tentato qualsiasi cosa pur di cancellare quella scena.

"Margherita?"

Ricordo che, quando pronunciai per la seconda volta il suo nome, mi chiesi se il piccolo essere umano disanimato che fissava la propria immagine riflessa in uno specchio senza dare il minimo segno di vita fosse davvero la bambina che rispondeva al nome di Margherita Comi. In fondo, era la prima volta che la vedevo di persona.

"Non la sente... Non la sente. Se n'è andata," si disperò la signora Comi.

In quel momento, come se avesse udito il pianto di sua madre e avesse voluto confortarla con un cenno di presenza, la piccola si mosse. Un istante più tardi sia io sia sua madre avremmo desiderato che non l'avesse mai fatto.

La bambina stava divaricando la bocca all'inverosimile, fino a far scomparire il naso e ridurre gli occhi a una fessura. Ma quella caverna apertasi nel mezzo della sua faccia sarebbe rimasta vuota ancora per poco. La piccola ora la riempiva con le proprie mani. Strette le dita della mano destra in un piccolo pugno, tentava forsennatamente di infilarselo in bocca. Sembrava volesse divorarlo e, al tempo stesso, usarlo tutto intero per colmare la voragine delle proprie fauci spalancate. Per quanto piccolo, però, quel pugno proprio non riusciva a superare la muraglia dei denti.

La signora Comi si addossò alla parete del corridoio, scivolò lungo il muro e si accasciò sul pavimento. Lo fece con metodo, per evitare di svenire peggiorando così la situazione della figlia. Sapevo che avrei dovuto soccorrerla, ma quella smorfia orribile che la bambina stava facendo di fronte a uno specchio era più di quanto anche io potessi sopportare. Mi parve di perdere il senno.

Sta fingendo, sta fingendo, mi ripetevo. È tutto un grande inganno, mi dicevo. Sta provando le smorfie di dolore che poi dovrà recitare davanti ai magistrati per sostenere l'accusa.

Ma non era possibile fingere una cosa del genere. Quello che avevamo davanti – io in piedi, sua madre distesa sul pavimento – era il terrore dell'infanzia che squarcia la verità.

Sono stato bambino anche io.

Ecco, avevo trovato. A questo pensiero ricordo che mi calmai. La piccola Margherita non mentiva, non fingeva, non diceva nemmeno la verità. Davanti a quello specchio, perduta in una golena crepuscolare, stava solo tentando di accertarsi di esistere. E lo faceva nell'unico modo in cui era possibile farlo: attraverso il dolore.

"Non si spaventi, signora Comi, sua figlia non è impazzita. È soltanto sonnambula. La porti con delicatezza in bagno e le faccia fare la pipì. Vedrà che poi si calmerà," dissi alla madre sconvolta.

D'un tratto mi ero ricordato che la mia, di madre, mi aveva raccontato di aver scoperto per caso quel rimedio empirico, durante una notte di terrore nella quale il bimbo sonnambulo ero io. L'accorgimento si rivelò efficace anche con la piccola Margherita.

Dopo che la bambina fu tornata nel suo lettino, la signora Comi mi pregò di trascorrere la notte in casa loro. Fumammo assieme una sigaretta, in cucina. In silenzio. Poi la signora Comi scomparve nella camera matrimoniale disertata dal marito. Io mi coricai sul divano in salotto, senza spogliarmi.

Ricordo che pensai che non avrei chiuso occhio. Dormii, invece, un sonno profondissimo. Un sonno senza sogni, si sarebbe detto. Più probabilmente, però, dovetti avere degli incubi troppo sconvolgenti da potersi ricordare al risveglio.

La mattina successiva, infatti, trovai sul mio avambraccio i segni di un morso. Riconobbi in quel semicerchio di puntini iniettati di sangue l'andamento irregolare della mia tormentata arcata dentale.

Anche se nessuno lo sa, il bambino ha un radar incorporato. È un dispositivo infallibile, un transistor invisibile piantato in mezzo alla fronte, un sistema di ricognizione notturno con un unico scopo: rilevare posizione e distanza del corpo della mamma. Si attiva, infatti, quando il bambino chiude gli occhi e si addormenta nella cameretta con l'abbaino.

Funziona così: non appena il bambino sprofonda nel sonno, un trasmettitore emette, a intervalli regolari, un impulso a onde psichiche che viaggia nello spazio alla ricerca del corpo della mamma. Subito dopo l'emissione, l'antenna innesca un ricevitore che si mette in ascolto dell'eco riflessa. L'intervallo tra emissione e ritorno dell'eco dà la distanza del corpo bersaglio. L'impulso viaggia sempre, infatti, alla stessa velocità. La velocità della luce.

Anche la mamma, del resto, si trova sempre allo stesso posto: oltre la parete dell'abbaino, oltre il disimpegno con la lavatrice, oltre la parete della camera da letto, c'è il lettone con i pomelli d'ottone. Lì dorme la mamma. Tre metri, due pareti, pochi secondi d'attesa. Eppure quell'intervallo è un intervallo infinito, l'interstizio tra le due stanze un'interca-

pedine sconfinata, l'attesa del ritorno dell'eco una speranza sempre delusa. Sono pochi metri, pochi secondi, eppure il radar del bambino affida ogni notte agli spazi siderali delle galassie interstellari sempre quell'unico messaggio disperato rivolto alla sua mamma: "Il mio sogno di te non è finito."

Quando giunge l'impulso di ritorno, la situazione, invece di migliorare, precipita. L'eco del corpo della mamma trasforma lo spazio che lo separa da quello del figlio in una massa opprimente. Il vuoto si fa pieno, il nulla si condensa, si rapprende, si pietrifica, e il macigno grava sulla mente del bambino. Ora il radar cambia funzione: ora misura un sisma. Ora le onde psichiche che si propagano dalla fronte del bambino sono onde di terremoto. L'epitalamio è l'ipocentro, l'osso occipitale la faglia, la generazione improvvisa. L'abbaino oscilla avanti e indietro, nella stessa direzione di propagazione dell'onda, la crosta terrestre vibra e si spacca, le placche tettoniche vanno alla deriva sotto la superficie dei continenti.

Il materiale in cui l'onda si propaga, per compressioni e successive rarefazioni, è però la pasta psichica, pasta molle, di una mente di bambino. Al confronto di questo sommovimento, sono eventi secondari i cedimenti del terreno, le inondazioni, i maremoti, i crolli di dighe e ponti, le gravi distruzioni e perdite di vite umane. Sprofondi pure il mondo se, crollando, seppellirà il bambino sotto il corpo della mamma.

Ma non accade. La terra trema. Sì, la terra trema, eppure è uno soltanto a esserne squassato.

La mamma, intanto, è sempre più preoccupata. Le notti in cui la terra trema, il bambino non urla nel sonno, non cammina, non piange. Fa tutto un sonno filato fino alla mattina. Quando però suona la sveglia al quarzo delle sei e mezzo, la mamma lo trova disteso al suolo. Compito, le mani lungo i fianchi, i piedi gelati, dorme schienato sulla mo-

quette amaranto. Sembra un cavaliere disarcionato, un incidentato, sembra un corpo sbalzato dal letto. Il letto, però, è intatto.

A mali estremi, estremi rimedi. Appena il papà parte per un viaggio, la mamma porta il bambino a dormire nel lettone accanto a sé. Prima, però, chiude a chiave la porta e mette la chiave sotto il cuscino. Non ha vie di fuga, in questo modo, il piccolo sonnambulo.

Lui adesso, prigioniero, dorme beato. Aspetta il sonno e spera che la mamma si accenda un'altra MS. *Lei fuma, lì accanto, distesa sulla schiena. Il bambino si orienta nella tenebra del cosmo grazie alla brace rosseggiante di quella sigaretta.*

Poi, una sera, mentre guarda la televisione, si aprono gli sportelli della credenza del salotto. Si aprono da soli, si richiudono, sbattono. Cadono anche i vasi di porcellana di Capodimonte.

"Mamma, il terremoto!"

Sono le 21,06. La terra tremerà per diversi minuti, ma il bambino non ci ha messo nemmeno dieci secondi a proclamare il terremoto. Lo ha riconosciuto subito. Non è nemmeno tanto spaventato. Lo ha annunciato con l'aria rassegnata di quello che, tanto, lui già lo sapeva, e ve lo aveva pure detto.

Si scappa a piedi giù per le scale dell'antico palazzo. Scappano la mamma, il bambino, il fratello maggiore di un anno. Il papà non c'è. Lui è in viaggio di lavoro in India, in Messico, forse in Cina, e alla mamma tremano le gambe.

"Non aver paura, mamma," le dice il bambino, grande esperto di terremoti, "tanto poi passa."

Trascorrono la notte sulle gondole ormeggiate all'imbarcadero di campo Santa Sofia. L'acqua è il posto più sicuro, dicono tutti. Infagottati in coperte di fortuna, ci si assopisce cullati dal beccheggio delle acque di laguna. Il cielo è striato da strani bagliori, i colombi sciamano a stormi disegnando ellissi perfette, le stelle brillano a intermittenza come navicelle spaziali.

"Hanno avvistato un mostro marino a San Stae," dice un uomo, scherzando, alla signora vicina, e indica la curva lì in fondo dove il Canal Grande si perde. Lei lo zittisce con la mano e indica gli occhi sgranati del bambino.

Ma il bambino non ha paura del mostro. Magari venisse davvero il grande drago marino! Magari sbarcassero davvero gli extraterrestri nel deserto del Messico. Perché ci hanno soltanto sfiorati, per poi tornarsene indietro? Perché ci hanno lasciati qui soli a tremare, scossi dai sussulti di questa terra maligna?

Guarda ancora, il bambino, dalla parte di San Stae, dove il canale curva e scompare. Poi si addormenta, accasciato sul corpo della madre. L'ultima immagine è quella di un'acqua nera dove niente affiora. Una delusione cocente.

MARZO

Una sorta di Giudizio Universale anticipato. A questo sembrava averci sottoposto il combinato composto di visibilità mediatica e di quella ammorbante sensazione di "colpevolezza diffusa". La nuova versione dell'antico senso del peccato.

Sì, perché fin dall'inizio delle indagini la magistratura inquirente, sollecitata dall'AGEB, l'Associazione dei genitori dei bambini di Bergamo, aveva imboccato la pista di una presunta rete allargata di complicità con i pedofili da parte di personalità molto influenti in città. Il pubblico ministero Piero Gatti aveva perciò chiesto, e ottenuto, dal GIP di poter mettere sotto controllo un numero elevatissimo di utenze telefoniche.

La stampa, del resto, era stata ben lieta di seguire la magistratura nella sua linea d'azione, e aveva collaborato sottoponendo a scrutinio il passato e la vita intima di moltissimi personaggi in vista della Bergamasca, anche se apparentemente estranei a ogni collegamento con la vicenda. A partire da gennaio, ampi stralci di conversazioni private, sebbene irrilevanti dal punto di vista penale, erano stati trafugati dai corridoi del palazzo di giustizia ed erano finiti sulle prime pagine dei giornali locali.

Fin qui, niente di sorprendente: si trattava, in fondo, soltanto di una replica su scala locale di ciò cui l'opinione pubblica si era da tempo abituata ad assistere a livello nazionale. Se in un passato remoto il potere si era fondato sull'arcano, oramai si rifondava, infatti, sull'osceno. Da parecchi anni l'istituto cattolico della confessione era chiaramente diventato un metodo di governo: finite le ideologie, con la complicità diretta o indiretta dei media, ora i politici di ogni schieramento rinnegavano disinvoltamente il proprio passato, abiuravano i propri errori, ostentavano i propri vizi, dichiaravano le proprie peggiori intenzioni, ricevendo da un'opinione pubblica assuefatta una generosa assoluzione plenaria. Invece di rischiare la vergogna si era scelto di confessare spontaneamente e in anticipo ogni colpa. Ovviamente, si trattava di una confessione che non purificava la coscienza. La cancellava.

Ma la cosa straordinaria che accadde a Bergamo fu che, dopo l'apparizione televisiva di Marisa Comi, l'esame di ogni aspetto della vita privata si estese anche alle persone comuni e, di pari passo, si diffuse anche la disponibilità ad esibirla. D'improvviso, ci ritrovammo tutti immersi in una sfera sociale essenzialmente pornografica. L'attrazione generale nell'orbita dello scandalo dei pedofili stregò il nostro occhio, spingendoci a guardare al mondo come se si trattasse di un corpo nudo, all'esistenza nostra e altrui come a una figura erotica da possedere visivamente.

Ma l'aspetto più sconcertante di tutto ciò fu che la gente si prestò con zelo a questo sbraco generale. Capitava di continuo di accendere la televisione e di vedere nei talkshow dei canali locali madri di famiglia che rivelavano lo sporadico tradimento del proprio marito, uomini di Chiesa che ammettevano spontaneamente i loro desideri impuri, figli che confessavano di aver fantasticato di ammazzare i propri genitori.

Di questo passo, presto ogni segreto sarebbe stato rivelato, ogni carnalità denudata, ogni peccato proclamato. Ci si addestrava a vivere in un mondo a brache calate. Un mondo privo d'inconscio, perché in esso ogni rimosso allegramente zampillava nella loquacità di massa. Tutto il nostro passato, tutto quello che avevamo fatto o che eravamo stati, ci sarebbe stato imputato mentre eravamo ancora in vita. Il Giudizio Universale, se mai si fosse celebrato, sarebbe stato soltanto una replica.

Al solo pensiero ci avrebbe dovuto cogliere la vertigine: chi di noi avrebbe potuto reggere il peso di tutto se stesso agli occhi del mondo? Invece, malauguratamente, troppi di noi da quell'oscena esibizione si sentirono affrancati.

Accadde, per esempio, che durante uno di quei deliranti talk-show Marzia Tomei, una bella ragazza castana di ventitré anni, dichiarò con aria da penitente di aver avuto una relazione con un suo professore. A suo dire, la relazione era stata breve e priva di conseguenze, ma era cominciata prima che la ragazza si laureasse. La qual cosa, verosimilmente, l'aveva aiutata a ottenere i massimi voti, poiché il docente era poi stato anche il suo relatore di tesi. Era iniziato tutto quando, durante un esame, lui le aveva rivolto una pesante avance sessuale e lei l'aveva accolta. Il professore in questione era Matteo Barbieri.

L'episodio, sebbene piuttosto insignificante, suscitò l'interesse dei media. Barbieri decise di difendersi. Rilasciò a un giornale locale una sciagurata intervista, nella quale rivendicava il diritto di amare qualsiasi donna adulta il suo fascino personale riuscisse a sedurre. Accusò l'opinione pubblica di sessuofobia, si sforzò di confutare il senso comune secondo il quale la studentessa sarebbe stata in suo potere e, in polemica aperta contro quello che definì un "puritanesimo strisciante", arrivò perfino a menzionare alcune foto osé che la ragazza, totalmente disinibita sul piano dei comportamenti sessuali, si sarebbe lasciata scattare dal suo amante.

La procura di Bergamo, per niente convinta delle argomentazioni di Barbieri, aprì un'inchiesta. Nel successivo consiglio di facoltà, il preside di Lingue e Letterature straniere mise all'ordine del giorno una discussione sui provvedimenti da adottare nei confronti del collega. La circostanza non aveva precedenti: in qualunque altro momento l'istituzione accademica, non avendo fra l'altro strumenti punitivi per sanzionare questo tipo di condotte, avrebbe atteso gli esiti dell'indagine giudiziaria. Ma in quel momento il pettegolezzo e lo scandalo sembravano l'unico modo di regolare i rapporti interpersonali.

La cosa fu resa ancora più assurda dal fatto che, prima di arrivare all'argomento della presunta circonvenzione sessuale, quel giorno l'assemblea dei professori di ruolo di prima, seconda e terza fascia dovette discutere le misure da adottare per fronteggiare gli ulteriori duecentocinquanta milioni di tagli alle spese ordinarie previsti dall'ultima Finanziaria. Si sarebbe stati costretti a risparmiare su luce, acqua, gas, cancelleria. Per fare più di due fotocopie si sarebbe dovuto firmare un apposito registro specificando la motivazione, per ottenere una risma di carta da stampante sarebbe stata necessaria un'autorizzazione scritta del preside. Sì arrivò perfino a inserire i rotoli di carta igienica tra le spese di cancelleria imputabili ai singoli docenti. I bagni degli studenti, infatti, ne erano sempre privi.

Fu in questo clima grottesco che ci si apprestò a discutere dell'eventuale censura da infliggere al collega. Quando si giunse al punto, Barbieri chiese di parlare per primo. Gli fu concesso. Si oppose a che la discussione avvenisse, sostenendo che la vita sessuale dei docenti e la loro moralità personale non dovevano essere giudicate in quella sede.

Quando il preside insistette perché si procedesse secondo l'ordine del giorno, intervenne Francesco Volpi. Come sua abitudine, tentò una mediazione: invitò tutti a non perdere la calma e si disse certo che un dialogo civile tra persone che si stimavano reciprocamente avrebbe senz'altro fugato i miasmi "esalati dalla palude mediatica". Molti dei presenti si dichiararono d'accordo. Barbieri, però, lasciò la sala. Infuriato, uscì lanciando incomprensibili minacce.

Il giorno dopo Matteo Barbieri si recò dal magistrato, assistito dai suoi legali, per una deposizione spontanea. Era un venerdì. Il 14 marzo. Il lunedì successivo un nucleo operativo della polizia postale ispezionò l'università su mandato di Marco Ponchielli, magistrato della procura di Bergamo. Gli esperti informatici analizzarono per ore tutti i computer del personale docente e ne sequestrarono alcuni in vista di ulteriori accertamenti da condursi nei laboratori della questura.

Due giorni più tardi, domenica 16 marzo, ricevetti nel mio appartamento la visita di Francesco Volpi. Non appena entrò, mi bastò un'occhiata per capire che non avevo più di fronte la persona che conoscevo. Si era rasato a zero i pochi capelli che gli rimanevano e non staccava gli occhi dal pavimento. Era venuto a dirmi che la mattina dopo si sarebbe consegnato alla polizia.

I tecnici informatici della questura avevano trovato nel suo computer tracce di materiali pedopornografici. Non foto, quelle no, ci tenne a precisare. Solo disegni e animazioni tridimensionali. Quelle non facevano male a nessuno. Potevi immaginare qualsiasi enormità, qualsiasi sproposito tra età, dimensioni, sessi, tra padri e figli, adulti e bambini, uomini e animali. Nessuno si sarebbe comunque fatto male. Erano tutte fantasie, solo fantasie. Ma per il magistrato non avrebbe fatto alcuna differenza. Lui non lo aveva mai nemmeno sfiorato un bambino. Lui era lo stesso uomo di prima, eppure adesso era un uomo dannato.

Francesco scrollò le spalle, col suo gesto abituale. Per un istante, sembrò quasi ritrovare quella sua benigna capacità di arrendersi alla vita.

"Tutto sommato, non sarà poi questo gran cambiamento," mi disse prima di andarsene. "Alla fine restiamo sempre quelli che siamo. L'unica cosa che può accaderci è di ritrovarci nudi. Ma, nudi o vestiti, restiamo sempre quelli che siamo."

Io non dissi niente. Non una parola. Ricordo che l'avrei voluto abbracciare. Ma non ne ebbi la forza. L'immagine di Margherita che si divorava il pugno nel sonno me lo impedì. Ebbi il terrore di dovermi rimproverare per sempre quel gesto di umana compassione nei confronti di Francesco. Ora so che non potrò mai perdonarmi per non averlo fatto.

Lunedì 17 marzo, alle tre e mezzo del pomeriggio, mi chiamò Enrico Mentana. Per ben tre volte lasciai che il telefono squillasse a vuoto. Potevo facilmente intuire il motivo della sua telefonata e ne ero inquietato. Alla quarta chiamata nel giro di mezz'ora, risposi.

Come avevo immaginato, Mentana voleva che partecipassi alla puntata di *Matrix* che quella sera stessa avrebbe dedicato al "caso Bergamo". La notizia dell'arresto di un professore della mia università per accuse collegate allo scandalo della scuola Rodari era stata battuta all'alba da tutte le agenzie di stampa. Era la notizia del giorno.

Cercai di sottrarmi, come avevo già fatto con Gramellini. Provai anche a obiettare che i due filoni d'indagine non sembravano affatto collegati. Ma il direttore dei servizi giornalistici di Canale 5 era chiaramente meglio informato di me: il fascicolo su Francesco Volpi era stato acquisito dal dottor Gatti, il pubblico ministero che indagava sulle accuse di pedofilia. Tentai allora di dichiararmi inadatto, ricusando da solo la validità della mia testimonianza in quanto amico di uno dei sospettati. Mentana sapeva anche questo. Mi disse che, se non avessi parlato io del coinvolgimento del mio amico e collega, ne avrebbe parlato qualcun altro. E sicuramente con minori riguardi. In più, aggiunse, io ero vicino anche alla principale accusatrice. Evidentemente le sue fonti lo avevano informato anche dei miei rapporti con Marisa Comi.

Presi tempo. Una parte di me spingeva ancora perché rimanessi fuori da quella vicenda. Ma era, oramai, una voce spossata, un'eco smorzata che si andava spegnendo. Un'altra voce, ben più sonora, avrebbe accusato d'ignavia quella finta neutralità. Avevo visto con i miei occhi la piccola Margherita torturarsi nel sonno, avevo visto con gli stessi occhi l'afflizione sul volto di Francesco, invecchiato di dieci anni in un solo giorno, dall'alba al tramonto. Non potevo più starne fuori. Non potevo, per il semplice fatto che ero già dentro. Soprattutto, questa seconda voce che m'ingiungeva di partecipare era molto più antica della prima. Veniva da lontano e portava con sé i sentori salmastri delle estati della mia infanzia.

Mi consultai con il rettore dell'università, un raffinato francesista che aveva dimostrato anche ottime capacità manageriali. Un uomo d'intelletto e di mondo. Gli parlai dell'invito di Mentana. Gli dissi che, a mio giudizio, ci si poteva fidare: non ci sarebbero state imboscate. Avevo da anni con il conduttore di *Matrix* un rapporto cordiale. Più di una volta avevo partecipato al suo programma, quasi sempre in occasione di puntate dedicate a fatti di cronaca nera. E puntualmente vi avevo criticato l'eccesso di attenzione riservato a quei fatti dai media, e l'eccesso di morbosa passione accordato ad essi dal pubblico.

Molti miei amici e colleghi mi avevano a loro volta criticato per questo: cercare di usare la televisione contro se stessa – mi dicevano – era una pia illusione nella migliore delle ipotesi, e una pelosa furbizia nella peggiore. Ma io, pur avvertendo sul palato il sapore rugginoso della contraddizione, avevo tirato diritto per la mia strada. Se non potevi scegliere il terreno dello scontro, eri quasi sicuramente destinato alla sconfitta. Questo lo sapevo bene anche io. Ma starsene a casa con un buon libro non avrebbe conquistato nessuna casamatta alla causa della corretta informazione e del pensiero critico. Anche se tutti noi uomini d'ingegno e di buona volontà avessimo tenuto spento il televisore ogni sera della nostra vita, saremmo rimasti comunque spettatori. Come sapeva bene qualsiasi autentico combattente, anche per sganciarsi dall'avversario bisognava combattere. Battaglie di sganciamento. Se solo queste ci rimanevano, queste avremmo combattuto.

Così, grossomodo, presentai la mia posizione al rettore. La metafora bellica, giunti a quel punto, mi pareva la più appropriata. Il rettore mi consigliò di accettare l'invito. Ci tenne a precisare che, a suo modo di vedere, qualunque cosa fosse accaduta alla scuola Rodari, eravamo senza dubbio di fronte a una tragica caccia alle streghe. Confidava in me – concluse congedandosi. Era certo che avrei trovato il modo per far ritornare la ragione.

Chiamai Mentana. Fu felice che accettassi il suo invito. Mi avrebbero prenotato un posto sull'aereo delle 19,25 da Linate. Ad attendermi a Fiumicino ci sarebbe stata un'auto che mi avrebbe condotto agli studi del Celio. Il programma sarebbe stato trasmesso in diretta a partire dalle 23,15. Oltre a me, vi avrebbero preso parte Massimo Panerai, presidente di una delle associazioni più agguerrite nella lotta alla pedofilia, l'attore Luca Barbareschi, che da bambino era stato molestato da un sacerdote, l'avvocato Paolo Setti, difensore di don Mariano, lo psichiatra Massimo Ammaniti, scettico riguardo alla solidità dell'impianto accusatorio, e, in collegamento da Milano, il professor Antonio Corna, che aveva visitato alcune delle presunte vittime. Dopo avermi illustrato il cast, Mentana volle sapere quale fosse la mia posizione: innocentista o colpevolista? Non glielo seppi dire. "Perfetto così," mi rassicurò lui.

Trascorsi tutto il tempo necessario alle operazioni d'imbarco cercando di comunicare con Martina. Invano. Il cliente chiamato non era al momento raggiungibile.

L'aereo, in compenso, era pieno come un uovo. Per un problema tecnico non meglio specificato, ci fecero attendere quasi un'ora sulla pista. Nella carlinga affollata, l'aria si fece presto irrespirabile. Dopo mezz'ora mi prese il panico e dovetti ricorrere alle benzodiazepine che lo psichiatra del San Raffaele mi aveva consigliato in caso di emergenza. Schiacciai due pasticche di Prazene sotto la lingua e dormii fino all'atterraggio.

Al risveglio, le palpitazioni e il vissuto di morte erano spariti. A sostituirli, però, c'era adesso quell'angosciosa esigenza di ricordare una scena della mia infanzia con la quale, oramai, convivevo quasi quotidianamente. Sapevo che mi avrebbe accompagnato finché la puntata di *Matrix* non fosse finita. O, almeno, lo sperai. Mi augurai che quel fiotto d'ansia squassante fosse dovuto al fatto di dover prender parte alla trasmissione e non ad altro.

Lungo il tragitto in auto dall'aeroporto accumulammo ulteriore ritardo. Dopo poco che ci eravamo lasciati Fiumicino alle spalle, più o meno all'altezza della Magliana, la circolazione cominciò a rallentare. La radio di servizio del taxi ci informò che c'era stato un incidente mortale. Ci trovammo presto incolonnati. Si procedeva a passo d'uomo.

Vedendomi smaniare attraverso lo specchietto retrovisore, l'autista cercò di rassicurarmi. Non era roba nostra, mi disse. Il "botto" era avvenuto sull'altra carreggiata. Noi eravamo soltanto imbottigliati in una coda di curiosi.

Dopo un quarto d'ora, misteriosamente, il traffico riprese a fluire. Eravamo arrivati al punto critico. Il morto era al nostro fianco, a pochi metri di distanza dall'abitacolo della nostra auto. Di lì in poi avremmo proceduto tranquilli. Restava solo una leggera foschia dovuta alla concentrazione dei gas di scarico.

L'autista cominciò a imprecare. Era sempre così. Ma lo

sapevo che le code di curiosi erano il principale fattore di rallentamento del traffico sul grande raccordo anulare? La colpa mica era di quelli che ci rimettevano la pelle. A intasare la città ci pensavano quelli sull'altra carreggiata, che si fermavano a godersi lo spettacolo. Sì, perché non era la pietà che gli faceva togliere il piede dall'acceleratore. Se c'hai pietà, non guardi. Se c'è tua madre, tuo figlio o tua sorella dentro il groviglio di lamiere, non guardi. Se guardi è perché pensi: tiè! Meglio a te che a me.

"È ancora come ai tempi dei gladiatori, dottò. Come dicevano quelli? Mors tua vita mia."

Guardai anch'io. Illuminato dai gruppi elettrogeni della protezione civile, vidi un pompiere intento ad arrampicarsi su un tir che aveva tamponato un altro bisonte della strada davanti a lui. Si cercava di estrarre il corpo del guidatore.

Ricordo che pensai: perché non lo lasciano lì? Perché insistere a volergli dare una bara di legno, se è già tumulato in un feretro di metallo contorto a misura del suo corpo? Poi girai la testa e chiusi gli occhi.

Li riaprii soltanto quando fummo all'altezza del Circo Massimo. Dopo pochi secondi l'auto s'inerpicò sulla collina del Celio. Sapevo che eravamo arrivati. I cancelli degli studi televisivi si sarebbero aperti per noi tra le mura del complesso monumentale di Villa Celimontana e della chiesa di Santa Maria in Dominica. Cioè, dove meno te li saresti aspettati.

Giungemmo pochi minuti prima dell'inizio della trasmissione. Non ebbi nemmeno modo di scambiare un paio di battute con Mentana, come facevo di solito. Giusto il tempo di essere microfonato e di prendere posto in studio accanto agli altri ospiti.

Un'assistente di produzione m'informo della novità: forse avrebbero mandato in onda un filmato registrato dalle telecamere di sorveglianza interna della scuola. Le immagini non erano chiare, ma alcuni ritenevano si trattasse della famigerata "prova video" della responsabilità delle maestre. Pareva che vi si riconoscesse l'insegnante di colore che conduceva fuori dalla scuola una bambina portandola in braccio. Ma stavano ancora aspettando l'autorizzazione della rete a trasmetterlo. La magistratura aveva saputo che erano in possesso di quel video, procurato chissà come, e aveva chiesto di acquisirlo agli atti. Per tutto il pomeriggio i legali del network avevano esaminato la questione con l'autorità giudiziaria.

La notizia riguardante la "prova video" mi gettò nuovamente nel panico. Per questo motivo, a esser sincero, ricordo ben poco di come si svolse la trasmissione. Vi presi parte dall'inizio alla fine, ma ne riportai soltanto qualche vaga impressione, scampoli di conversazione, tracce cancellate di cose viste o udite. Rimasi per più di due ore a cuocere sotto quei riflettori cubitali, capaci, con un clic, di generare un fasullo effetto-giorno anche in piena notte, eppure non ho ricordi più precisi di quelli che potrebbe aver immagazzinato uno spettatore che avesse assistito al programma sonnecchiando sul divano di casa.

Ricordo questa progressiva perdita di senso della realtà, questo scivolare in un orizzonte confusivo nel quale non soltanto non riuscivo più a distinguere tra una testimonianza autentica e una ricostruzione fittizia ma, addirittura, la distinzione cessava di sembrarmi pertinente.

A mano a mano che la trasmissione procedeva, ricordo un chiacchiericcio fitto, una nuvola di rumore bianco in cui i saperi complessi degli esperti degradavano al rango di opinioni estemporanee perché frammentati dall'imperativo del ritmo, sminuiti dall'incipiente stacco pubblicitario, banalizzati dall'improbabile confronto con il parere dell'uomo qualunque, interrotti dalla necessità del contraddittorio. Ricordo i pronunciamenti di psichiatri, criminologi, avvocati, scadere a futile emozionalità, a fugace vibrazione video. Ricordo l'impressione di scivolare in un flusso di comunicazione intrinsecamente ironico – nel quale chiunque parlasse, me compreso, intendeva sempre altro da ciò che diceva esplicitamente –, un rigagnolo di parole autoderisorie, una corrente verbale alla mercé della quale qualsiasi affermazione, anche la più seriosa, echeggiava la risata che ci avrebbe seppelliti tutti. Ricordo una sensazione quasi fisica d'immersione nel fiume di un divenire sciocco in cui non ci si bagna mai.

Su tutto, basse all'orizzonte, come un astro nero a illuminare un paesaggio da estinzione, ricordo rimbombare le parole urlate da uno degli ospiti: "Carni infette... Castrazione chimica... Pena di morte..."

Credo di aver parlato poco, molto poco, di aver perlopiù tergiversato, scansando le domande dirette. Non ne sono sicuro, perché non ho mai voluto rivedere la registrazione della puntata. L'unica cosa che so per certo è che la mia ansia cresceva via via che Mentana annunciava la probabile messa in onda della "prova video".

Mi sentivo sull'orlo dell'irreversibile. Avevo la sensazione che il mio corpo fosse diventato di sasso. Mi pesava perfino tenerlo fermo, a sedere. Avvertivo la sua massa irresistibilmente attratta dalla forza di gravità di un versante abissale. Ogni minimo movimento, quale l'accavallare le gambe o il girare la testa, si sarebbe potuto rivelare fatale. Resistere alla caduta era l'impresa di ogni momento.

Allo stesso tempo, la mia mente veniva risucchiata fuori dalla scatola cranica dalla non meno micidiale forza del passato. Il senso d'angoscia per quel ricordo d'infanzia che da settimane sentivo di dover ritrovare mi s'insufflava attraverso le narici, a frugare il cervello lungo la pista seguita dagli uncini dell'uomo in camice verde che da bambino mi avevano cercato, trovato e strappato le adenoidi.

Ad accrescere la tensione contribuivano sia l'approssimarsi dell'attimo in cui avrei dovuto fronteggiare la "prova video", sia gli occhi degli spettatori che ci fissavano dagli spalti riservati al pubblico in sala. Immaginavo lo sguardo di ciascuno di quegli uomini e di quelle donne moltiplicato per cento, per mille, per i milioni di spettatori che ci guardavano da casa. Perché ci fissano con tanta bramosia, quegli occhi? Perché tanto desiderio? Me lo chiedevo ogni volta che un ospite insisteva sui particolari osceni dei delitti terribili che era stato invitato a commentare, ogni volta che il conduttore agitava davanti al popolo televisivo lo spettro degli stupratori di bambini.

Perché – mi chiedevo – tutta questa gente vuole entrare nella "scuola degli orrori"? Perché implora i mercanti del tempio televisivo affinché gli vendano la sua dose di finta paura quotidiana, la piccola pillola di veleno senza la quale non riusciamo più a prender sonno?

Alla fine la presunta "prova video" non fu messa in onda. Il conduttore si scusò con il pubblico: la magistratura aveva inviato la polizia in studio e posto il filmato sotto sequestro.

Dopo l'annuncio, ci si avviò alla conclusione della puntata. Alla delusione seguiva la fine. Come sempre. Giusto il tempo per un ultimo giro di tavolo. Siate brevi, per favore. Due minuti a testa al massimo.

Fui lasciato per ultimo. Quando toccò a me, Mentana chiese al pubblico ancora un attimo di attenzione.

"Lei, professore," mi disse, "conosce di persona il principale accusatore, ma conosce anche uno degli accusati, un suo collega, un suo caro amico. Che idea si è fatto di tutta questa vicenda? Dobbiamo attrezzarci per andare a caccia di orchi, oppure stiamo solo conducendo una caccia alle streghe?"

La mia risposta richiese molto meno di due minuti. Feci parlare lo sconforto, l'angoscia e lo sconforto.

"Cosa vuole che le dica? Il Male esiste." Questo credo di essermi limitato a dire: "Il Male esiste."

Mentre partivano gli applausi del pubblico sui titoli di coda, mi parve finalmente di capire. Aveva ragione l'autista. Gli occhi di tutta quella gente erano magnetizzati da noi che stavamo lì a cianciare sotto i riflettori perché noi eravamo sul lato dell'incidente. La nostra era la carreggiata della morte violenta.

A milioni, davanti ai televisori, si compiacevano della sofferenza altrui, come quando rallentavano sull'autostrada per spiare i cadaveri straziati dal "botto" avvenuto sull'altra corsia. Gettavano uno sguardo fugace alla morte e sospiravano. È toccata a lui. Non a me. Grazie a Dio. Grazie a Dio. E vaffanculo. E ogni volta la loro fame di realtà insanguinata aumentava. E ogni volta la loro sazia pietà diminuiva.

Eppure non riuscivo a rimproverarglielo, il loro sguardo rapinoso. Era solo un espediente come un altro per tirare avanti. In fondo, quei milioni di telespettatori erano tutte brave persone. Grazie a noi che stavamo sul lato morto della carreggiata, dalla loro parte la vita era dolce, la vita era ebete, era stordita. Perfino la morte era dolce, in quella casetta di bambola illuminata dalla luce azzurrognola del televisore. Perfino la morte violenta lo era, perfino un cranio sfondato. Grazie a noi, pagliacci della morte, non c'erano bambini agonizzanti riversi nel proprio sangue da quel lato della strada.

Arrivato in albergo, riaccesi il cellulare che avevo tenuto spento durante la trasmissione. Apparvero decine di messaggi di conoscenti che l'avevano seguita. Li cancellai tutti senza leggerli. Mi limitai ad aprire il penultimo.

Diceva soltanto: "Grazie. Marisa Comi."

Prima di sciogliere sotto la lingua un'altra pasticca di Prazene e di sprofondare nel sonno, ne mandai uno a mia volta. A Martina.

Lo conservo ancora quel messaggio. Diceva: "Come te lo immagini il futuro dei nostri figli? Viviamo pure con lo sguardo a terra, schiacciato sul presente. Il mondo appartiene ai signori della guerra. Ti voglio bene, ma tutto ciò che ancora ci attende è l'incidente. Il futuro, quello non deve accadere."

Ora il bambino urla nel sonno. A squarciagola urla, a gola rotta. Tutti si svegliano nella grande casa su due piani. Il papà, la mamma, perfino il fratello. Ma lui no. Lui continua a dormire. Nel suo urlo il sonno si prolunga come un braccio teso a ghermire. A tutti si gela il sangue nelle vene. Ma non a lui. Le sue vene sono delle cannucce vuote, sangue lui non ne tiene più. Fino all'ultima goccia glielo ha succhiato il vampiro.

Tutti corrono, incespicando nel buio, verso l'abbaino dove dorme il bambino. Raggiunti da quell'urlo terrificante, corrono verso di lui e immaginano di trovarlo immerso in una pozza di sangue. Invece il bambino non è già più nel suo letto. Corre a sua volta, ma non va incontro a nessuno. Le vene svuotate, impazza esangue, indemoniato, per tutta la casa, ora divenuta una casa infestata. Quell'urlo, dappertutto, lo precede.

"Chiudete i cancelli, sbarrate le porte, arriva Dracula!"

Bisogna fare presto, fare presto, urla il bambino. Non c'è tempo da perdere: i morti hanno fame di vivi. Presto, presto, la vittima dissanguata è quasi sempre un bambino. Presto.

La storia è antica, viene di lontano: i re fanno il bagno nel sangue dei bimbi, le streghe rapiscono e smembrano le carni più tenere, gli stregoni ci impastano il pane del sabato, l'ostia pugnalata sanguina sangue di Cristo, sangue di Gesù Cristo, sangue di Gesù Bambino. Sì, è il bambino, proprio il bambino, è il bambino che hanno crocifisso sulla croce. Presto! Presto! Il Bambin Gesù è inchiodato ai legni della croce.

Il papà, la mamma, perfino il fratellino vorrebbero calmarlo. "Non è niente, non è niente," gli dicono con delicatezza, "non c'è nessun vampiro ai cancelli." Lui, però, non li sente, non li vede, non sa chi siano. Ma, anche se li vedesse, vedrebbe che portano tutti il terrore stampato in volto. Il terrore li ha contagiati, la gola squarciata è terrificata ed è terrificante. Suo il regno, sua la gloria, sua la potenza.

Poi, però, la campana del Duomo dove l'ampolla trattiene il sangue rappreso di san Pantaleone, il santo medico e martire cristiano, batte un rintocco che vanifica i morti. Il bambino d'improvviso si sveglia. Sono le tre e tutto va bene. La croce adesso è vuota.

La mattina seguente la madre si sforza di fare la madre e confessa il bambino.

"Ho sognato una goccia di sangue," le dice lui. In fondo alla piazza, nell'angolo protetto dal pino marittimo, c'è l'antro del vampiro dai canini aguzzati a filo di lima. Un bugigattolo seminterrato dove il mostro vive nascosto intrecciando cesti di vimini, impagliando e spagliando le sedie. Quando il pallone ci cade è perduto. Lì il gioco è finito. Lì piove la goccia di sangue. Nessuno s'avventura nell'antro. Una tenda di fettucce di plastica a oscurare la chiazza di sole. La goccia di sangue su un pavimento di battuto di calce. Questo soltanto ha visto il bambino. Poi non ricorda altro.

La mattina dopo il padre cerca di fare il padre e fa il gradasso. "Non devi aver paura di Dracula," dice al figlio. "Se viene, io lo prendo a cazzotti sui denti."

Da quel momento il bambino è terrorizzato anche di giorno. Ora che i "cazzotti sui denti" sono stati nominati, sa che arriveranno. Ma è certo che la punizione tanto severa sarà sempre subita, mai inflitta. La subirà suo padre. Chi evoca il Male ne sarà divorato, chi incontra la violenza ne sarà annientato. I carnefici sono sempre gli altri, su questo non ci si può proprio sbagliare: noi siamo le vittime.

Da quel giorno il bambino teme che a ogni angolo di strada qualcuno possa voltarsi e prendere suo padre a "cazzotti sui denti". Scruta con circospezione tutti i passanti, diffida di chiunque si avvicini. Le passeggiate si trasformano in un incubo a occhi aperti. Qualunque momento potrebbe essere quello buono, chiunque potrebbe essere l'uomo che prenderà suo padre a "cazzotti sui denti", lasciandolo a terra in una pozza di sangue. Il bambino arriva al punto di preferire quando il papà è lontano, in viaggio di lavoro. Fuori dal raggio dei suoi incubi starà più al sicuro.

Meglio se a portarli a passeggio ci pensa lo zio, il fratello della mamma. E non perché lo zio Franco è un maestro di judo – che tanto quando il vampiro arriva a chi tocca tocca –, ma perché almeno nella pozza di sangue del papà ci rimarrà lui.

Quando lo zio non c'è, il bambino oramai si rifiuta di uscire col padre. È un bravo bambino – la mamma glielo dice sempre – ma queste due cose proprio non le può fare: uscire col padre e passare vicino alla bottega dell'impagliatore. Ora, infatti, il bambino sogna sempre più spesso la goccia di sangue. Una chiazza di sole, una goccia di sangue su un pavimento in battuto di calce, davanti a una porta schermata da una tenda a fettucce di plastica multicolore. Questo è il modo in cui viene, di questi tempi, la fine del mondo.

Attraverso quella porta il padre e il figlio possono entrare soltanto come animali da macello, perché quello è il mattatoio del macellaio, lo scannatoio dello scannatore. Quasi ogni notte, oramai, il bambino passa rasente la porta, dalla porta esce un braccio, dal braccio si protende una mano. È la mano che afferra. Una mano unghiuta.

Quando finalmente il bambino confessa anche questo suo sogno alla mamma, la moglie aspetta che venga notte e poi parla a suo marito.

Il giorno dopo, il papà e il bambino attraversano la piazza del Vescovado fino all'angolo protetto dal pino marittimo. Si tengono per mano.

La mamma li aspetta davanti alla chiesa, quella con il sangue di san Pantaleone, glorioso martire cristiano. Ogni tanto il bambino si volta a cercarla con gli occhi.

"Vai, vai!" la mamma gli fa cenno a colpi di mento.

Arrivati sulla soglia, padre e figlio si arrestano, frenati entrambi dalla puzza. Il bambino vi annusa il fetore della frenetica, istintiva, irresistibile appetenza di sangue umano. Nel cranio dell'impagliatore – quella testa spaventosamente grossa, oblunga, dilatata – il bambino legge l'angolosa protuberanza dell'animo crudo, feroce e sanguinario.

Poi, però, il padre parla alla tenebra e il mostro allunga il collo. Allora il bambino scopre due occhi vuoti nelle orbite, due candidi globi molli senza nemmeno la puntura di spillo di una pupilla. In bocca all'impagliatore cieco il bambino scopre un sorriso roseo, senza denti, tutto gengive.

APRILE

La femmina d'uomo entra da destra nell'occhio della telecamera, spingendo su piccole ruote gommate un carrello metallico nel mezzo di centinaia di veicoli in sosta, anch'essi metallici ma a motore. È una femmina adulta di piccola taglia – al massimo cinquanta chili di peso – e fatica a far avanzare il carrello, pieno fino all'eccesso di cibi confezionati e inscatolati. Insiste, però. La raccolta è stata buona: la sua famiglia avrà di che nutrirsi per settimane. La raccoglitrice indossa calzoni a sigaretta e giacca con le spalline imbottite. I suoi capelli sono stati tagliati corti sulla nuca. È un esemplare femmina, ma è vestita e acconciata come un maschio. Prosegue il suo cammino ed esce a sinistra dall'inquadratura.

Dopo poco, dietro di lei, appare il cucciolo. Una bambina di circa cinque anni, centoventi centimetri di altezza e ventidue chili di peso, si trascina malvolentieri dietro la madre. S'intuisce che, stizzita, le urla perfino qualcosa. S'intuisce ma non si sente. La telecamera a circuito chiuso che sorveglia il parcheggio sotterraneo dell'ipermercato è priva di pista sonora. Nessuna traccia audio. Soltanto macchie visive in tutte le tonalità del grigio.

Nonostante questo, il video ci dice comunque che la piccola è bionda: i suoi capelli sono grigio chiaro.

La bambina si pianta. Punta i piedi, tende le braccia lungo i fianchi, stringe i pugni. Lascia cadere il gelato che teneva nella mano destra. Urla. Poi piange, strepita, attende. Urla ancora. La madre non rientra nel quadro. La madre non la sente. Nessun adulto le bada. Noi di certo non la sentiamo.

Da dietro un'auto di grossa cilindrata sbuca un altro cucciolo. Dello stesso sesso. Una bimba più grande d'età e più alta di cinque dita. Questa, però, è mora: i suoi capelli sono grigio scuro. Le due si parlano. La bimba bionda pare placarsi. La bimba mora raccoglie da terra il gelato lasciato cadere dalla sua nuova amichetta. Lo lecca.

Da dietro l'auto di grossa cilindrata ora sbuca anche un'altra femmina adulta. Non è la stessa di prima. Questa è un animale di grossa taglia, ha un'ampia gonna a campana che le scende fino alle caviglie, uno scialle colorato che si gonfia sul petto procace e una massa di capelli neri annodati dietro la nuca. Impugna un utensile affusolato, un bastone lungo e stretto con un manubrio ricurvo a un capo e una punta metallica all'altro.

Vedendola arrivare, la bambina bionda arretra di un passo. Quell'adulto della stessa razza umana, ma di una diversa specie, evidentemente la spaventa. L'adulto si china sul cucciolo, le parla, la tocca, la prende. Forse cerca di rassicurarla ma non è chiaro, non c'è sonoro. La voce si perde, anche l'espressione si perde. La telecamera a circuito chiuso del sistema di videosorveglianza non coglie le sfumature del volto umano. La sua ripresa è a bassa definizione. Per l'identità è sufficiente, ma non per l'intenzione.

Da sinistra, irrompe nel quadro l'altro animale femmina, la madre del cucciolo biondo. Il carrello è scomparso, la donna urla, blatera, inveisce. Il filmato, però, resta muto.

L'altra donna depone la bambina, scuote il capo, gesticola, porta le mani al petto, poi apre le braccia rivolgendo i palmi in alto. La bambina smarrita e ritrovata è ora tra le gambe della madre, ma la madre non demorde: urla ancora, minaccia con un dito teso, si sbraccia. Estrae un cellulare e compone un numero.

L'altra fa per andarsene. È sul punto di uscire dall'inquadratura sul lato destro. Ma la femmina adulta di piccola taglia, furibonda, la insegue. La afferra da dietro, le tira i capelli e la riporta nel quadro. La femmina adulta di grossa taglia si divincola, brandisce l'utensile a mo' di arma e colpisce l'aggressore con una stoccata all'altezza del capo. La punta metallica dell'ombrello perfora la parte molle. Passando l'occhio, si conficca nel cranio.

Questo filmato apparve per la prima volta alla televisione nazionale il 9 aprile del 2008 alle ore 20,00 in apertura del telegiornale di prima serata. Vi si vedeva il brutale assassinio di Maria Tirabassi, una giovane madre di Clusone, avvenuto il giorno prima nel parcheggio sotterraneo dell'Orio Center di Orio al Serio. Proprio grazie alle telecamere di sorveglianza del centro commerciale era stato possibile identificare, rintracciare e arrestare l'assassina in meno di ventiquattro ore: si trattava di Eleana Butinaru, una cittadina rumena residente nel campo rom di Seriate, pochi chilometri a sud-ovest di Bergamo.

A giudicare dal numero di volte in cui le immagini della colluttazione tra la Tirabassi e la donna che aveva avvicinato sua figlia nel parcheggio furono trasmesse e ritrasmesse in quasi ogni notiziario, programma di varietà o di approfondimento di qualsiasi rete nazionale o locale nei tre giorni successivi, si sarebbe potuto tranquillamente concludere che il dilemma tra sicurezza e libertà, tra sorveglianza e privacy, il conflitto che aveva agitato le società occidentali al giro del nuovo millennio, si era risolto una volta per tutte.

Avevamo deciso per la sicurezza contro la libertà, per la sorveglianza contro la privacy. Avevamo, in verità, deciso che si trattava di un falso dilemma, perché la violenza era la peggiore tra tutte le violazioni della privacy, perché non c'è più grave menomazione della libertà di quella operata dal crimine. Maria Tirabassi non era infatti più libera di fare niente. Era morta.

Il suo assassinio, l'assassinio di una giovane madre, commosse il Paese. La trasmissione della scena del delitto non ebbe, però, nulla a che fare con l'informazione. La fuggiasca fu sì catturata grazie al filmato, ma la sua messa in onda avvenne quando l'assassina era già in galera. Nonostante questo, a illustrazione della notizia dell'arresto, i telegiornali trasmisero e ritrasmisero quel filmato.

No, non si trattò d'informazione. Fu qualcosa di più. Fu un sospiro di sollievo che salì nel naso di milioni di cittadini. C'era qualcosa di solenne, di liturgico, quasi, nell'andamento ossessivo con il quale quelle immagini furono proposte e riproposte: si stava celebrando un rito collettivo di esorcismo del Male, si stava bruciando la strega. La messa di ringraziamento era stata officiata.

Ascoltando quel sospiro salire dalle case di milioni d'italiani, apparve evidente che il cittadino delle nostre società opulente non aveva più paura dell'occhio delle telecamere, che oramai accompagnava praticamente ogni suo gesto quotidiano. Al contrario, quell'individuo pacificato e inerme avrebbe confidato sempre più nelle onnipresenti tecnologie della visione per ricevere sollievo dalle proprie paure. D'ora in avanti il cittadino, mutatosi in telespettatore, avrebbe sperato, più che temuto, che su di lui si posasse l'occhio onnisciente di una telecamera, come un tempo si sperava nella custodia dell'occhio di Dio.

La violenza, oramai, la subivamo, oppure la delegavamo. In ogni caso, era sempre e comunque la violenza degli altri. Di fronte alla violenza, ci trovavamo completamente indifesi. Pensandola, ci sapevamo immaginare soltanto come vittime passive. Oppure come spettatori, altrettanto passivi. Di fronte alla violenza altrui potevamo perciò offrirci come pecore mute dinanzi al carnefice, o assistere con il fiato sospeso alla battuta di caccia. Quasi nessuno di quei milioni di spettatori atterriti avrebbe avuto nulla da rimproverare ai signori dei media che alimentavano a dismisura la paura. La paura era rimasta la sola grande passione della nostra vita.

Per questo stesso motivo, quei milioni di spettatori non avrebbero avuto motivo di biasimare gli uomini politici che si apprestavano a cavalcarla, la paura. La paura era infatti, oramai, anche l'unica molla collettiva ancora capace di smuovere l'elettorato. Il motivo era dei più elementari: in quella piccola porzione di mondo ammaliata dalla danza di morte sui televisori, si era raggiunto un livello di benessere insuperabile e senza precedenti. Al punto in cui si era, c'era tutto da perdere e niente da guadagnare.

Gli anni Ottanta erano finiti da un pezzo. E non sarebbero tornati. Non era più tempo di seduttori e di desideri, questo. Erano rimasti i seduttori, ma non commerciavano più in pulsioni di vita. Valeva ancora la stessa regola erotica che in passato aveva sempre funzionato per le fantasie sessuali, ma che ora si applicava non alle speranze, bensì alle paure: chi le avrebbe alimentate, sarebbe poi stato chiamato a soddisfarle.

Al diavolo chi sosteneva che non c'era nessuna orda di feroci razziatori in fondo alla pianura. Bastava aguzzare lo sguardo e l'avresti scorta, una qualche nube di polvere. E andasse al diavolo anche il grillo parlante che, indicandoti il polverone che correva a precipizio verso il nulla, laggiù in fondo alla piana nella luce incerta del tramonto, ti avesse chiesto: dove sei tu in quella corrente?

Con l'avvicinarsi delle elezioni del 13 e del 14 aprile, Bergamo ebbe un motivo in più per appassionarsi alle proprie paure: Eleana Butinaru, oltre a venir incriminata per omicidio volontario, fu anche accusata di tentato sequestro di minore. Lo zingaro rapitore di bambini era di nuovo tra noi. Anzi, non se n'era mai andato.

Si stabilì così un'immediata osmosi tra il compartimento della lotta politica e quello della repressione del crimine. Passando attraverso la sottile membrana dei media, la sostanza filtrava facilmente da una parte all'altra, dall'emisfero cerebrale sinistro a quello destro, dalla cella del detenuto al cubicolo dell'impiegato, dalla stanza buia degli incubi infantili alla cabina elettorale. Cambiava soltanto la sua concentrazione, ma il solvente era sempre la paura, la paura, ancora e sempre la paura.

L'osmosi della paura raggiunse il suo punto di perfezione durante il comizio di chiusura della campagna elettorale organizzato dalla Lega Nord venerdì 11 aprile. Sebbene a Bergamo la giunta comunale fosse di centro-sinistra, il partito d'ispirazione autonomista aveva da sempre un vasto seguito in città e in tutta la provincia. Ora puntava ad accrescerlo, cavalcando i cavalli di battaglia del risentimento nei confronti dello Stato centrale e del timore nei confronti della vita straniera, che minacciava di invadere il territorio avito da quando il mondo era divenuto un piccolo globo percorso da enormi masse di disperati migranti.

Era facile prevedere che i tribuni di quel popolo che si sentiva oscuramente minacciato non si sarebbero risparmiati nessun mezzo retorico per raggiungere i loro scopi: avrebbero soffiato con foga su tutto un cinerario di passioni spente. E le avrebbero risvegliate. Dalle faville sepolte sotto la cenere si sarebbero attizzati l'astio, l'invidia, lo sgomento. Tutto un ventaglio di passioni fredde, di passioni tristi. Ma pur sempre passioni.

L'occasione si presentava poi particolarmente propizia, poiché il comizio si poté svolgere in piazza Pontida, giusto al confine con il "quartiere degli immigrati" e a pochi passi dalla "scuola degli orrori" di via Greppi. Ora quella piazza dal nome tanto evocativo si candidava naturalmente a diventare il nuovo baluardo della resistenza a un'altra invasione.

Concludendo il comizio dell'11 aprile, il segretario cittadino della Lega Nord non esitò a confondere i tanti motivi spuri che nei mesi e nelle settimane precedenti avevano inquietato l'opinione pubblica bergamasca: lo spettro della pedofilia, il professore di sinistra che si scopre pornografo, pederasta o molestatore, la violenza degli immigrati assassini, gli zingari ladri di bambini e così via. Tutto si rimescolò nel suo eloquio che procedeva per mera agglutinazione, senza alcun bisogno di nessi logici, sintattici o narrativi.

Eppure l'oratore aveva ragione. Quel discorso confuso dava voce al pubblico cui si rivolgeva. La folla di popolani e piccolo-borghesi che lo ascoltava sotto il palco bardato a festa era riunita lì proprio in virtù di un'angosciante sensazione di universale confusione. Confusione tra maschi e femmine, tra italiani e stranieri, tra allievi e insegnanti, tra brava gente e malfattori. Ciò che univa quelle persone tanto diverse – i commercianti che evadevano il fisco in camicia verde, le casalinghe ammantate nelle bandiere recanti l'effige del cavaliere medioevale con lo spadone sguainato, gli operai passati dall'utopia comunista alla rivendicazione leghista – ciò che faceva di loro una comunità era proprio ciò che li angustiava: la mancanza di ogni chiara e comprensibile differenziazione. La confusione li isolava, li faceva sentire maledettamente soli a questo mondo, la confusione li univa. La confusione era il loro alfa e il loro omega.

Per uscire di lì, per rompere il cerchio vizioso dell'indifferenziazione, quegli uomini e quelle donne confuse dovevano passare all'azione. Ma in un mondo in cui i preti abusavano dei bambini, le maestre degli scolari, i professori degli allievi, in un mondo tanto confuso da consentire a una "schifosa zingara" di ammazzare una brava donna di Clusone, nessuna linea d'azione che agisse con efficacia e precisione sulle cause del male era concepibile. Si trattava soltanto di rispondere al richiamo oscuro di ciò che riunisce e mobilita, si trattava di andare fino in fondo con l'azione. Esser diventati folla non sarebbe bastato. Quegli uomini e quelle donne dovevano compiere ancora un passo: dovevano sollevarsi in una turba. Avevano un disperato bisogno di persecuzione.

Non ne poteva più, quella brava gente, di doversi identificare con la vittima. Sempre. Ogni volta che avveniva una rapina in villa, uno stupro, un ammazzamento. Sempre dalla parte della vittima. No, la misura era colma. Non sarebbero più rimasti impaludati in quella terra di nessuno tra la guerra e la pace, in quella maleodorante e subdola terra anfibia. Ora avrebbero provato anche loro il lato crudele dell'azione. Si sarebbero trasformati in una muta da caccia.

Non so se nella testa di qualcuno dei militanti che assistettero al comizio di piazza Pontida, suggestionati dalle parole dell'oratore e dalla spada di Alberto da Giussano, si siano davvero agitate fantasie guerresche di questo genere. E, d'altro canto, i responsabili degli atti violenti che si verificarono sul territorio di Bergamo nei giorni successivi non furono mai identificati.

Fatto sta che nei giorni che seguirono le elezioni politiche – vinte, come facilmente prevedibile, dai partiti del centro-destra – si ebbe notizia di un raid a colpi di mazza contro tre inermi immigrati rumeni nel quartiere della Malpensata; di un'aggressione con armi da botta ai danni di tossicodipendenti al parco Locatelli; di un assalto a sprangate con conseguenti trentacinque giorni di prognosi a un marocchino reo di aver inquietato delle italiane; del ricovero di un ambulante senegalese pestato da una pattuglia di "giustizieri" che avevano giudicato la sua merce troppo cara.

Insomma, non si sa che cosa pensarono gli autori dei raid, né se fossero alcuni degli uomini che avevano affollato piazza Pontida durante il comizio dell'11 aprile, ma si sa che le cronache registrarono quei raid, quelle incursioni, quelle improvvise andate e quei veloci ritorni in territorio nemico.

Nessuno li rivendicò. Non si saprà altro, ma questo si sa: in quel principio di primavera, mentre si cavalcava la paura, vivemmo degli strani giorni, ammorbati da un clima pestilenziale.

Sebbene si ritenesse quella malattia sradicata dal pianeta, i rossori del sole basso all'orizzonte chiazzavano una terra al tramonto con le macule cremisi del vaiolo.

In quei giorni e in quel clima, le indagini preliminari sul caso della "scuola degli orrori" giunsero a una svolta cruciale: cominciarono gli incidenti probatori. A quel punto il numero delle famiglie coinvolte nell'inchiesta era salito a undici e il numero dei bambini che sarebbero stati abusati a quattordici.

Il pubblico ministero aveva chiesto e ottenuto l'assunzione anticipata dei mezzi di prova, giustificandone la necessità con il rischio che si deteriorassero nel tempo. In un processo che si annunciava come principalmente basato sui ricordi delle presunte vittime, ciò significava che gli elementi di prova di cui si paventava il probabile deperimento erano la disponibilità a testimoniare, la tenuta psichica e la volontà morale dei bambini. In una parola: la loro fragile salute mentale.

Gli specialisti incaricati di valutare le capacità testimoniali dei piccoli accusatori avevano depositato le loro perizie al principio di aprile. Margherita Comi, figlia della grande accusatrice, era stata giudicata idonea.

Il primo esame testimoniale della bambina si svolse, su richiesta del pubblico ministero, il 28 di aprile alle otto del mattino. L'orario fu scelto per scoraggiare la presenza di curiosi davanti al tribunale e per non sconvolgere ulteriormente la routine quotidiana della piccola, che a quell'ora abitualmente andava a scuola.

Tutto era stato predisposto per ridurre al minimo gli elementi di turbamento. Gli avvocati della parte lesa avevano chiesto che l'audizione venisse effettuata dietro un vetro a specchio munito di impianto citofonico, per evitare che il minore dovesse vedere gli indagati. Si era anche scelto con estrema cura lo psicologo ausiliario del giudice che avrebbe di fatto interrogato la bambina, ponendole le domande preparate dalle parti. In un primo momento si era pensato alla dottoressa Sommadossi, che all'inizio della vicenda aveva già raccolto il racconto di Margherita. Poi, però, proprio per questo motivo la si era esclusa preferendole la dottoressa Anselmo, la terapeuta che l'aveva in cura da mesi al San Raffaele.

La stanza dove si sarebbe svolto l'esame era stata attrezzata con fogli, matite colorate e ogni sorta di giochi, allo scopo di riprodurre un ambiente famigliare e accogliente. L'ora e il luogo erano stati custoditi col massimo riserbo per evitare l'affollarsi di giornalisti.

Nonostante tutte queste cautele, la mattina del 28 aprile si rese necessario l'intervento della forza pubblica per garantire che Margherita giungesse nel luogo dell'audizione senza incontrare persone che la potessero turbare. Fin dalle prime luci dell'alba, infatti, davanti al tribunale si erano accampati due opposti gruppi di manifestanti.

Curiosamente, entrambi gli schieramenti denotavano un'ispirazione di tipo religioso. Da una parte c'erano, infatti, i sostenitori dell'innocenza degli accusati, egemonizzati dai parrocchiani che credevano fermamente nella buona fede di don Mariano. A guidarli era un giovane sacerdote che innalzava la croce di metalli pregiati – ferro battuto, bronzo, argento e oro – usata solitamente nelle processioni della Settimana Santa.

Dall'altra parte, la piccola folla di cittadini inferociti contro i presunti pedofili era guidata dai seguaci del movimento di Rinascita in Cristo. Questi ingombravano l'entrata del palazzo di giustizia, riunendosi sotto l'insegna dell'immane angelo in fibra di vetro che dominava la cupola dell'ospedale San Raffaele. L'alato colosso di vetroresina era ovviamente presente in effige: la sua massa inamovibile campeggiava sulle teste degli accusatori riprodotta su un poster simile ai grandi formati usati in pubblicità.

****

Il primo ricordo che io ho di quella mattina è una violenta sensazione d'inadeguatezza: alle sette e mezzo, non appena arrivai in via Borfuro, sede del tribunale, prima che la polizia disperdesse i manifestanti, vedendo l'angelo opposto alla croce sentii subito approfondirsi l'incrinatura che crepava la mia volontà. Quella era una battaglia che potevano combattere soltanto uomini di fede. Non certo io. Quella era una guerra di religione.

Eppure rimasi: avevo promesso a Marisa Comi che le sarei stato a fianco durante l'audizione della piccola Margherita. Mi raccontavo di avere un'obbligazione morale che mi costringeva a farlo. La Comi era una donna sola, da quando aveva chiesto la separazione dal marito e l'allontanamento del padre da sua figlia. Le erano state accordate entrambe con tempi rapidissimi perché, sebbene

Andrea Comi non fosse ufficialmente inquisito, le indagini avevano fatto emergere le sue abituali frequentazioni di prostitute e – dicevano alcune indiscrezioni sempre più pressanti – anche una sua relazione con Mati Wangari, personaggio chiave nell'impianto accusatorio.

Come per ogni successiva ansa del corso di quell'impietosa corrente che mi trascinò nel gorgo di questa vicenda, anche per la mia presenza in tribunale la mattina del 28 aprile mi sono in seguito spesso tornato a chiedere quale sia stato l'autentico movente. E anche per questa improvvisa curva del fiume ora mi appare chiarissima la risposta: stavo prendendo partito per i terrori della mia infanzia. Intendevo proclamare la mia fedeltà di adulto al bambino afflitto che ero stato. A fronte di quella promessa, offrivo me stesso in pegno alla sorte.

Ricordo infatti che, nei giorni precedenti l'audizione, dopo che Marisa Comi mi aveva chiesto di esserle vicino, mentre mi tormentavo nel dubbio mi si riproponeva, incessante, la stessa domanda: dove finiscono tutte le paure che ci hanno angosciati da bambini? Se divenuti adulti – mi ripetevo ossessivamente – non ci manteniamo fedeli al terrore che squarcia i sonni della nostra infanzia, se rinneghiamo l'intuizione oscura e profonda di quell'urlo che troneggia con l'autorità di un sovrano assoluto sulle uniche notti autenticamente memorabili della nostra vita, allora che ne sarà di noi?

Se tutto ciò che avevamo patito da bambini, a causa di un vasto mondo presagito all'ombra mostruosa di un male in agguato, se tutto quell'afflitto scrutare nelle stanze buie a dispetto di ogni rassicurazione di mamma e papà era da imputare al solo idiotismo dell'infanzia, come avremmo potuto mettere d'accordo l'inizio con la fine, la verità dell'uomo con quella del bambino? Se non c'era nessun mostro ad attenderci nella stanza in fondo al corridoio, allora la vita era soltanto una grande bugia.

Questo mi ripetevo, e intanto rivedevo Margherita che urlava nel sonno, la rivedevo divorarsi il pugno e, rievocata dalla sua, sentivo incombere anche la mia infanzia come un buco nero che mi risucchiava verso il passato.

Dovevo resistere all'attrazione dell'antimateria: la grande voragine sarebbe stata capace di divorare l'intero universo, se le avessi ceduto. Non potevo ammettere che l'infanzia, quell'antico centro d'irradiazione di ogni delusione, di ogni sconforto, di ogni sofferenza nell'adulto che tutti noi siamo poi diventati, fosse soltanto un centro vuoto. Non potevo lasciare quel piccolo essere umano da solo, a urlare di spavento nella sua cameretta buia. Dovevo rimanergli fedele. Dovevo portare anche io un cuore indiviso. Questa era l'unica autentica castità che ci richiedesse la vita adulta.

Decine di genitori ripetevano come un mantra: come possiamo non credere ai nostri bambini? E come potevo non credergli io, che non credevo in niente e che bambini non ne volevo? Il dilemma era semplice: o le accuse di quelle anime innocenti erano vere o niente aveva senso. Tra l'orrore e la demenza, scelsi il primo.

Ora lo so. Fu per questo motivo che la mattina del 28 aprile mi ritrovai al fianco di Marisa Comi dietro un vetro a specchio, mentre dall'altro lato la sua bambina di cinque anni avrebbe dovuto mimare per noi la scena di uno stupro.

Se il 28 aprile del 2008, prossimo a compiere trentanove anni, mi ritrovai alle sette e mezzo del mattino in via Borfuro, sede del tribunale, fu perché in quel modo credetti di poter ritornare al fianco del bambino che, in un'estate di tanti anni prima, in un paese di mezza collina lungo la costa di Amalfi, aveva macchiato con la sua goccia di sangue un battuto di calce. Stavo lì, ero sempre stato lì, non mi sarei mai mosso di lì. Qualunque fosse stata la causa dell'emorragia.

E così, seguendo quella traccia di sangue cancellata da più di trent'anni, mi trovai accanto a Marisa Comi in un anfratto del tribunale stipato dei corpi di una decina di persone: il sottoscritto, la madre della testimone, i legali di accusa e difesa, due agenti di polizia, il giudice per le indagini preliminari Marzia Salimbeni, il pubblico ministero Piero Gatti e le tre donne indagate – Niva Beghetto, Maria Pellegrini e Mati Wangari.

Dopo essere entrati nella stanza in fila indiana, per un attimo interminabile rimanemmo tutti avvolti nello stesso buio – inquirenti e indagati, accusati e accusatori. Quasi subito ebbi l'impressione che i miei capelli e l'epidermide stessero andando a fuoco: in quella tenebra l'odio era così intenso che se il buio fosse durato ancora qualche secondo avrebbe divorato i corpi di tutti noi.

Per fortuna, però, una luce s'irradiò lungo la superficie cristallina che scoprimmo di avere davanti. La luce proveniva dall'altro lato dello schermo. Noi saremmo rimasti al buio ma di là, nel chiarore di lampade a decantazione, splendeva una stanza dei giochi: una bambina bionda con una gonnellina fucsia – la piccola Margherita – e una donna che si chinava su di lei affettuosa – la dottoressa Anselmo. Intorno a loro, una varietà infinita di giocattoli disseminati in un disordine accogliente. A vederlo, quel quadro faceva pensare che il Paradiso Terrestre prima della cacciata non fosse stato abitato da un uomo e da una donna, ma da una giovane madre e da sua figlia.

L'unico elemento dissonante in quel mondo rarefatto erano due strani tipi di bambola: un maschio e una femmina, entrambi perfettamente nudi e perfettamente somiglianti a corpi umani, salvo che per gli organi sessuali e per le giunture. I primi, infatti, erano molto più dettagliati di quanto non siano nella realtà – i seni sproporzionatamente gonfi, le natiche esageratamente in rilievo –, le seconde molto più flessibili. Era chiaro che le bambole dovevano servire a mimare il sesso, nient'altro che il sesso, e dovevano farlo piegandosi a ogni sua possibile contorsione. Sebbene fossero dispersi in una pletora di altre bambole, pupazzi, fantocci e marionette, tutti caratterizzati dalla sagoma benigna dei giochi dell'infanzia, quei due manichini erano, da soli, capaci di far scivolare la luce di un mondo edenico verso una sfumatura sinistra.

Si trattava dei controversi manichini anatomici in grado, secondo alcuni esperti dei traumi infantili, di facilitare nei piccoli testimoni la produzione di un ricordo accurato o, addirittura, di consentire loro di "agire l'abuso", superando così eventuali problemi di linguaggio e d'imbarazzo. Secondo altri, invece, il ricorso a quel tipo di espediente sarebbe risultato addirittura dannoso e fuorviante.

I fautori dell'uso dei manichini confidavano nel fatto che, se un bambino in età prescolare avesse mimato con precisione atti sessuali che non avrebbero dovuto far parte del suo patrimonio di esperienze, ciò avrebbe fornito una prova certa dell'abuso subito. I detrattori, all'opposto, ammonivano sui pericoli di una tale procedura ricordando che, proprio a quell'età, il bambino è incapace di distinguere tra reale e immaginario, tra mondo interno ed esterno. Da una parte, insomma, si sosteneva che i bambini non possono inventare ciò che non conoscono, dall'altra che essere bambini significa proprio immaginarsi l'ignoto, fantasticare la realtà.

I manichini furono l'ultima cosa che vidi attraverso la finestra a senso unico affacciata su quel lugubre Eden dell'infanzia. Prima che l'audizione potesse iniziare, l'avvocato della difesa contestò infatti la legittimità della mia presenza in quel luogo. Non ero un parente, non avevo nessun titolo legale per trovarmi lì. Marisa Comi, su richiesta del giudice, dovette allentare la presa sul mio braccio destro. Fui fatto uscire. Avrei atteso in corridoio.

Aspettai per circa quarantacinque minuti, ripensando a quel poco che ero riuscito a scorgere dei volti delle tre accusate.

Le due italiane, Niva Beghetto e Maria Pellegrini, confermavano il ritratto sbiadito che ne avevano fornito i media nei mesi in cui giornali e televisioni avevano inutilmente cercato qualcosa di notevole nella loro persona. Anche in quel momento drammatico, le due accusate confermavano il grigiore testimoniato da ogni capitolo della loro biografia. Taglio dei capelli, espressioni del viso, abbigliamento. Erano in tutto e per tutto due donne qualunque. Salvo, forse, per un aspetto: non sembravano più due persone distinte ma una sola. Il modo in cui si tenevano per mano, senza mai lasciarsi nemmeno un istante, faceva pensare che le terribili accuse che avevano subito le avessero fuse l'una all'altra.

Mati Wangari, invece, se ne stava fieramente in disparte, gigantesca e imperiosa come mi era apparsa nei filmati e nelle foto. Qualcosa, però, anche in lei doveva essersi incrinato. Teneva ancora la testa alta ma sforzava i tendini del collo, come se farlo le costasse una tremenda fatica.

Alle 9,20 la porta si aprì. Ne uscì soltanto uno dei due poliziotti. Scuoteva la testa. Lo fermai.

"Cosa è successo?"

"Non posso parlare," mi rispose con il tono di chi, al contrario, non desidera altro che condividere con qualcuno la propria oppressione. Si diresse verso il distributore di caffè che si trovava in fondo al corridoio.

"La prego. Sono molto vicino alla signora Comi e a sua figlia."

"Devo andare a prendere un tè. La signora ha avuto un lieve malore."

Mi alzai in piedi.

"Niente di grave, niente di grave, solo un calo di pressione," si affrettò a rassicurarmi il poliziotto.

"Cosa è successo?"

L'uomo mi si avvicinò, per non essere udito dai colleghi che attraversavano il corridoio.

"L'esame non approdava a niente. La piccola era confusa, si contraddiceva. Quando le hanno fatto prendere le bambole, ci ha giocato come con tutte le altre..." disse.

"E per questo la signora Comi si è sentita male?"

"No. Vedendo che non succedeva niente la signora si è alterata. Ha insistito con il giudice perché chiedesse alla dottoressa di spingere la bambina a farsi il segno della croce. Il giudice alla fine ha ceduto. Non appena la dottoressa gliel'ha chiesto, la bambina, che fino a quel momento era stata tranquilla e serena, è scattata. Una, due, tre, quattro, cinque, sei volte si è segnata. Rigida e meccanica, come un automa."

"Ed è stato tanto sconvolgente?"

Il poliziotto attese qualche secondo. Cercava dentro di sé una luce introvabile.

"Lo ha fatto con la mano sinistra," disse poi. "E non è nemmeno mancina... Tutte e sei le volte. Con la mano sinistra."

La mano del Diavolo, pensai.

"La mano del Diavolo," concluse lui facendo eco ai miei pensieri.

Dopo che il poliziotto ebbe portato il tè alla signora Comi, ci vollero altri quindici minuti prima che la porta si riaprisse.

Trascorsi quell'intervallo davanti al distributore automatico di cibi freddi e bevande calde in fondo al corridoio. Cercavo di tenere a bada l'ansia memorizzando i numeri che corrispondevano ai diversi snack, dolci o salati, sull'espositore all'interno della macchina. Fu lì che mi raggiunse la dottoressa Salimbeni.

"Vorrei scusarmi con lei per averle chiesto di uscire, professore," mi disse avanzando spedita verso di me, quando ancora si trovava a qualche passo di distanza. "Ma non potevo fare altrimenti, dopo che l'avvocato Tanzi l'aveva contestata. La procedura non prevede la presenza di estranei in una situazione così delicata."

Sentirmi definire "estraneo" dal giudice per le indagini priliminari mi tranquillizzò più ancora della sua cortesia. La ringraziai per entrambe le cose.

"Potrebbe, però, esserci di aiuto. Sempre che se la senta, s'intende..." aggiunse poi la dottoressa Salimbeni.

Mi spiegò che l'audizione di Margherita era terminata. Ora però si doveva procedere al riconoscimento di uno dei presunti colpevoli. Un riconoscimento "all'americana", così lo definì. Margherita sarebbe passata dall'altro lato del vetro a specchio, mentre sul versante a vista le sarebbero stati mostrati sei uomini, tra i quali figurava anche un sospettato. Mi si chiedeva di fare da "comparsa". O, almeno, così credo che si espresse la dottoressa Salimbeni.

Avevo grossomodo la stessa età e la stessa complessione fisica di Stefano Modotti, il padre accusato dai suoi stessi figli di aver preso parte agli abusi, l'uomo che ci si aspettava Margherita riconoscesse come uno dei suoi stupratori. Nel dirlo, il giudice mi pose benevolmente una mano sulla spalla. Quella mano mi persuase.

A ciascuno dei sei figuranti fu assegnato un cartellino con sopra stampigliata la figura di un animale. In un primo momento pensai a uno scherzo di cattivo gusto, poi realizzai che i bambini imparano a riconoscere gli animali molto prima di aver imparato a contare. A me toccò un cavallo, a Stefano Modotti il gallo.

Entrai con il mio cavallo al collo nella stanza dove fino a poco prima Margherita e la dottoressa Anselmo avevano giocato con i manichini anatomici.

Il luogo era irriconoscibile. Un sipario nero era calato a pochi metri dalla vetrata a specchio, escludendo dalla visuale l'ambiente attrezzato come una stanza dei giochi, con tutti i suoi arredi e le sue graziose suppellettili. Del piccolo Eden non c'era più traccia. Rimaneva soltanto un budello asfittico illuminato da fari accecanti. Sei uomini vi stavano in fila uno accanto all'altro, tutti ammaliati dalla propria immagine riflessa da uno specchio posto a meno di un metro dal loro naso. Io ero, tra quegli uomini, il penultimo a sinistra. Il secondo da destra se osservato dal punto di vista della piccola Margherita, che tutti immaginavamo ci scrutasse dall'altro lato dello specchio.

L'operazione durò davvero pochi minuti, ma a me bastarono per farmi prendere dal panico. Non appena la porta si fu richiusa alle nostre spalle, cominciai a sentire il battito cardiaco che accelerava, la sudorazione che aumentava, l'estremità degli arti che formicolava. Ci era stato detto di muoverci il meno possibile e di tenere le mani rilasciate lungo i fianchi. Io, però, allargai le gambe e allacciai le braccia dietro la schiena, sperando che quella postura di riposo marziale mi aiutasse a superare la prova.

"Esca il gatto," ordinò una voce dall'altoparlante.

Soltanto allora mi tranquillizzai. Mi tornò in mente la scena iniziale di quel celebre film americano di qualche anno prima, quella storia di crimini e sospetti dall'intreccio tanto complesso e tanto ben congegnato. Per quanto possa suonare strano, ricordo con certezza che il sapermi in una situazione da film mi rasserenò. Nel delirio del momento, mi convinsi che se avessi recuperato alla memoria il titolo della pellicola e il nome degli attori principali tutto sarebbe andato a posto. Anche quella, in fondo, era una scena già vista. Non avevo nulla da temere. Ero già stato anche lì.

La voce dall'interfono chiamò, uno dopo l'altro, tutti gli altri animali. Il topo, il cane, il rinoceronte. Poi chiamò anche il gallo. Stefano Modotti lasciò la stanza. Rimase soltanto il cavallo a guardarsi nella parete a specchio.

La piccola Margherita aveva riconosciuto in me l'uomo che le aveva fatto del male.

La mamma del bambino è morta. Sono le 14,35 di un pomeriggio di un giorno qualunque. Sarà circa la decima volta che la mamma del bambino muore.

Va sempre più o meno così: mamma e bambino sono sul lettone matrimoniale per il riposino pomeridiano, ridono, scherzano, giocano, si abbracciano e si sbaciucchiano, poi, d'un tratto, la mamma muore. Esala l'ultimo fragoroso respiro, s'irrigidisce, stramazza e muore. Gli occhi sbarrati, il corpo immobile, la vita assente. Un istante prima era la mamma più amorevole del mondo e un istante dopo di lei non è più niente.

Nella maggioranza dei casi non ha neanche bisogno di precipitare al suolo, perché è già distesa. La morte la trova prona, la morte è soltanto un diverso angolo convesso (più aperto) tra le braccia e i fianchi, una diversa inclinazione del collo. La morte è un attimo di distrazione. Il bambino ha fatto appena in tempo a girare la testa, a scendere dal letto per recuperare una palla o un soldatino, e quando ci è risalito la mamma non c'era già più. Se n'è andata così, senza nemmeno un saluto, un addio, senza neanche preparargli la merenda.

Il bambino dapprincipio non ci crede. Oramai ci ha fatto quasi l'abitudine. È un esperto, il bambino, della morte della mamma. Perciò non si perde d'animo: la chiama, la sbertuccia, la provoca con piccole insolenze e schifezze affettuose. Le fa il solletico, la lecca, le appiccica una caccola. Ma lei niente.

Allora il bambino, tutto preso dal suo compito di sopravvissuto, sottopone il corpo della mamma a un esame clinico: le tasta il polso, verifica la reattività degli arti, le mette due dita sotto il naso per cercarle il respiro.

"Lo vedi, mamma, che respiri? Non puoi esser morta."

Ma anche la mamma è un'esperta del morire e tiene duro. "Mamma, mamma, sei viva?" La domanda del bambino risuona nell'eternità a mano a mano che si allontana da lui. Nessuna eco gli ritorna. L'eternità lo lascia indietro. È vuota.

D'improvviso il bambino non sa più niente. Al cospetto del corpo esanime della mamma ha dimenticato in un istante tutto ciò che sa. Non gli resta che piangere.

Ma il suo non è un pianto di richiamo, o di allarme, è un pianto disperato. Il bambino non cerca aiuto, non vuole consolazione, perché l'unica persona al mondo che in questo momento potrebbe soccorrerlo, che potrebbe consolarlo per la morte della mamma, è proprio la mamma, e la mamma è morta. Il bambino, allora, s'avvita al cadavere della mamma e singhiozza, sigillato in questo sillogismo perfetto del lutto.

A quel punto la mamma, vivificata dalla prova d'amore del figlio, risuscita. I due amanti sono di nuovo felici. Il loro amore ha vinto la morte.

Va così, tra il bambino e la mamma: il loro è un amore folle. Non si risparmiano niente, non lesinano, nemmeno con le passioni tristi.

La mamma finge di morire ma il bambino, in compenso, finge di giocare. Trascorre interi pomeriggi a fingere di approntare epiche battaglie, schierando intere armate di soldatini sul pavimento della cucina. In verità sta spiando la mamma che prepara la cena.

Lei armeggia con il suo nuovo Bimby – la formidabile macchina che cuoce, trita, centrifuga – e potrebbe apparire energica, motivata, capace, ma il bambino sa vedere al di là delle apparenze. Lui dispone il settimo cavalleggeri lungo il Cherry Creek, mandandolo diritto diritto in bocca a un'imboscata degli indiani, e intanto con quel suo sguardo laterale osserva la mamma.

Lei può pure fingere di essere felice, come finge a volte di essere morta, ma il bambino la vede lo stesso. Lei può pure andare a piangere in bagno e poi tornare in cucina dopo essersi asciugata per bene le lacrime con la carta igienica, ma il bambino la vede lo stesso. Il bambino la vede lo stesso l'infelicità della mamma, anche di sotto le apparenze, anche attraverso i muri, perché la guarda con lo stesso occhio con cui vede i mostri nei sogni, con lo stesso occhio che lo guida nel buio quando gira per la città di notte. È un occhio terzo, più grande degli altri, un'orbita vuota. Il bambino lo porta piantato in mezzo alla fronte.

Allora il bambino lascia i soldatini, si avvicina in silenzio alla mamma e aspetta educatamente che il frullatore abbia finito con il suo rumore d'inferno. Poi, quando il Bimby ha finito di divorare le carote e le zucchine, a parlare è il bambino.

"Perché sei triste, mamma?" le chiede.

Più tardi, quella sera, il bambino è già nel suo letto. Tirandosi su fin sotto al mento la sua copertina, attende il sonno, attende le visite notturne, attende il furore e l'urlo. Ma attende anche il bacio della mamma. Arriverà tutto, arriverà tutto, si può starne certi. La mamma, però, viene per prima.

Lei appare in una lama di luce, si curva sul fagottino, se lo bacia e ribacia, appassionata. Nel buio tiepido e sensoso, la mamma tempesta di baci e carezze il suo sposo bambino. Forse è ancora triste, forse non è mai stata così triste, ma per un istante tutto si scioglie, la bava dell'amore si rimescola in un vortice alla confluenza con il pianto.

La mamma rivolge la sua supplica.

"Non crescere mai, non crescere mai," sussurra all'orecchio del figlio, poi si tace.

Sì, mamma, farò come vuoi, pensa il bambino nella piega di questa tenebra indimenticabile. Lo pensa ma non lo dice.

MAGGIO

Il PM mi convocò in questura il 2 maggio alle tre e mezzo del pomeroggio.

Voleva anticiparmi che avrei presto ricevuto l'avviso di garanzia con il quale mi s'informava della mia iscrizione nel registro degli indagati. Soprattutto, però, al dottor Gatti premeva rassicurarmi in via informale del fatto che, in realtà, non mi si sospettava di nulla. Si trattava semplicemente di un "atto dovuto" a seguito del riconoscimento da parte di Margherita Comi.

Lui e i suoi collaboratori erano infatti convinti che la piccola "avesse fatto confusione". Sapevano che, con l'intento di portare aiuto alla madre, avevo frequentato la casa dei Comi nei momenti sconvolgenti della rivelazione dei presunti abusi, perciò ritenevano che la bambina avesse sovrapposto l'immagine dei suoi aggressori a quella dei soccorritori. Non avevo nessun motivo di stare in allarme.

Quelle rassicurazioni, sfortunatamente, non mi rasserenarono affatto. Ricordo che, all'uscita dalla questura, sudavo tanto da inzuppare la camicia. A dire il vero, in quei giorni l'Italia settentrionale era stata investita da un'onda melmosa di caldo cattivo, mefitico, da una canicola africana, ma di quell'Africa lacustre e asfittica nella quale sa trasformarsi la Pianura Padana nelle giornate d'afa. Accadeva oramai da qualche anno: verso la metà di maggio, una botta di calore fuori stagione annunciava un'altra torrida estate.

Nelle settimane successive, le variazioni climatiche sulla terra divennero per me un'autentica ossessione. Ma non ero il solo. Nella notte tra il sabato e la domenica del terzo week-end di maggio, assieme ad altri due miliardi di persone – dall'Australia all'Antartide, dalla Cina agli USA – assistetti in diretta TV a *Live Eearth*, il concerto globale per salvare il pianeta. Dopo lo svolgimento di quello che Al Gore aveva definito "l'evento più grande mai avvenuto", nessuno di noi avrebbe più potuto ignorare il rischio di dover assistere all'evento più catastrofico mai immaginato: la fine del mondo.

Secondo quanto osservato da un editorialista del "Corriere della Sera", dalla mezzanotte del 3 maggio 2008, l'ora in cui si era chiusa la maratona canora a Johannesburg, eravamo infatti "tutti Edipo al cospetto della Sfinge". Come nell'antico mito, il mostro ungulato ci poneva un interrogativo sulla natura dell'uomo: essere responsabili e lungimiranti o distruttivi e miopi? A secondo della risposta che avremmo dato, saremmo stati divorati o la città si sarebbe salvata.

Divorato, però, io lo ero già. Nello stato d'animo in cui mi trovavo, la consapevolezza dei mutamenti climatici, quotidianamente acuita dalle previsioni apocalittiche di una meteorologia nera, mi guastava il più elementare piacere concesso all'uomo: il piacere di vivere, la gioia basale di stare al mondo.

Sentivo la coscienza ecologista deprivarmi della beata incoscienza di chi per millenni aveva potuto vivere sulla terra senza doversi preoccupare delle condizioni climatiche della sua esistenza. Apprendendo dai giornali che stavamo immettendo nell'atmosfera più anidride carbonica di quanta il pianeta potesse sopportarne, io respiravo a fatica. Di giorno trascorrevo ore a contare ogni respiro che mi gonfiava il petto, di notte mi svegliavo in preda a crisi di soffocamento.

Poiché il futuro era diventato un brutto posto, mi volgevo verso il passato. Guardavo indietro, e mi pareva che la massima libertà di cui avevano goduto gli uomini vissuti fin lì nella storia fosse stata il poter fare affidamento sulla licenza inconsapevole di respirare nell'atmosfera. Un privilegio d'ingenuità definitivamente smarrito. Di tutte le perdute certezze di cui aveva goduto la vecchia umanità, quella che confidava serenamente nella respirabilità dell'aria mi appariva, d'un tratto, la più preziosa.

Poi, però, a furia di voltarmi indietro, gli occhi approdavano al mio passato. Incrociavo lo sguardo di quel bambino che tante volte aveva sognato la fine del mondo. A quanto pare, aveva visto giusto lui: sarebbe finito col fuoco.

Sopraffatto da questi pensieri, quasi non uscivo più di casa. Lasciai l'appartamento di Bergamo per ritrasferirmi a Milano. I corsi all'università erano terminati, e prima dell'inizio degli esami avrei avuto parecchio tempo a mia disposizione per cercare di capire che cosa mi stava succedendo. Lo sperperavo, però, in infruttuosi tentativi di ristabilire un contatto con Martina e in interminabili navigazioni su Internet, alla ricerca di un'illuminazione che potesse chiarire il senso della mia vicenda.

Ma, più mi agitavo, più mi avviluppavo. Digitavo nei motori di ricerca parole chiave come "violenza minori abusi" e venivo sommerso da notizie di cronaca nera già scadute e ben poco pertinenti:

Revigliasco (TO), 14.03.07. Tre studenti di un istituto tecnico per il turismo seviziano un loro compagno down davanti a una telecamera, per poi diffondere su Google il video del loro misfatto.

Mortara (MN), 11.02.07. Sedicenne prende a ceffoni il suo professore che le nega il permesso di uscire. Non contenta, si getta in un corpo a corpo con il docente reo di averle proibito di abbandonare la scuola per unirsi, secondo consuetudine, alle gozzoviglie dei goliardi della sua cittadina.

Roma, 11.11.07. Banda di ultrà mette a ferro e fuoco per ore il centro della capitale assaltando caserme di polizia e carabinieri. Da quella di ponte Milvio i facinorosi portano via la bandiera del reggimento. La maggior parte dei fermati sono minorenni.

Modena, 15.11.07. La città è sotto choc: il preside di un istituto d'arte ha denunciato la diffusione su Internet di un video che ritrae una studentessa travolta e uccisa da un autobus. Riprese dai compagni con i telefoni cellulari, le immagini agghiaccianti dell'investimento sono finite in rete accompagnate da commenti e battute. Subito dopo la denuncia alla polizia postale, le clip incriminate sono state rimosse dai siti. Molti dei testimoni che le hanno visionate prima della rimozione sostengono che le immagini della povera vittima decapitata dal bus fossero accompagnate da commenti di questo tenore: "Dai! Vai a vedere anche tu che c'ha la testa staccata dal collo." Commenti di suoi compagni di classe.

Erano indubbiamente episodi slegati, atrocità disperse nel tempo e nello spazio che nulla avevano a che fare con il mio coinvolgimento nella vicenda della "scuola degli orrori". Tuttavia mi sembrava che quelle notizie fossero legate l'una all'altra, e tutte alla mia storia, da trame imperscrutabili, partiture sottili di un concerto inaudito. Mi ero imbattuto in loro per errore, digitando su un motore di ricerca parole con uno spettro semantico troppo ampio da poter significare davvero qualcosa, eppure avevo l'impressione che lungo quel sentiero ogni indizio conducesse infallibilmente al mio caso.

Ricordo che, in una delle tante notti rese insonni dal timore che addormentandomi sarei stato assalito dai miei incubi, per sbaglio, invece di cercare informazioni sulla pedofilia, scrissi nella mascherina di Google "pedofobia". Venni così a sapere che l'ultimo rapporto ISPES aveva dovuto coniare quel neologismo, dopo che le più recenti ricerche sulla condizione giovanile avevano rivelato una situazione allarmante: nelle case degli italiani i figli spadroneggiavano, gli adolescenti e perfino i bambini diventavano sempre più aggressivi dinanzi a genitori timorosi e remissivi. I ricercatori mettevano in guardia dal pericolo che a travolgere la famiglia, la scuola e tutte le altre istituzioni, e con esse i capisaldi del vivere civile, fosse l'orda straniera dei nostri stessi figli.

Questa mia febbricitante visione trovò conforto nelle parole del papa: "Vediamo segni evidenti di un crollo preoccupante negli stessi fondamenti della società: segni di alienazione, rabbia, contrapposizione, in molti nostri contemporanei; crescente violenza, indebolimento del senso morale, involgarimento delle relazioni sociali e accresciuta dimenticanza di Dio." Lo aveva dichiarato il 17 aprile Benedetto XVI nel nuovissimo Nationals Park Stadium di Washington, davanti a cinquantamila persone accorse ad assistere alla prima messa della sua visita pastorale negli Stati Uniti.

Anche in quelle parole del Santo Padre, come in tutte le altre, m'imbattei per caso, cercando alla disperata su Internet notizie dal mondo su me stesso.

Era stato, quello del mese precedente, il primo viaggio del papa negli USA da quando la Chiesa cattolica nordamericana era stata travolta dall'immane scandalo dei preti pedofili: miliardi di dollari di risarcimento alle vittime e centinaia di preti coinvolti.

A questo proposito, mentre era ancora in volo, sospeso a diecimila metri d'altezza sulle fosse abissali al largo dei banchi di Terranova, ai giornalisti che gli chiedevano, a nome dell'America e del mondo, di pronunciarsi sui recenti scandali di abusi sessuali, il papa aveva lanciato parole definitive: "Io mi vergogno. Faremo tutto il possibile per assicurare che questo non si ripeta in futuro. Escluderemo rigorosamente i pedofili dal sacro ministero: chi è veramente colpevole di essere pedofilo non può essere sacerdote."

In quelle mie notti insonni, dopo essere stato iscritto nel registro degli indagati, anche io, come il papa, sbalordivo dinanzi al mistero dell'iniquità, anche io mi dicevo che avrei fatto tutto il possibile per assicurare che l'abominio non si ripetesse in futuro, anche io, come lui, mi vergognavo. Leggevo e rileggevo quelle sue parole di ammissione, giunte dopo decenni d'insabbiamenti e coperture da parte delle alte gerarchie ecclesiastiche. Le leggevo, ma non trovavo pace. Mi soffermavo sullo sgomento del pontefice davanti all'ineffabilità del Male, ne accoglievo nella solitudine del mio studio notturno l'esortazione a fare ogni sforzo per portare conforto, rimedio, soccorso. Ma per me questo significava non poter trovare nessuna riconciliazione con me stesso. Per me consolare gli afflitti significava dover rimanere io senza consolazione, per me in quelle notti d'angoscia, mentre guardavo e riguardavo il pontefice compiere il giro del Nationals Park Stadium di Washington a bordo della "papa mobile" con le fiancate trasparenti di vetro antiproiettile, accolto dagli applausi della folla che attendeva da ore il suo arrivo, per me accompagnare il papa nel suo viaggio pastorale intorno al mondo senza muovermi dal mio buco di talpa immersa nella tenebra significava estendere alla mia modesta persona l'ammissione di colpa della Chiesa universale.

In quelle notti, mentre in un filmato scaricato da Internet guardavo e riguardavo Benedetto XVI celebrare la messa – davanti a cinquantamila fedeli, insieme a quattordici cardinali, duecentocinquanta vescovi e milletrecento sacerdoti, accompagnato dai canti di quattro cori che raccoglievano complessivamente cinquecentosettanta cantanti – in quelle notti mi convinsi di essere colpevole.

Margherita non si era confusa. La piccola vittima aveva molto sofferto, e dunque aveva tutto il diritto di parlare, di indicare, di accusare. La piaga della pedofilia esisteva. La piccola Margherita l'aveva subita, l'aveva denunciata. Perfino il papa l'aveva riconosciuta. Io, dunque, dovevo essere colpevole. Ciascuna delle voci di quei cinquecentosettanta cantanti che all'unisono innalzavano un "Alleluja!" alla gloria del Signore lo proclamava.

Una volta che ebbi guadagnato questa certezza metafisica, ogni questione pratica si ridusse a una questione di dettaglio.

Non trovavo, è vero, nella mia coscienza nessun minimo brandello di consapevolezza di aver fatto del male a Margherita. Ma allora mi sarei rivolto all'incoscienza. Da bambino ero stato afflitto da gravi scompensi neurologici, ero stato affetto da disturbo da incubi, da disturbo da terrore nel sonno, da bambino nel sonno avevo camminato, avevo urlato, avevo giocato, avevo incendiato, accusato e aggredito uomini, animali e piante. Cosa poteva escludere che lo avessi fatto anche da adulto?

No, nulla cambiava mai davvero. Aveva ragione Francesco Volpi: restavamo quelli che eravamo sempre stati. Tutt'al più, potevamo spogliarci fino alla nudità completa e lasciare che il vento gelido di Dio soffiasse su di noi.

Dopo aver trovato il conforto della religione, mi mancava soltanto quello della scienza. Lo trovai nel mare magnum di Internet, al pari di tutto il resto. La directory "salute" di Yahoo Italia mi diede notizia di una ricerca recentemente pubblicata sull'"American Journal of Psychiatry" firmata da Rosalind Cartwright, esperta di disturbi del sonno e docente di Psichiatria alla Rush University di Chicago.

La Cartwright tirava le somme di una vasta casistica di sonnambulismo violento riportata nella letteratura forense a partire dal XVI secolo. Gli episodi di violenza connessi al sonno erano infrequenti, ma indubbiamente diffusi e acclarati dalla scienza medica: l'attivazione comportamentale durante il sonno si spiegava con il fatto che alcune aree cerebrali funzionavano come durante la veglia, mentre altre rimanevano allo stadio di sonno profondo. L'aggressione sonnambulica fondeva in sé il disturbo da sonnambulismo e quello da terrore nel sonno. Nel sonno si feriva, si uccideva, si stuprava. Il nuovo *Manuale diagnostico e statistico dei disturbi mentali* aveva addirittura introdotto un termine per questo genere di turbe: "sexsomnia". Nel sonno si compivano anche atti sessuali. Di recente, un militare inglese che aveva abusato di una ragazzina di quindici anni era stato prosciolto da un tribunale di Londra perché aveva commesso il crimine in stato di sonnambulismo. Lo avevano svegliato le grida della ragazzina che lui stesso aveva violentato. Sentendole, aveva perfino avuto l'impulso di soccorrerla. Poi, però, si era accorto di essere nudo e di trovarsi in mezzo alla strada.

Ma perché, anche se dormiente, avrei dovuto fare male alla piccola Margherita? Ecco l'ultima risposta che mancava affinché la linea spezzata della mia vita si piegasse in cerchio, congiungendo l'inizio con la fine. Trovai anche quella su Internet.

Quasi sempre i molestatori di bambini erano stati bambini molestati. Subendo la violenza, per non disintegrarsi mentalmente si erano dovuti identificare con l'aggressore. Divenuti adulti, il desiderio perverso di nuocere a un altro bambino derivava dal bisogno di rovesciare la situazione infantile nella quale erano stati vittime della sopraffazione. L'aggressione agita rieditava, rovesciandola, quella subita. L'umiliazione infantile si mutava nel trionfo dell'adulto. La perversione splendeva come forma erotica dell'odio. Una volta che si cominciava a soffrire, non si smetteva più. E io, di certo, da bambino avevo sofferto parecchio.

Anche se il pubblico ministero non le credeva, anche se nessuno le credeva, la piccola Margherita aveva ragione. Se nessuno le avesse creduto, allora le avrei creduto io. La notte in cui sua madre mi aveva chiamato in soccorso, io potevo essermi alzato nel sonno. I segni del morso che avevo trovato sul mio avambraccio al risveglio poteva avermeli lasciati lei. Erano stati i suoi denti a mordermi. I suoi e quelli di un bambino biondo risalito dagli abissi del tempo ad addentare la sua stessa carne.

Decisi di andare a trovare mia madre. Soltanto lei avrebbe potuto raccontarmi la storia violenta delle mie turbe infantili. La violenza, questa doveva essere l'origine e la destinazione. La violenza e null'altro ne aveva l'autorità.

Attesi l'alba. Telefonai a casa dei miei genitori e annunciai la mia visita. Poi acquistati un biglietto per il volo Air One delle 9,35 da Milano a Napoli, la città d'origine di mia madre, la città in cui i miei si erano trasferiti dopo il pensionamento di mio padre.

Un istante dopo che ebbi comprato il biglietto, si ripresentarono le immagini insepolte di quella scena che oramai sapevo essere il teatro del mio trauma infantile. Vedevo un uomo in camice verde che m'infilava un uncino nel naso, vedevo una corsia d'ospedale, udivo la voce di mio padre: "Il colera... è di lì che escono i morti... il selciato è sudicio..." Poi vedevo soltanto una tenda di fettucce di plastica colorata oscurare una chiazza di sole su un pavimento di battuto di calce. La goccia di sangue vi si schiantava.

All'arrivo in aeroporto le allucinazioni cessarono. Cessarono soltanto perché l'intero mondo era diventato per me un'allucinazione. Ogni singola persona, ogni singolo oggetto presente nell'immensa sala dell'aerostazione di Linate mi feriva la retina. Era calato su di me il dono profetico della visione periscopica concessa all'uomo che si trovi al cospetto di una minaccia mortale. Percepivo con traslucida evidenza ogni minimo dettaglio della realtà circostante, come chi debba fronteggiare l'assalto di un leopardo o di una tigre. Ma al check-in di Linate non c'era nessuna tigre.

Durante le operazioni d'imbarco tentai disperatamente di mettermi in comunicazione con Martina. Non l'avevo più cercata da giorni, ma ora mi sembrava improcrastinabile il parlare con lei. Ora dovevo sapere. Portava davvero in grembo mio figlio?

Mia madre quasi non si stupì di quella visita imprevista. Non venne nemmeno ad accogliermi alla porta, dove invece mi attendeva mio padre. Lei la trovai in cucina, ancora in vestaglia ma già intenta a preparare il pranzo. Erano le undici e mezzo della mattina.

Mi disse che voleva pranzare presto per riposare un po' al pomeriggio. L'insonnia, che l'aveva tormentata per tutta la vita a fasi alterne, era tornata a mordere. Non mi chiese nemmeno perché fossi arrivato così all'improvviso. Sembrava davvero troppo stanca per stupirsi di qualunque cosa.

Trascorsi due giorni e due notti dai miei genitori. Non dissi una parola su ciò che m'inquietava e loro non chiesero. Erano chiaramente approdati a quel punto del piano inclinato, raggiunto il quale tutto ciò che possiamo sperare è di non incontrare ostacoli lungo il breve tratto che ancora ci separa dall'arrivo. A me mancò il coraggio di piazzargliene davanti uno addirittura insormontabile.

Condividemmo gli spazi con l'affettuosa noncuranza di conviventi abituali, come se io non avessi lasciato la casa dei miei genitori da oltre vent'anni. Non ero più un bambino presso di loro, ma nemmeno un uomo con una sua vita adulta.

Mi trattarono come se fossi ancora un ragazzo, uno studente in attesa di un prossimo avvenire. In fondo, figli miei non ne avevo, una famiglia non me l'ero mai fatta. Di Martina, dopo una breve, formale domanda da parte di mio padre il primo giorno, e una mia non meno formale risposta, non si fece più menzione. Della terribile vicenda della "scuola degli orrori" neppure. Sembrava che nella casa dei miei anziani genitori non ne fosse nemmeno giunta notizia. Vivevano in un trapassato prossimo, il tempo di ciò che è per sempre già stato. Lì, la piccola cronaca scandalosa del mondo non aveva accesso.

Io me ne stavo perlopiù nella mia stanza a fingere di studiare, proprio come quand'ero ragazzo. Mio padre sulla sua poltrona a leggere il giornale dalla prima all'ultima riga, mia madre in cucina a cucinare sempre più svogliatamente, con sempre più condimenti e sempre meno sapore.

Un paio di volte uscimmo io e lei per una passeggiata. Fu breve. Presto si dichiarò stanca e facemmo ritorno. Una sera le proposi un cinema, cui un tempo si aggrappava quasi con disperazione come al proprio unico svago, ma rifiutò. Ripiegammo sulla televisione. Nemmeno io sembravo più in grado di smuoverla dal torpore dell'ultima età. Io che ero sempre stato il suo figlio amatissimo.

Due giorni dopo il mio arrivo, comprai un biglietto di ritorno per il volo serale delle 19,50. Non si offrirono nemmeno di accompagnarmi all'aeroporto di Capodichino. Oramai davano per scontato che prendessi un taxi, e non perché si fossero rassegnati alla naturalezza di una spesa che continuavano a considerare eccessiva, ma perché si erano arresi alla vecchiaia che rendeva improbo guidare nel traffico dell'ora del rientro.

Quando già la valigia era sulla porta, dissi a mia madre che dovevo parlarle. Ci sedemmo in cucina, in omaggio all'antica legge non scritta che da sempre ne faceva la scena dei momenti drammatici di una vita in famiglia.

Mi avventurai in un'esposizione sfuggente e confusa di quanto era accaduto a Bergamo negli ultimi mesi. Circumnavigai una seconda volta, e lungamente, l'intero arcipelago di dubbi, tremori, orrori avvistati di lontano senza mai approdare a niente. Mentre raccontavo, la vidi arrancare e smarrirsi nella scia di un'esistenza alla quale, per quanto fosse ciò che di più caro le rimanesse al mondo, non aveva più la forza di tener dietro. Allora ebbi pena di lei e rinunciai a conoscere il segreto della mia infanzia. Lo custodisse pure nella tomba.

Mi voltai per un'ultima volta verso le foto del bambino biondo dai grandi occhi blu pieni di spavento che costellavano le pareti della cucina, e rimisi a lui quel segreto spaventoso come il Padreterno avrebbe rimesso a noi i nostri.

"Figlio mio, tu hai avuto un'infanzia normale. Urlavi nel sonno, giravi per la città di notte, ma non c'è mai stato niente di brutto nella tua infanzia. Credimi. Sei sempre stato suggestionabile. Vedevi un film di vampiri e poi ne rimanevi turbato per mesi. Anche adesso, sei così suggestionabile..."

Io avevo deciso di tacere, ma mia madre aveva capito comunque. Mi disse quelle parole con un tono accorato, senza però scomporsi. Non si poteva non crederle: era quello il modo in cui si dicono le parole ultime, era il tono degli addii. Non mi rimaneva che andare.

Mi ero già alzato, quando lei parlò ancora: "Nessuno ti ha mai fatto del male da piccolo. Tranne, forse, io." S'interruppe, cercò il fiato, cercò la forza. Li trovò. "Quando rimasi incinta di te ero molto infelice. Non lo volevo un secondo figlio. Non avevo mai voluto nemmeno il primo. Per tutta la vita mi sono chiesta se fosse mai possibile che tu avessi sentito che ti volevo abortire."

Mia madre voltò la testa verso la finestra che dava sulla collina di San Martino. Il suo volto impallidì del sole che tramontava dietro Castel Sant'Elmo. La vena che l'età le andava ispessendo in mezzo alla fronte si stagliò nella luce declinante di quella casa meridionale rivolta a Occidente. Ero andato fin lì per conoscere il segreto della mia infanzia e avevo raccolto quello della sua vecchiaia.

Quando fui sul punto di parlare – per mentirle con tutta la forza di persuasione di cui ero capace e giurarle che no, non si doveva dar pena, perché non era proprio possibile che io avessi sentito che mi voleva abortire, che avessi anche una sola volta sofferto a causa sua, che lei potesse avermi procurato nient'altro che bene – mia madre chinò la testa, contrasse i muscoli del collo raggrinzito e sbadigliò.

Rimasi di sasso. In quello sbadiglio, la tristezza di una relazione di vicinato con la morte, che solo ora scoprivo esser divenuta la regola dell'esistenza di mia madre, inghiottiva intera la sua vita. La sua e la mia. L'ombra di quell'invincibile malinconia si allungava sulla terra assorbendo in sé ogni passato fino a memoria d'uomo, capace perfino di spegnere il rimorso.

Avrei voluto prendere per le spalle mia madre, abbracciarla, cullarla come lei aveva cullato me. Avrei voluto sussurrarle: "Non è niente, mamma, non è niente. Non aver paura. Verrò io con te. Verrò io con te. La vita non è poi così importante..."

Ma non lo feci. Mi limitai a salutarla con un bacio, ad andarmene lasciandomela alle spalle e a capire che non c'era nessun altro dramma se non quello.

****

Due giorni dopo, il 9 maggio, andò in onda la terza e ultima puntata che *Matrix* dedicò al caso della "scuola degli orrori". Anche questa, come già la trasmissione del 7 febbraio, avrebbe avuto ospite in studio Marisa Comi. Accanto a lei ci sarebbero stati soltanto i legali dell'accusa e della difesa.

Tra le moltissime indiscrezioni trapelate alla vigilia, sotto la pressione dell'enorme attesa suscitata dalla seconda apparizione televisiva della Comi, circolò anche la voce secondo la quale don Mariano Presti avrebbe accettato di fornire una sua dichiarazione preregistrata.

L'evento fu preceduto da un vespaio di polemiche, riguardanti la legittimità di far parlare a milioni di telespettatori il principale accusatore nell'ambito di un processo entrato nel vivo della fase istruttoria.

Da parte della rete prevalse la linea del diritto e del dovere d'informazione: in base alle asserzioni dei dirigenti di

Canale 5 rilasciate nel corso della conferenza stampa dell'8 maggio, sarebbe stata la stessa Marisa Comi a chiedere di poter partecipare al programma. Aveva delle rivelazioni da fare e voleva farle pubblicamente.

A rendere ancora più delicata la situazione c'era poi l'acuirsi del conflitto tra l'AGEB, l'Associazione dei genitori dei bambini di Bergamo costituita dai parenti delle presunte vittime, e la Santa Sede. Nel corso dei mesi precedenti, i portavoce dell'associazione avevano più volte criticato la decisione della Chiesa di sottrarre don Mariano Presti alla giustizia ordinaria trasferendolo a Roma, nella Città del Vaticano. Da parte sua, la Santa Sede aveva sempre replicato garantendo che le accuse nei confronti di don Mariano erano già all'esame di uno speciale tribunale vaticano, il cui operato era però sottoposto ad assoluta segretezza.

Ora, dopo la visita pastorale di Benedetto XVI in territorio americano e il mea culpa riguardo alle responsabilità nello scandalo dei preti pedofili, la polemica dell'AGEB era divenuta violenta. Si era perfino tenuto un sit-in di protesta contro la pedofilia clericale in piazza San Pietro, sotto le finestre del papa.

Il lungo servizio che introdusse la puntata di *Matrix*, attraverso il quale si ricostruiva l'intera vicenda dalle sue origini fino a quel momento, si chiuse proprio sulle immagini di un gruppo di persone radunate nella conca del colonnato del Bernini che innalzavano cartelli, urlavano slogan e si attendavano per la notte alla luce delle fiaccole. Le loro parole, però, distorte dai megafoni, si perdevano nella distanza. Si percepiva soltanto il tono dell'appello accorato, la cadenza ossessiva della preghiera. Una preghiera rivolta non a Dio ma ai suoi emissari in terra.

Il cameraman inquadrò due cartelli dei manifestanti: uno malediceva la "BARBARA RETE DEI PEDOFILI", l'altro proclamava: "QUESTA È LA CATTIVERIA UMANA." Poi le immagini sfumavano sulle luci delle fiaccole tremolanti nell'avanzare della sera, e sugli enormi esseri alati scolpiti nella pietra dei millenni a guardia di Castel Sant'Angelo.

La sera in cui Marisa Comi partecipò per la seconda volta a una puntata di *Matrix*, la grande cupola della principale chiesa della cristianità poteva essere facilmente scorta dal tetto degli studi di registrazione dai quali la trasmissione sarebbe andata in onda, nel mare etereo delle frequenze televisive. Lo studio del Celio in cui si sarebbe svolto il programma non distava infatti da piazza San Pietro più di due chilometri in linea d'aria.

Quando le luci dei riflettori si accesero sugli studi dopo il servizio di apertura, al pubblico bastò uno sguardo per capire che stava per accadere qualcosa.

Marisa Comi era di una magrezza patibolare. Il suo teschio, appena coperto da una sottile pellicola di epidermide, si offriva alle telecamere come gli scheletri viventi degli artisti digiunanti si erano esibiti a pagamento nelle fiere e nei circhi d'inizio Novecento. In più, però, quella donna esangue si divorava il labbro, l'ultima zona carnosa del suo volto, nemmeno volesse accelerare a forza di morsi il principio di autocombustione interna che doveva averla ridotta in quello stato.

Quel che accadde durante i pochi minuti di trasmissione è stato, in seguito, sottoposto a infinite disamine e commenti. La verità è che l'exploit della signora Comi si nega, per sua natura, a ogni analisi. Ciò che la sua breve apparizione provvide per i milioni di telespettatori che vi assistettero fu uno sbocco di follia pura, e dunque un autentico "evento".

Questa parola tanto abusata ai nostri giorni, proprio a causa della latitanza di ciò che starebbe a indicare, si rese finalmente adeguata a descrivere ciò che la Comi mise in essere negli studi di Canale 5 quella sera: una cosa senza precedenti, ma anche senza conseguenti.

Perfino il conduttore sembrò sinceramente turbato all'apparire della menade impazzita che stava per dilaniare il tessuto immateriale della sua trasmissione.

Enrico Mentana, che non doveva aver avuto modo di incontrare Marisa Comi prima dell'inizio del programma per scambiare con lei due battute, com'era solito fare con tutti i suoi ospiti, spese la prima domanda per accertarsi delle condizioni di salute della signora. Mentana, evidentemente preoccupato per l'aspetto macilento della signora, le chiese se si sentisse bene, se si trovasse a suo agio, e si premurò di rassicurarla sul fatto che avrebbero volentieri sospeso la trasmissione in ogni momento, nel caso in cui lei non si fosse sentita di proseguire.

Mentre il conduttore parlava, trasgredendo le più elementari norme della sintassi televisiva la regia mantenne fissa l'inquadratura sul primo piano della Comi. L'effetto fu che la voce del suo interlocutore parve giungere da una dimensione d'oltretomba. Ma era inevitabile: sembrava che in studio ci fosse solo lei. Non ci si poteva sbagliare su questo. I suoi occhi spiritati e le sue mandibole in perenne manducazione della propria sostanza vitale avrebbero affascinato anche gli angeli di pietra a guardia della Città Santa.

"Sto bene, sto bene. Ho solo un tarlo che mi rode."

Questa fu la risposta di Marisa Comi alla prima domanda. Con la seconda le fu chiesto quale fossero le condizioni di salute di sua figlia.

La Comi la liquidò sentenziando, come un oracolo: “Col tempo migliorerà.”

Non ci sarebbe stata una terza domanda.

“Ho delle cose da dire.”

Calamitata dall’annuncio, l’inquadratura, che non l’aveva mai abbandonata, strinse ancora sulla grande accusatrice, stroncando il timido tentativo del conduttore di presentare gli altri ospiti. Lo scettro dell’oratore da quel momento fu soltanto di Marisa Comi.

Lei allora chiuse gli occhi, incassò la testa nel collo e farfugliò: “Ho inventato tutto.”

Tacque. Le fu chiesto di ripetere. Riaprì gli occhi.

“Ho inventato tutto. Sono una bugiarda e una malata. Ho mentito su tutto.”

Ciò che seguì eruppe con l’irrevocabilità del crollo di una diga. Prima che chiunque potesse toglierle la parola, la Comi cominciò a piangere e a urlare.

“Niva, io ti chiedo perdono! Tu non hai fatto niente! E anche tu, Maria. Nemmeno tu, Mati. Non c’entri niente nemmeno tu. E tu, don Mariano, perdonami anche tu...”

Proseguì così, lamentandosi e scusandosi con tutte le persone che aveva accusato ingiustamente, sempre chiamandole con il nome di battesimo. Quando il conduttore, ripresosi dallo sgomento, chiese a Marisa Comi di spiegare come avesse potuto montare una tale macchinazione, lei rispose che non ne aveva idea.

Un giorno aveva scoperto delle gocce di sangue sulle mutandine di sua figlia. Interrogata, la piccola aveva confessato di aver fatto un gioco dietro un cespuglio, nel giardino della scuola. Una delle esplorazioni sessuali che sperimentano i bambini a quell'età. Un compagno di classe l'aveva leggermente ferita con un rametto.

La mamma, di fronte a quella rivelazione, era come impazzita. "Bisogna dare la colpa a qualcuno!" aveva immediatamente intimato alla figlia. Lo aveva detto d'impulso, senza pensarci, sotto la spinta di un'urgenza irrefrenabile.

Da tempo non sopportava più quella sua figlia che piangeva in continuazione e combinava soltanto guai. Doveva crescerla da sola, perché suo marito pensava soltanto alle sue puttane. Doveva badare a tutto lei. A volte fantasticava addirittura di ucciderla. Si svegliava nel cuore della notte, nel letto disertato dal marito, e sentiva il desiderio impellente di alzarsi per andare a soffocare la figlia nel sonno. Per un attimo, vedendo il sangue sulle sue mutandine, le era sembrato che se Margherita fosse stata vittima di qualcosa di terribile l'avrebbe amata di più, sarebbe stato più facile volerle bene, starle accanto.

In città circolavano voci sui preti pedofili del Seminario, qualcuno diceva ci fossero addirittura due maestre pedofile venute da fuori. Perfetto. Le avrebbero creduto. Non desideravano altro. La gente pensa sempre al peggio. Aspettavano soltanto che qualcuno scagliasse la prima pietra.

E infatti le avevano creduto. Essere la mamma di quella bambina disgraziata l'aveva fatta sentire finalmente viva... Sì, insomma, qualcosa di speciale. Tutto il resto era venuto da sé.

Prima che Marisa Comi lasciasse lo studio, trascinata via dal suo avvocato, Mentana riuscì a rivolgerle un'ultima domanda. Le chiese perché. Perché, passato quel momento di follia, si fosse poi spinta a sporgere una denuncia tanto circostanziata, perché avesse accusato una persona in particolare e perché proprio quella persona, proprio Mati Wangari, la maestra di colore.

Marisa Comi scrollò le spalle. "Non lo so. Forse proprio per quel motivo. Era nera... E poi aveva tutti quei figli... Riusciva a stare dietro a tutti e lavorava anche alla scuola, e poi gestiva quel negozio... Io ne avevo una soltanto e mi sembrava di impazzire. Non lo so... forse ero invidiosa."

Fu l'ultima cosa che disse. Pronunciate quelle parole, Marisa Comi si alzò e, sorretta dal suo avvocato, uscì dallo studio passando dalla porta sulla destra rispetto agli spalti del pubblico. Prima di abbandonare la sala, gettò uno sguardo in camera.

****

Per settimane, gli spettatori e i commentatori di stampa e televisione si interrogarono su quello sguardo. Il filmato di Marisa Comi che, ripresa in primissimo piano, esce dagli studi di *Matrix* fissando per un istante il pubblico a meno di mezzo metro dalla telecamera fu trasmesso e ritrasmesso ripetutamente nei giorni seguenti.

In effetti, c'era qualcosa di profondamente perturbante in quegli occhi tiroidei che balzavano fuori dalle orbite come proiettili di pasta molle esplosi contro la telecamera. Facevano spavento. Ma era lo spavento che si prova quando si entra in un luogo che si presume vuoto – una stanza, uno scompartimento ferroviario – e si percepisce invece, con la coda dell'occhio, l'ombra di qualcuno che si muove. Salvo poi scoprire che quel qualcuno sei tu riflesso nello specchio, che l'estraneo di cui hai avuto paura eri tu stesso.

Quegli occhi gettavano sul pubblico un'occhiata di viscida complicità, e al tempo stesso d'incolmabile estraneità. Un commentatore lo paragonò perfino allo sguardo che Lee Harvey Oswald, il presunto assassino di John Kennedy, aveva rivolto alla telecamera un attimo prima di essere ferito a morte da Jack Ruby, mentre veniva trasferito dalla centrale di polizia di Dallas alla prigione della contea.

Citando la descrizione che di quel celebre sguardo dà De Lillo in *Libra*, si disse che nel modo in cui Marisa Comi ci aveva guardati c'era qualcosa d'indefinibile che la metteva tra noi, insonni nelle nostre case – come se i suoi occhi ci stessero dicendo che quella donna sapeva chi eravamo e cosa provavamo. Lo sapeva perché era una di noi, e questo le aveva consentito di portare le nostre suggestioni, le nostre fantasie e le nostre paure nel suo senso del crimine.

Eppure qualcos'altro, in quello sguardo – un'intelligenza scaltra, straordinariamente breve ma di vasta portata, connessa per vie insondabili a un'ignota radice di malvagità –, ci diceva non solo che lei non era lì con noi ma che non lo sarebbe stata mai, non solo che quella donna non sarebbe mai coincisa con ciò che vedevamo di lei ma che noi, tutti noi, saremmo sempre stati niente ai suoi occhi. E questo proprio perché il suo era uno sguardo che stava su entrambi i versanti della telecamera. Uno strabismo losco, un occhio alla scena e uno alla platea.

L'11 maggio del 2008, due giorni dopo la puntata di *Matrix*, il GIP decise la scarcerazione di tutti gli indagati, compreso Francesco Volpi. L'inchiesta sarebbe proseguita fino all'espletamento del suo iter formale, ma oramai, dopo la ritrattazione di Marisa Comi, il suo esito appariva scontato.

Il procuratore della repubblica presso il tribunale di Bergamo, in una conferenza stampa esplosiva, pressato dalle domande dei giornalisti, si spinse fino a sconfessare l'operato dei suoi sottoposti. Dovette ammettere che gli innocentisti avevano avuto ragione. I referti medici sui bambini si erano rivelati negativi, in parecchi mesi d'indagini non si era ottenuto nessun riscontro oggettivo delle presunte violenze e, a dire il vero, nessuna testimonianza diretta. Fino al momento degli incidenti probatori, infatti, i bambini non li avevano sentiti né il magistrato né i carabinieri. A lungo, troppo a lungo, ci si era basati solo sulle relazioni scritte della consulente del PM, sulle parole riferite dai genitori e sui video degli interrogatori girati da padri e madri in preda a un panico incontenibile.

Ora era stato aperto un secondo fascicolo d'inchiesta, per accertare la presenza di eventuali complici di Marisa Comi nell'imbastire quella tremenda messa in scena. Ma – ci tenne a rimarcare il procuratore – l'ultima cosa al mondo che lui e i suoi collaboratori volevano era di veder passare le famiglie dei bambini dal banco degli accusatori a quello degli accusati. La grande maggioranza di loro aveva agito certamente in buona fede, per il bene dei piccoli. Si erano "contagiati a vicenda". La paura era passata di bocca in bocca. E ne avevano sofferto tutti indistintamente, a cominciare dai bambini.

L'ultimo pensiero del procuratore fu per gli innocenti accusati ingiustamente. Rivolgendosi idealmente agli imputati che stava per scagionare, disse: "M'inchino al loro dolore. Tutte queste persone meritano la compassione dei loro giudici, del pubblico, di amici e parenti."

Paradossalmente, nel pronunciare queste parole il procuratore, invece di inginocchiarsi, si alzò in piedi.

Al Caffè del Tasso gli innocentisti esultarono. La curia vescovile bergamasca fece suonare le campane a stormo in tutta la città. In piazza Vecchia, alla scuola Gianni Rodari, nel "quartiere degli immigrati" si brindò e si gridò: "Liberi, Liberi!"

Ma c'era poco da esultare. Da quel momento in avanti il Male, a Bergamo come altrove, non sarebbe più esistito se non come sottrazione del Bene. Il che equivaleva a prevedere che anche il Bene avrebbe avuto vita breve. La sua incerta affermazione sarebbe durata solo fino alla prossima smentita.

Forse in un sussulto di razionalismo laico, magari anche di orgoglio ferito, le maestre della Rodari sbandierarono uno striscione fuori dalla scuola. "IL DEMONIO NON ESISTE," diceva a lettere cubitali. E sicuramente avevano ragione. Ma quel gioco di annunci e smentite non poteva essere davvero di conforto a nessuno. Aver sconcertato la maiuscola esistenza del Male significava soltanto ricacciarlo nell'oscurità da cui era venuto.

Avrebbe decantato, il Male, sul fondo della vita offesa di adulti e bambini, come un dolore interrato in una radice ignota – quella radice che, per un istante, Marisa Comi aveva dato l'illusione si potesse disseppellire e che poi, presto ma mai abbastanza, era tornata a infossarsi nel suo sguardo immensamente equivoco.

Il dolore, la sofferenza: sarebbero rimasti, insepolti, soltanto quelli. I disturbi dei bambini, veri fin dal principio, sarebbero restati tali a lungo, forse fino alla fine dei giorni. La loro sofferenza, quella dei loro genitori, sarebbe rimasta l'unica certezza. Da quel momento in avanti, il Male non sarebbe più stato parte dell'essere, ma la minaccia portata a ogni fiducia umana nella solida, rassicurante consistenza delle cose. Sfiducia negli altri, nel mondo, in se stessi.

Dopo la ritrattazione della Comi in molti, per allontanare da sé l'insopportabile sensazione prodotta dallo svegliarsi in un mondo in cui ogni convinzione sembrava liquefatta, si chiesero, sdegnati, come fosse stato possibile credere ad accuse tanto inverosimili. Ma questi scettici dell'ultima ora, con quel loro sdegno tardivo, stavano soltanto barando. Tanto l'attuale incredulità quanto la precedente credulità erano infatti figlie di un medesimo, grande smarrimento.

Ora era fin troppo facile appellarsi alla verosimiglianza, ma nei giorni convulsi dello scandalo era stato quasi improprio farlo. In quei giorni, chi aveva bollato d'insensatezza l'idea che dei bambini potessero essere prelevati per settimane dalla scuola, condotti all'esterno, portati in Città Alta, abusati e poi riportati a scuola senza che nessuno se ne accorgesse, aveva fatto ricorso alla più spuntata delle armi.

Giunti a quel punto, infatti, non si trattava più di condurre ragionamenti, di raccordare i fatti tra loro, di rimandare dalle cause agli effetti e viceversa. Chi, di fronte al montare di una psicosi collettiva, si fosse ostinato a confidare nel ragionamento, avrebbe enormemente sopravvalutato la forza degli argomenti. No, ogni volta che si fosse giunti a quel punto non sarebbe servito a niente mettere in campo la verosimiglianza. In quei territori estremi della coscienza e dell'incoscienza la verosimiglianza usciva fuori corso, scadeva a falsa moneta. Chi vi avesse fatto ricorso avrebbe cercato di scambiare un soldo di rame con un soldo d'argento: la verosimiglianza, infatti, non poteva nulla contro l'evidenza.

Sì, perché di questo era stata capace l'ipotesi demoniaca: aveva avuto la forza di rivelare agli occhi di molti una realtà che da troppo tempo era divenuta sfuggente, impalpabile, avvoltolata nella melma delle innumerevoli astrazioni, delle mediazioni, delle fetenti illusioni in cui sguazzava la vita di ogni giorno. No, il richiamo alla verosimiglianza è un palliativo davvero troppo blando quando la piaga infetta è quella dell'irrealtà quotidiana. Da troppo tempo la gente aveva la sgradevole sensazione di aver perso la presa sulla realtà. Da troppo tempo si andava avanti a tentoni, si avanzava incerti sulla faccia di una terra viscida e limacciosa come su un pavimento allagato dalla rottura di una fogna.

La gente si era illusa che l'ingresso sulla scena del Principe delle Tenebre avrebbe messo fine a tutto questo. La sua luce prometteva di riportare tra gli uomini lo splendore sensibile del mondo. Ora, finalmente, tutto sarebbe apparso chiaro: magari terribile, ma splendido e terribile. Ora si sperava di tornare a sentire, ad annusare, ad assaporare, a udire, a toccare perfino. Ma, soprattutto, si sperava di tornare a vedere. A confronto, il sapere, il buonsenso, la verosimiglianza erano il più inconsistente degli inganni. Che la luce fosse una luce nera, poi, non poteva fare nessuna differenza.

Adesso che anche quest'ultima illusione era svanita, ancora una volta la scelta sarebbe stata tra il credere e il non credere. Ma d'ora in avanti si sarebbe trattato sempre e solo di una fede solitaria, privata, prossima al delirio. La stessa fede dei genitori irriducibili che, nei giorni seguenti alla chiusura dell'inchiesta, ai microfoni dei giornalisti avrebbero gridato straziati: "Ma allora siamo tutti pazzi?"

Proprio pensando a loro don Mariano, ritornato a dire messa, nella sua prima omelia dopo esser stato scagionato invitò alla comprensione, al perdono: "Nessuno di noi, tantomeno io, potrebbe in buona fede sostenere che si sia lontani dall'ora crepuscolare in cui il Male può confondersi con il Bene, provocando lo smarrimento in questo nostro mondo."

Ascoltandolo, tutti noi, nessuno escluso, a cominciare dai genitori dei bambini, capimmo che da allora in avanti avremmo avuto un rapporto solo fiduciario con il Maligno: saremmo rimasti nell'arbitrio riguardo alla sua esistenza. Il Male sarebbe stato per noi un'opinione come un'altra.

Basti pensare che ci fu perfino chi si ostinò a credere che il grande inganno fosse cominciato – e non finito – con la ritrattazione televisiva del 9 maggio.

Sandra Modotti accusò pubblicamente Marisa Comi di essersi piegata al ricatto della fantomatica rete dei pedofili, proprio nel momento in cui si stava per giungere ai massimi livelli della colpa. Lei, la coda del Grande Ingannatore, la vide agitarsi nell'autoaccusa invece che nell'accusa.

Non fu ascoltata. La sua voce si perse nel rumore di nuovi scandali. Ma su un punto la Modotti aveva indubbiamente ragione: l'inganno c'era stato. La scoperta del vero poteva dissolverlo, ma non far sì che non fosse esistito.

Eravamo stati segnati tutti, uomini, donne e bambini, da un marchio indelebile eppure indecifrabile, trasformati in casi irrisolti di cronaca nera. Tutti noi, presi uno per uno, avremmo vissuto in preda a suggestioni di massa. Fino alla fine. Il che non significava che il Male non fosse reale, ma che il suo accertamento era impossibile, forse addirittura impertinente. Il che non significava che la violenza, la sofferenza e il dolore non esistevano. Al contrario: significava che essi soltanto esistevano, abbandonati a loro stessi. Autoctoni, tremendi e insignificanti.

La ferita, quella sì, indubbiamente sarebbe rimasta: la si vedeva ancora sanguinare. Il suo spettacolo vermiglio sarebbe durato a lungo. Lo show non poteva che continuare. La sua verità, però, qualunque fosse, era andata perduta.

A fronte di ciò, non avevamo che la commozione per le vittime, tutta la pietà di cui eravamo capaci. Il che, in molti casi, poteva comportare il dovere di rimanere a distanza, o perfino l'impulso a voltare la testa. Il miraggio di prossimità del miscredente che vuole mettere la mano nella ferita sul costato sanguinante non avrebbe conosciuto perdono. Le tragedie della grande Storia pretendevano da noi che si tenesse lo sguardo fisso sull'orrore, ma i caduti della piccola cronaca esigevano una pietà più casta.

Io, alla fine di tutta quella vicenda, mi accorsi di non essere mai stato in un luogo di orrori. Non ero mai stato violentato né tantomeno violentatore. Sapevo, però, di essere stato bambino. E, forse, la sola compassione che meritano i dispersi nelle tante sciocche bufere quotidiane è quella che ci spinge a gettare anche la nostra esistenza sul piatto del dolore irredento. Tutta quanta, perfino l'infanzia.

Il bambino è un animale acquatico, un pesciolino, una spigola, un dentice, un cefalo malandrino. C'è perfino chi dice che abbia imparato a nuotare prima che a camminare. Ad ogni modo, lui ama il mare, il mare lo fa libero, il mare è il suo elemento.

Il bambino ama tutto del mare: ama i pesci di grande taglia, i tonni o i pescespada squaliformi, con il loro corpo muscoloso, le pinne dure, la coda forcuta, che i pescatori d'altura lasciano cadere in tonfi sordi dai ponti delle navi sul cemento del molo. Ma ama anche i piccoli cavallucci marini che popolano le acque basse con la loro coda prensile e il muso a forma di trombetta (il bambino li cattura in un secchiello, li osserva a lungo, poi li rimette in libertà), e ama perfino le meduse bluastre che la risacca porta a squagliarsi al sole della riva. Non le tocca, il bambino, le meduse urticanti, ma le ama nella loro gelatinosa inconsistenza, quando, svanendo, ritornano al mare disciolte in una bava di pianto.

Il bambino ama tutto questo e, dunque, non lo teme. Quando il mare è in tempesta, le onde sono giganti e solo i figli dei bagnini osano sfidarle, la mamma deve tenere il bambino imprigionato sotto l'ombrellone, altrimenti lui – statene certi – si tufferà. Quando poi lo raccoglieranno nella sabbia, travolto dall'onda, alla mamma che lo sgrida il bambino risponderà: "Mamma, mi dispiace, ma il mare mi stava chiamando."

Fin da quando aveva cinque anni il bambino s'immerge a tre, quattro metri di profondità per raccogliere gli sconcigli, le piccole conchiglie spiraliformi abitate dal paguro. Ne riempie interi secchielli e poi la mamma ci cucina gli spaghetti o il risotto. Il bambino li mangia ed è felice.

Certo, il mare gli ha rovinato le orecchie, gli ha aggravato le otiti, gli ha procurato intere notti di tormenti – gocce oleose munte nei timpani, pannicelli caldi per lenire e cucchiai di whisky per stordire –, ma il bambino lo ama lo stesso. Indifferentemente.

Ora è di nuovo estate. Il bambino deve fare il bagno con i tappi di cera nelle orecchie, però lui continua ad amare il mare ed è comunque felice. Si alza ancora di notte e se ne va in giro come uno spettro per il mondo, e il mondo è ancora e sempre un mondo grande e terribile, ma nemmeno questo interromperà il suo sposalizio con il mare.

Il papà del bambino, che li ha raggiunti per le ferie, dice poi che la disoccupazione aumenta, che la produzione ristagna e i capitali fuggono all'estero; dice che il governo è paralizzato da una guerra per bande, e intanto le periferie degradano, il Sud piomba nel sottosviluppo, il terrorismo incalza. Il papà disprezza i democristiani che rubano, teme i comunisti che avanzano, maledice gli assassini rossi e quelli neri, e i primi hanno appena ammazzato un magistrato, e i secondi un sostituto procuratore. E poi ci si è messo pure il terremoto!

Ma il bambino ha sette anni appena compiuti, è in riva a quel mare così amato, all'ombra di un ombrellone abusivo-autorizzato, e sfoglia il suo primo Almanacco Topolino. Zio Paperone ha promesso ai nipoti un gelato al luna park ma deve difendere la Numero Uno, il suo primo decino, erroneamente cavato di tasca per pagare i coni, dagli assalti della strega Amelia, coadiuvata dal suo aiutante magico, il corvo Gennarino.

Intanto, alle porte di Milano, scoppia il reattore di un petrolchimico. Un miasma si stende sull'estate padana come una nebbia autunnale. Ma puzza di diossina. Prima cadono gli insetti stecchiti, poi stramazzano le rondini, poi i cani impazziscono, poi le mucche levano muggiti strazianti. Infine tocca ai nocchieri dell'arca.

"Ci avevano detto che non esisteva pericolo," dichiarano gli abitanti evacuati con quindici giorni di ritardo.

Ma in riva al mar Mediterraneo Qui, Quo, Qua hanno salvato il primo decino. Nel finale del fumetto un dubbioso Paperino si chiede se assaggerà mai il gelato promesso. Il bambino alza gli occhi, li tuffa nel mare e, felice, si chiede come si possa mai preferirgli Topolino.

Sì, certo, il mondo è ancora grande e terribile, la notte ancora lunga e non meno terribile, ed è ancora sufficiente che una zia professoressa racconti al bambino la Divina Commedia perché lui sogni il traghettatore delle anime dei morti tra le due sponde dei fiumi infernali. Caronte, l'orrendo nocchiero, gli appare in sonno barbuto, avvolto nel lercio mantello, munito di remo a poppa del suo barcone rosso ferrigno. Caron non ti crucciare, vuolsi così colà dove si puote ciò che si vuole, e più non dimandare.

Sì, certo, il bambino urla ancora nel sonno quando il traghettatore viene a prenderselo – a piedi, a cavallo o su un carro, armato di remo, di martello, qualche volta di spada – con le sue orecchie aguzze, il suo becco d'avvoltoio e le sue ali enormi. Sì, certo, il bambino arriva addirittura a pretendere di addormentarsi con due monete sugli occhi, l'obolo da dare a Caronte nel caso se lo porti via nel sonno, il prezzo da pagare per non rimanere altri cent'anni a vagare nelle nebbie delle rive infernali. Sì, tutto questo è vero, ma è vero anche che quei fiumi, a pensarci bene, devono comunque andare a foce verso il mare.

No. Il papà ha un bel dire che questo è un anno maledetto, ma il nostro piccolo animale acquatico osserva dalla riva la ferocia illuminata del mare in tempesta, osserva la pancia gonfia della mamma e non si sente per niente d'accordo: sarà un anno buono quello che viene.

"Mamma, gli posso parlare, che dici, mi riesce a sentire?"

"Sì, certo, avvicina le labbra alla pancia e digli il tuo nome."

"E se gli dico chi sono, al fratellino, lui poi mi risponde?"

"Ti risponderà quando anche lui avrà imparato a parlare."

"Mamma, ma non ha paura? Non è tutto buio lì dentro?"

"No. C'è una lucina sempre accesa, di notte e di giorno."

"Mamma, ancora una cosa. E come fa a respirare?"

"È immerso nell'acqua e respira come i pesci nel mare."

Il mare. Sì, il mare. Il bambino è in salvo e nuota felice nel mare. Dopotutto la notte passerà, il bambino crescerà, diventerà un uomo.

E, a pensarci bene, nemmeno il traghettatore che fa avanti e indietro tra le sponde dei vivi e quelle dei morti è poi così spaventoso. Anche il fosco Caronte, con quei suoi occhi di brace, è soltanto un vecchio demone della morte.

13 GIUGNO 2008

Martina la rividi il 13 giugno. Mi diede appuntamento ai giardini Sergio Ramelli a Milano, zona 3, quartiere Città Studi. Erano le cinque del pomeriggio di un qualsiasi giorno feriale d'inizio millennio.

Non era facile trovare quel luogo. Il giardino era talmente piccolo che le mappe non lo registravano. Nemmeno Tuttocittà. Nemmeno la tavola topografica n. 29 gli dedicava una macchiolina verde tra via Pinturicchio e via Bronzino. Forse un ettaro, forse mezzo ettaro, forse soltanto un'ara. Tanto, oramai, nessuno sapeva più misurarlo un lembo di terra. Forse nemmeno esiste questo posto, mi dicevo mentre aspettavo di vederla apparire.

Il minuscolo lacerto di verde sembrava strappato al ventre cementizio della città. Giaceva, come un brandello di carne gettato a cani e bambini, tra quattro muraglie di palazzi. Una dozzina d'alberi, due ritagli di prato, otto panchine, qualche altalena, due cancellate e un recinto. Dal lato di via Bronzino i bambini, da quello di via Pinturicchio i cani. Tutti, animali e uomini, si affollavano nel loro metro quadro di terra verde, nel loculo che la città riservava ai loro giochi; tutti, animali e uomini, si accalcavano nella loro angusta libertà, nella loro ora d'aria. I cani, però, erano più numerosi. Un tempo si diceva: chi non ha testa ha gambe. Ora si diceva: chi non ha figli ha cani. E da quelle parti, oramai, i figli erano un lusso dello spirito più che un'ovvietà della natura. Quasi nessuno poteva più permetterseli.

Ma non c'erano solo i cani e i bambini ai giardini Sergio Ramelli. C'erano anche i vecchi. Giacevano catatonici sulle panchine, affiancati da silenti badanti rumene, ucraine o lituane. Massicce donne forzute guardavano a vista anziani signori fragili, resi rachitici dall'età, muti dall'abbandono della propria gente. Che mai potranno raccontare – mi chiedevo –, dal fondo del loro sfinimento, a quelle donne erculee che si guadagnano la sopravvivenza a forza di braccia, giorno dopo giorno? Nessuna lingua li accomuna.

Poco più in là rispetto ai vecchi, in fondo alle traiettorie scalene dei loro occhi lacrimosi, cisposi e vuoti, altre badanti – filippine, polacche, peruviane – assistevano i bambini. Le rare madri italiane tallonavano passo dopo passo piccole creature ipercinetiche, indomite e intrattabili. Avevano, quelle madri, la pelle secca e gli occhi arrossati dall'ansia di un mestiere che non sapevano più fare perché ne facevano già troppi.

Sopra le loro teste pesanti, sulla fiancata di legno del castello d'infanzia, un annuncio scritto a mano: "Abiamo dimenticato una bicicleta rossa. Se qualcuno la trovata per favore chiamare al 333 4799378." Anche qui la lingua si perdeva. Ancora un passo e si perdeva anche la storia. Su di un cippo, minuscolo e brutto come tutto il resto, una lapide ricordava un ragazzo ucciso a sprangate trent'anni prima all'angolo tra le vie Amadeo e Paladino. Ai tempi in cui i fascisti ancora ammazzavano i comunisti. E viceversa.

Me ne stavo lì, in quella golena di una storia non mia, e intanto il sole tramontava sull'avanguardia di un esercito di ottocentomila straniere che si curavano di vecchi non loro, di malati non loro, di figli non loro. In quegli accudimenti mercenari il Welfare State si era silenziosamente privatizzato. Chi poteva pagava. Chi poteva se ne metteva una in casa, di quelle donne venute da Est, da Sud, dal Terzo o dal Quarto Mondo. Perché, tanto, lo si sapeva: lo Stato era sparito, la società si era dissolta, la famiglia era data in *outsourcing*.

A parte me, non c'era un solo maschio in età da lavoro, in età da riprodursi, all'orizzonte dei giardini Sergio Ramelli. Non uno. Non al fianco dei vecchi, né dei cani, né dei bambini. Il sole tramontava sul parco giochi di un popolo che aveva dimenticato le cose prime, le cose ultime. Le aveva rinchiuse in uno squarcio di verde strappato al ventre cementizio della città. E non aveva più una lingua per dirle.

Ricordo che per un attimo fui tentato di andarmene. Passato e futuro ci avevano dimenticati. La vita aveva mancato il suo scopo. Erano le cinque e un quarto del pomeriggio.

In quell'istante Martina apparve. Fu sufficiente un solo sguardo, anche di lontano, per accorgermene: la pelle tesa di quel suo addome piatto, che tanto aveva eccitato in me il maschio proprio in virtù della sua ottusa piattezza, quella depressione addominale sulla quale tante volte avevo sparso il mio seme, si tendeva ancora. Ma ora si tendeva ad arco, perché qualcosa premeva per uscire. Allora era vero, mi dissi. Era tutto vero.

Avuta quella visione, avvenne un piccolo miracolo.

Vorrei un Paese – mi sorpresi a pensare – in cui i vecchi non debbano trascorrere gli ultimi giorni in compagnia di donne premurose ma dalla vita straniera, in cui ai bambini non si riservi lo stesso spazio dato ai cani, in cui ai morti non si menta con l'alibi della pietà consolatrice ricordandoli tutti uguali, un Paese in cui vecchi, morti, cani e bambini non siano confinati in un lembo di terra talmente piccolo che perfino le mappe lo ignorano.

Avevo ritrovato l'ardire di formulare un piccolo desiderio.

Evidentemente portavo ancora lo spavento stampato in volto. L'infermiera, infatti, si premurava di rassicurarmi.

Non c'era niente di cui aver paura, mi ripeteva. L'ecografia di secondo livello era un esame eseguito da un operatore molto esperto, con una strumentazione di elevata tecnologia, finalizzato soprattutto alla diagnosi delle malformazioni fetali. Raramente poteva capitare che alcuni dettagli non fossero chiari. L'esame morfologico consentiva di riconoscere circa il novanta per cento di tutte le malformazioni maggiori. Ma anche queste erano molto rare. Avrei potuto seguire l'intera operazione, in ogni suo passaggio, sul monitor collegato alla sonda. Perciò, mi facessi coraggio. Mio figlio era su quel monitor.

Il medico cominciò a far pattinare la sonda sul ventre reso scivoloso dal gel diagnostico. Subito la stanza si riempì di un tonfo ritmico. Velocissimo, ostinato, irrefrenabile. Saturò l'ambiente come se non ci fosse più spazio sonoro se non per lui. Per simpatia cosmica, il batticuore mi diede un batticuore.

"Benissimo. Ti abbiamo sentito forte e chiaro. Ora ti abbassiamo il volume."

Una manopola fu fatta ruotare, il tonfo si addomesticò a rumore d'ambiente e il medico cominciò a descrivere la topografia del corpo fetale scandito a ultrasuoni. Procedeva ben concentrato, e rivolgendosi a me – unico ignaro in quella stanza – parlava di strutture endocraniche della testa fetale, del cervelletto a forma di binocolo, dei due emisferi cerebrali a cavallo della linea mediana, dell'assenza di dilatazioni a carico dei trigoni che corrispondevano ai ventricoli laterali contenenti il liquido cerebrospinale. Mi parlava di una fantomatica plica e mi diceva: "Vede, qui, nell'ecografia del primo trimestre, dove ora c'è materia visibile, si osservava soltanto una leggera translucenza." Ma io ai tempi del primo trimestre non c'ero, e perciò non l'avevo potuta vedere quella translucenza nucale.

Allora il medico mi parlò della valutazione del massiccio facciale – le labbra, il naso, l'arco palatino –, della presenza di occhi nelle fosse orbitali, di discese lungo i cingoli scapolari, di tuffi nelle anse intestinali, d'immersioni nelle vesciche urinarie, nelle vasche ombelicali, di sezioni trasversali di fegato, reni, stomaco, colecisti, e poi di risalite lungo le pareti addominali superiori, lungo la colonna vertebrale. Infine lo sentii nominare scansioni apicali di setti interatriali, di valvole atrio-ventricolari e interventricolari. Il cuore, l'organo più rilevante.

"Lo vede il setto interventricolare? Qui, guardi qui... è disposto orizzontalmente. Lo vede?" mi chiedeva con premura puntando un indice sul monitor, mentre con l'altra mano premeva la manopola della sonda sulla pancia di Martina.

Feci di sì con la testa, ma in verità non lo vedevo. Mi sentivo orfano di quel tonfo ritmico, ostinato e sordo che poco prima aveva riempito di sé la stanza. Non mi fidavo del monitor. Lo guardavo, sì, lo guardavo, ma lì dove avrei dovuto scorgere l'embrione di mio figlio vedevo soltanto i mari del silenzio di un paesaggio lunare.

Non aver paura, mi dissi. Fatti coraggio.

Portai pazienza. Attesi che venisse sera, e quando fummo a casa mi chinai sul ventre gonfio. Accostai l'orecchio alla pancia gravida di Martina come un selvaggio che chieda alla vibrazione sorda della terra di annunciargli l'arrivo della stagione calda negli zoccoli di una mandria di bufali d'acqua. Mi misi in ascolto.

Qualcuno, in seguito, mi disse che probabilmente si era trattato solo di calci, o magari di un singhiozzo. Ma a me parve di sentire, inconfondibile, l'oltranza di un cuore che batte.

Faceva: "Tum, tum, tum... Tum, tum, tum... Tum, tum, tum..."

EPILOGO

Da bambino sognavo spesso la fine del mondo. Nei miei sogni il mondo finiva col fuoco. Ma non era così che sarebbe andata a finire.

Due giorni dopo la nostra scomparsa, nelle città della grande pianura i ratti navigherebbero su bidoni di latta, alla deriva nei condotti della metropolitana allagata. Soltanto due giorni e, in mancanza di un costante pompaggio da parte degli addetti alla manutenzione, l'immane massa d'acqua, che non cessa di scorrere sotto di noi in cerca di una via d'uscita, la troverebbe. Oh, sì, eccome se la troverebbe! Soltanto due giorni dopo la nostra scomparsa, l'elettricità cesserebbe. Gli interruttori di guasto automatico delle centrali nucleari o a carbone, menomati del dito dell'uomo, si pigerebbero da soli. La pompa smetterebbe di pompare, l'acqua comincerebbe a salire. Intanto le fognature s'intaserebbero di detriti: prima la plastica quasi eterna dei sacchetti abbandonati, poi la caduca materia organica delle siepi non potate, si riverserebbero, sorelle gemelle nella desolazione, a intasare i canali di scolo. Sotto di loro, in quello stesso istante, le colonne d'acciaio che sorreggono la strada inizierebbero placidamente a corrodersi. Silenti, come erano state al tempo degli uomini.

Entro sette giorni dalla nostra scomparsa, privi di sistemi di controllo, i reattori nucleari s'incendierebbero o fonderebbero. Entro un anno, il manto stradale cederebbe. Quel manto, in seguito al gelo e al disgelo dell'acqua penetrata nelle crepe, si spaccherebbe come un labbro si spacca a sangue, morso dall'arsura. Entro due o tre anni, i primi edifici inizierebbero a crollare, fiaccati nelle fondamenta immerse nelle acque. Negli spazi liberi, il vento porterebbe i semi delle piante e quei semi attecchirebbero nelle fessure del manto stradale. In quelle crepe le piazze si coprirebbero di germogli infestanti, in quelle crepe le città tornerebbero alla natura, mentre le strade si reinventerebbero alvei per fiumi di superficie. Ogni primavera, non appena la temperatura oscillasse sulla linea del disgelo, la natura, penetrata dall'acqua, accoglierebbe nuove crepe. Ghiacciando.

I rapaci nidificherebbero tra le rovine, le volpi annuserebbero le strade. Solo le serpi, strisciando, le starebbero a guardare.

Cinque anni dopo la nostra scomparsa, in assenza di riscaldamento, i palazzi degli uffici, vittime del ciclo acqua-ghiaccio, inizierebbero a crollare. Dopo dieci, grandi aree della città sarebbero rase al suolo dagli incendi appiccati da un mucchio di rametti secchi colpiti da un fulmine. Soltanto le antiche cattedrali in pietra resisterebbero. Ancora un secolo nei secoli. Ma dopo cento anni tutti i tetti degli edifici crollerebbero, dopo trecento si sgretolerebbero i ponti sospesi, dopo cinquecento le foreste mature ricoprirebbero i crateri lasciati dalle città. Querce, aceri, e ovunque l'alianto cinese. Sopra di essi, enormi nuvole di zanzare sciamerebbero a nutrirsi di altri animali: cessata ogni attività di stermi-

nio, rifiorite le zone umide, loro sarebbe la faccia della terra. Nei pungiglioni delle zanzare scorrerebbe, equanime, il sangue dei cervi giganti al pari di quello degli orsi polari. Il bestiame da allevamento, orfano dei nostri appetiti, si lascerebbe sbranare dai lupi di montagna; i ratti, orfani della nostra spazzatura, morirebbero di fame e di malinconia; gli scarafaggi, orfani dei nostri edifici riscaldati, scomparirebbero dalle zone temperate; i pidocchi, anche loro, si estinguerebbero, orfani dei nostri tepori.

Cinquemila anni dopo la nostra scomparsa, e l'isotopo radioattivo plutonio 239 si disperderebbe nell'ambiente, fuoriuscendo dagli involucri delle testate nucleari. Ancora quindicimila anni e gli ultimi edifici in pietra, le antiche cattedrali, cederebbero il posto all'alba di una nuova era glaciale. Trentacinquemila anni e la crosta della terra si libererebbe del piombo depositato al suolo dagli autoveicoli nel remoto XX secolo di un'era precedente. Centomila, e la concentrazione di anidride carbonica nell'atmosfera tornerebbe ai livelli preindustriali. Dieci milioni di anni, e a testimoniare la scomparsa sopraviverebbero soltanto le sculture in bronzo, molte delle quali manterrebbero quasi intatta la loro forma originale. Un discobolo, un satiro danzante, un soldato morente. Cinque miliardi di anni dopo la nostra scomparsa anche il bronzo svanirebbe. La terra si vaporizzerebbe, mentre il sole, anch'esso oramai morente come l'antico guerriero in bronzo, si espanderebbe e si mangerebbe gli altri pianeti interni.

D'accordo, l'angoscia ci canta la ninnananna, ma cosa accadrebbe alla faccia della terra un istante, un solo istante dopo la nostra scomparsa?

Accadrebbe questo inverno di nebbia che piovigginando sale, ancora reduce dal fantasma dell'uomo, accadrebbe que-

sta luce di cortile ancora accesa sulla traccia lasciata dagli pneumatici nella neve, questo casolare apparso in lontananza, questa strada poderale segnata dai cippi di pietra domestica, famigliare, oppure di pietra sepolcrale. Accadrebbe questo solco perfettamente tracciato a dividere, benigno, l'orizzonte da se stesso, fin dove la vista si perde, fin dove la campagna si perde. Fin dove si perde.

Accadrebbe la commozione di questo istante indifeso d'infinita tenerezza.

E non piangere, bambino, non piangere. Non hai nulla da temere dal futuro. La fine è già arrivata. Tanto tempo fa.

RINGRAZIAMENTI

Come spesso accade, questo libro deve molto ad altri libri.

Sento, però, di dover pubblicamente riconoscere il suo debito nei confronti di *Barbablù*, la biografia romanzata di Gilles de Rais scritta nel 1975 da Ernesto Ferrero, e nei confronti di *Cattolicesimo magico*, l'indagine etnografica sul carismatismo cattolico condotta di recente da Marco Marzano (Bompiani, 2009). Al primo devo un'intuizione per me illuminante riguardo allo sconforto metafisico (che ho trascritto in modo quasi letterale); al secondo devo quasi l'intero capitolo dedicato alla descrizione del rituale del battesimo nello Spirito. Poiché, ovviamente, mi sono servito dei risultati delle ricerche sul campo condotte da Marzano piegandole ai miei scopi romanzeschi, rimando al suo libro tutti i lettori che volessero un resoconto scientifico sull'argomento. Fra l'altro, oltre a rigore della scienza sociale, vi troveranno una narrazione appassionante non meno di un romanzo.

Vorrei, infine, ringraziare le persone che, al di fuori di ogni obbligo professionale, hanno accompagnato la genesi di questo libro leggendo, consigliando, emendando: Alessandro Bertante, Paolo Colonnello, Daniele Giglioli, Laura Paolucci, Lucia Tozzi.

INDICE

Ultimi titoli Letteraria Bompiani

(il numero in esponente si riferisce all'ultima edizione):

Jean-Daniel Baltassat, *La verità su Isabella*
Elena Loewenthal, *Dimenticami*[2]
Giancarlo Marinelli, *Ti lascio il meglio di me*[4]
Younis Tawfik, *Il profugo*
Yasmina Reza, *Uomini incapaci di farsi amare*
Leonie Swann, *Glenkill*[2]
Paulo Coelho, *Sono come il fiume che scorre*[5]
Karen Essex, *I cigni di Leonardo*
Camilla Baresani, Renato Mannheimer, *TIC*
Pino Roveredo, *Capriole in salita*
Simon Beckett, *La chimica della morte*[2]
Alexandre Jardin, *Una famiglia particolare*
Jay McInerney, *Good life*[2]
Mark Haskell Smith, *Delicious*
Diego Marani, *Enciclopedia tresigallese*
Andrea De Carlo, *Mare delle verità*[4]
Tom Egeland, *La notte dei lupi*
Erica Jong, *Sedurre il demonio*
Michael Wallner, *April in Paris*
Alain Elkann, *L'invidia*
Robert Löhr, *Scacco alla regina*
Marisha Pessl, *Teoria e pratica di ogni cosa*
M.J. Hyland, *Il bambino che non sapeva mentire*
Mario Fortunato, *I giorni innocenti della guerra*[4]
Claire Castillon, *Veleno*[2]
Rick Moody, *Diviners. I rabdomanti*
Petros Markaris, *La lunga estate calda del commissario Charitos*[6]
Tahar Ben Jelloun, *Partire*
Lucrezia Lerro, *Il rimedio perfetto*
Cristiana Benini, *Il fiume dei ricordi*
Paulo Coelho, *La strega di Portobello*[2]
Sandro Veronesi, *Brucia Troia*[3]
Phil LaMarche, *American Youth*

Marie Vieux-Chauvet, *Amore rabbia follia*[2]
Paolo Nori, *La vergogna delle scarpe nuove*
Edy Poppy, *Anatomy. Monotony*
Pino Roveredo, *Caracreatura*[2]
Heleen Van Royen, *Fuga*
Simon Beckett, *Scritto nelle ossa*
Baby Halder, *Una vita meno ordinaria*
Tom Egeland, *Lo specchio dell'assassino*
Antonio Rezza, *Credo in un solo oblio*[2]
Woody Allen, *Pura anarchia*[7]
Edoardo Nesi, *Per sempre*[2]
Michel Schneider, *Marilyn*
Yi Munyol, *Un piccolo eroe sbeffeggiato*
Victoria Hislop, *L'isola*
Joyce Carol Oates, *La femmina della specie*
Antonio Scurati, *Una storia romantica*
David Gilbert, *I normali. Professione cavia*
Alberto Moravia, *I due amici*[2]
Ivan Cotroneo, *La kryptonite nella borsa*[3]
Yasmina Reza, *L'alba la sera o la notte*
J.R.R. Tolkien, *I figli di Húrin*[5]
Katharina Hacker, *Gli spiantati*
Patrick McGrath, *Trauma*[6]
Patricia Highsmith, *La follia delle sirene*
Alberto Moravia, *Gli indifferenti* (libro + 6 cd)
Flavio Soriga, *Sardinia Blues*[7]
Andrea Kerbaker, *Coincidenze*
Drago Jančar, *Aurora boreale*
Chiara Gamberale, *La zona cieca*[7]
Edward P. Jones, *Tutti i figli della zia Agar*
Lucrezia Lerro, *La più bella del mondo*
Jenny Downham, *Voglio vivere prima di morire*[2]
Richard Milward, *Mele*
Vincenzo Latronico, *Ginnastica e rivoluzione*
Andrea De Carlo, *Durante*[3]
Arno Geiger, *Va tutto bene*
Giovanni Maria Bellu, *L'uomo che volle essere Perón*

Zvi Yanai, *Il fratello perduto*
Biyi Bandele, *Ali Banana e la guerra*
Massimiliano Parente, *Contronatura*
Marc Dugain, *Un'esecuzione ordinaria*
Steve Erickson, *Zeroville*
Enrique Moriel, *La città senza tempo*
Giancarlo Marinelli, *Non vi amerò per sempre*
Jenny Downham, *Voglio vivere prima di morire*
Petros Markaris, *I labirinti di Atene*
Pulsatilla, *Giulietta Squeenz*
L.E. Soares, A. Batista, R. Pimentel, *Tropa da elite*
Gordon Dahlquist, *La setta dei libri blu*
Jean-Marc Parisis, *Prima, durante, dopo*
Ahmet Altan, *L'amore è come la ferita di una spada*
Hanif Kureishi, *Ho qualcosa da dirti*
Karen Essex, *Le due donne del Partenone*
Jean-Christophe Rufin, *Il profumo di Adamo*
Aldo Busi, *Sentire le donne* (nuova edizione)
Anne Enright, *La veglia*
Mario Fortunato, *Quelli che ami non muoiono*
Diego Marani, *L'amico delle donne*
Peter Temple, *La carità uccide*
Paulo Coelho, *Brida*[5]
Rabih Alameddine, *Hakawati. Il cantore di storie*
Alain Elkann, *L'equivoco*[2]
M.J. Hyland, *Dove filtra la luce*
Alexandre Jardin, *Tutte le donne di mio padre*
Zoë Heller, *Tutto quello che sai*
Antoine de Saint-Exupéry, *Manon ballerina*[2]
Serdar Özkan, *La timidezza delle rose*
Antonio Scurati, *Il bambino che sognava la fine del mondo*
Edouard Levé, *Suicidio*
Claudio Morici, *La terra vista dalla luna*
Evfrosinija Kersnovskaja, *Quanto vale un uomo*[2]
Nicholson Baker, *Cenere d'uomo*
Paola Capriolo, *Il pianista muto*
Flavio Soriga, *L'amore a Londra e in altri luoghi*[2]

Bompiani ha raccolto l'invito della campagna
"Scrittori per le foreste" promossa da Greenpeace.
Questo libro è stampato su carta certificata FSC,
che unisce fibre riciclate post-consumo a fibre vergini
provenienti da buona gestione forestale e da fonti controllate.
Per maggiori informazioni: http://www.greenpeace.it/scrittori/

Finito di stampare
nel mese di marzo 2009 presso il
Nuovo Istituto Italiano d'Arti Grafiche - Bergamo

Printed in Italy